父子ゆえ

摺師安次郎人情暦

梶 よう子

時代小説文庫

JN115953

角川春樹事務所

目次

摺師安次郎人情暦 舞台地図

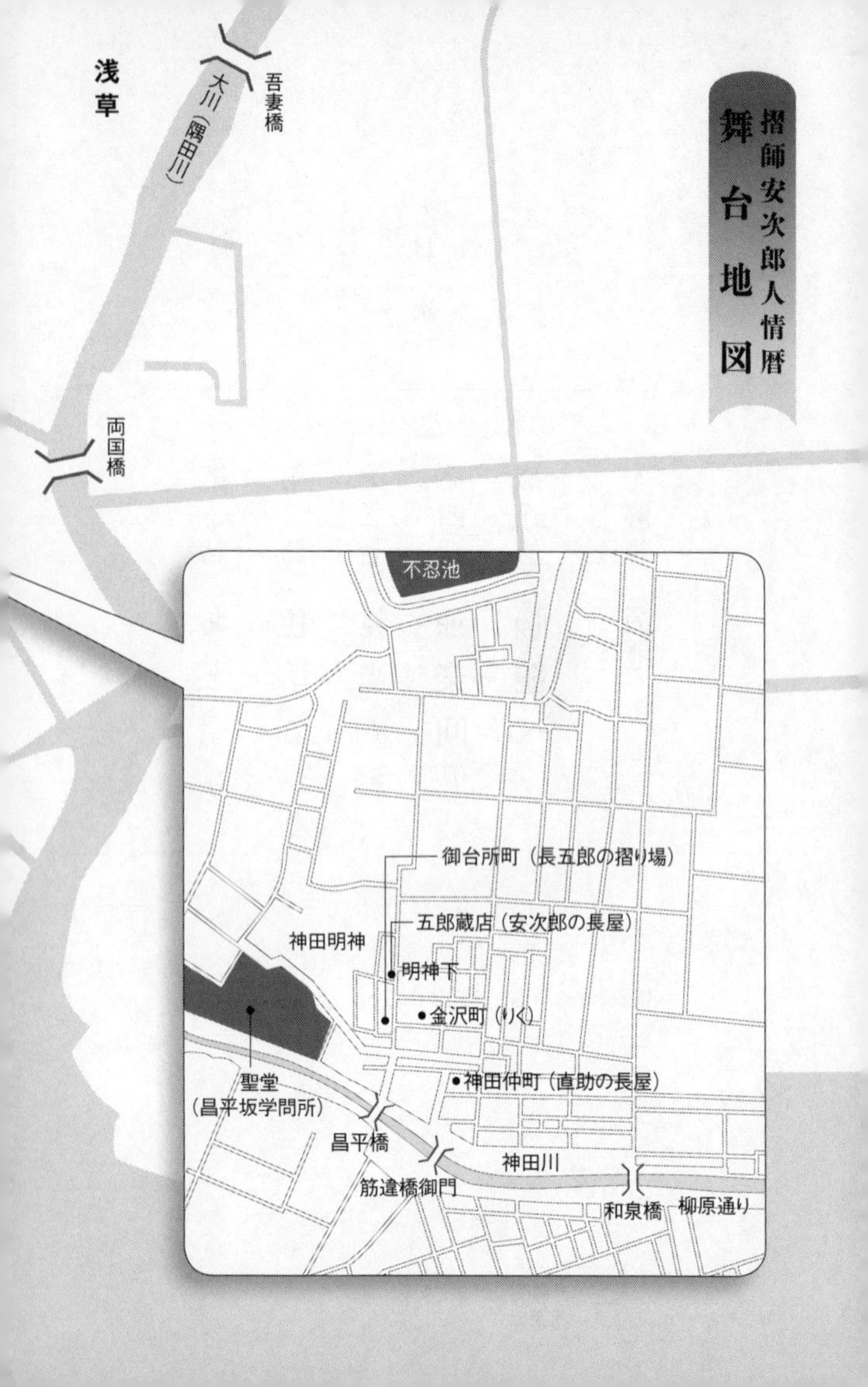

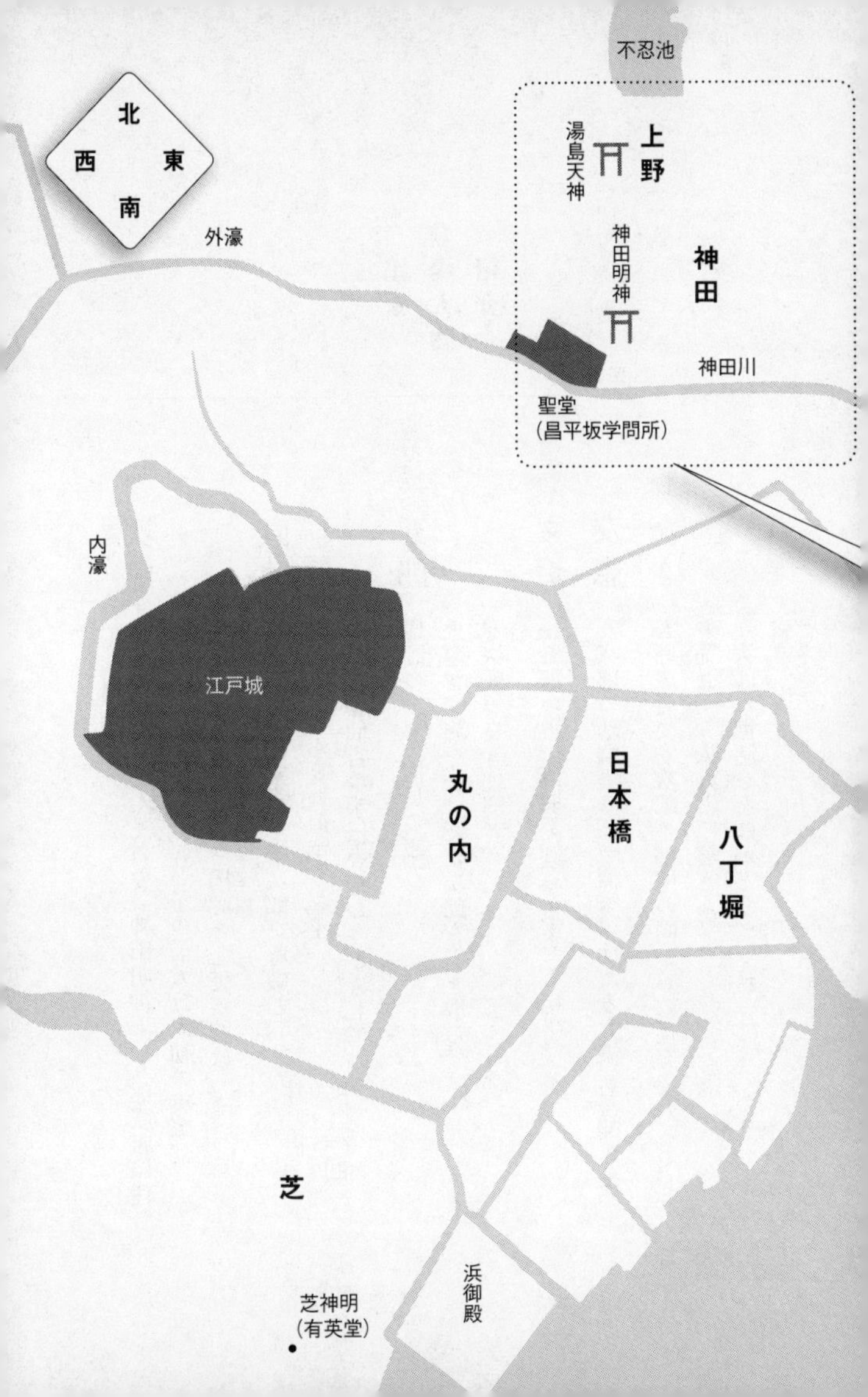
北
西
東
南
不忍池
湯島天神
上野
神田明神
神田
外濠
神田川
聖堂
（昌平坂学問所）
内濠
江戸城
丸の内
日本橋
八丁堀
芝
浜御殿
芝神明
（有英堂）

主な登場人物紹介

安次郎　摺師。通称おまんまの安。神田明神下、五郎蔵店に住む。女房のお初に先立たれ、子の信太はお初の実家、押上村に預けている。摺師としての腕は一流。

直助　安次郎の兄弟弟子。安次郎を尊敬し、自ら「こまんまの直」と名乗る。岡っ引き仙吉の手伝いもときどきしている。

長五郎　摺師の工房、摺長の親方。火事で家族を失った安次郎を引き取る。安次郎の良き理解者。

おちか　長五郎の娘。直助が好意を寄せる相手。

友恵　安次郎の幼馴染み。一橋家に仕える大橋新吾郎の妹。

おたき　五郎蔵店で安次郎の部屋の向かいに住んでいるお節介でお人好しの婆さん。安次郎の世話をなにかとしてくれる。

父子《おやこ》ゆえ

摺師安次郎人情暦

第一話

あとずり

一

神田《かんだ》明神下《みょうじんした》の五郎蔵店《ごろぞうだな》はいつもと変わりない朝を迎えていた。

亭主を送り出した女房たちが井戸端に集い、早起きの雀《すずめ》よりもかまびすしい声を上げている。おそらく亭主の愚痴《ぐち》と近所の噂話《うわさばなし》は未来永劫《えいごう》尽きることはないのだろう。

その中でひときわ大声を出し、豪快な笑い声をあげているのが、長屋で一番古株のおたきだ。

「やけに張り切ってるねぇ、おたきさん」

「そりゃそうさ。今日はおたきさんのいい男《ひと》が来るんだもんね」

「いっそ一緒に暮らしちまえばいいのに」

遠慮ない女房たちの言葉に、おたきはふんと顎《あご》を上げた。

「馬鹿いうんじゃないよ。あたしはまだまだひとりでやっていけるんだ。それにあんたたちみたいな古畳に太一《たいち》を毎日拝ませるのはもったいないからね」

太一は、おたきのひとり娘の忘れ形見だ。

「うわぁ古畳だって。ならおたきさんは使い古しの粗莚《あらむしろ》ってとこだねぇ」

「うるさいね、さっさと洗い物を終わらせておくれな。あさりが洗えないんだよ。あ、誰《だれ》んちだい。子どもが泣いてるよ」

がなり立ててはいるが、その声に怒りは含まれていない。むしろ、からかわれることをおたきは楽しんでいるかのようだ。

下谷《したや》の植木屋で働く孫の太一はときおりおたきの許《もと》にやって来て、一晩泊まっていく。

その日には仕事の煮売り屋も休み、おたきは太一の好物ばかりを作って待つ。あとは太一が嫁をもらって、ひ孫を抱かせてもらうのが、おたきの望みだ。

「今日はね、植木屋の仲間を連れて来るっていうからさ。よけいに忙しいのさ」

「あらあら、若い男かねぇ」

女房たちが、きゃあきゃあ、さらに声を高くする。

「騒ぐんじゃないよ、みっともない。まだ奉公に上がったばかりの子だよ」

とうとうおたきが怒鳴った。

安次郎《やすじろう》は口許を軽く緩ませ起き上がった。いま、井戸端へ出るのは気後れがした。とうのたった雀と、口うるさいカラスの餌食《えじき》になるようなものだ。三和土《たたき》に下り、汲《く》み置きしていた瓶《かめ》の水で顔を洗う。それから薄っぺらな夜具を丸めて座敷の隅に置き、その前に枕屏風《まくらびょうぶ》を立てた。冷や飯へお菜の残り物を載せ、湯をかけまわして、一息に啜《すす》り込む。飯碗《めしわん》の汚れを拭《ぬぐ》い取った香の物を口に放《ほう》り込めば、朝餉《あさげ》は仕舞いだ。

掃き出し窓を開け、手早く掃除を済ませたあとは、小さな鏡台の前に座る。化粧箱の上には位牌《いはい》と線香立てが載せてある。化粧箱を開けると、線香を切らしていることに気づいた。やれやれと、安次郎は静かに手だけを合わせた。

――すまないな、お初《はつ》。また線香を切らしちまった。

女房のお初が逝《い》って五年。

鏡台は、お初が安次郎と夫婦約束をかわしたとき、ただひとつねだったものだった。物静かでおとなしいお初が珍しく、どうしてもと譲らなかった。小網《こあみ》町の小さな店で売られていたものだったが、なにがそれほどお初の気を惹《ひ》いたのか安次郎にはさっぱりわからなかった。鏡箱と化粧箱に地味な花鳥の絵が描かれているだけで、他に並んでいた鏡台のほうがよほど華やかで、眼《め》を引いた。

「ずいぶん地味好みだ」

安次郎がからかうと、

「お婆さんになっても使う物だもの。派手な意匠よりこのくらいが丁度いいのよ」

お初は小さな唇を尖《とが》らせた。

毎朝毎晩、お初は鏡を磨き、覗《のぞ》き込んだ。

顔に出来物ができたとしょげ返るお初、安次郎の帰りが遅いと膨れ面をしたお初、笑うお初、泣くお初を鏡は常に映し出した。

身ごもったときのお初が一番、輝いていた。頬《ほお》が丸くなったとか、顔が優しくなったからきっと男の子だとか、日毎《ひごと》に母の顔へと変化していくのが嬉《うれ》しくてたまらなかったようだ。その鏡台も主《あるじ》を失い、いまは仏壇代わりになってしまった。紅も櫛《くし》もお初が使っていたときのまま小引き出しに納めてある。

結局、皺《しわ》が刻まれたお初の顔を鏡が映すことはなかった。

お初はもともと身体《からだ》が丈夫なほうではなかったが、産後の肥立ちが悪く、三月寝込んで逝った。生まれたばかりの赤子へ満足に乳をふくませてやることも叶《かな》わなかった。

安次郎は十二のとき、親兄妹を火事で失っている。だからお初は安次郎にとってかけがえのない家族だった。なぜこうも大切な者たちが皆、己の周りから去って行くのか、安次郎は天を恨んだ。

信太《しんた》と名付けた子は、押上《おしあげ》村にあるお初の実家で面倒を見てもらっている。ふた月に一度、会いに行っているが、舅姑《きゅうこ》の歳《とし》を考えるといつまでも世話になっていてはいけないと思い始めてもいた。

――行ってくるよ、お初。

安次郎は鏡台の前を離れた。

三和土に下り立ち、右端に遠慮がちに『摺《す》り安次郎』と書かれた腰高障子を開ける。

初夏の陽《ひ》が安次郎を照らす。そのまぶしさにわずかに眼を細めると、

「あら、安さん。仕事かい」

おたきの威勢のいい声が飛んできた。

二

五ツ（午前八時頃）をだいぶ過ぎてから、『摺長《すりちょう》』と記された障子戸が乱暴に開け放たれた。

「兄ぃ。おまんまの兄ぃ。大《て》ぇ変《へん》だ」

草履をすっ飛ばして摺り場へ転びつつ入って来たのは直助《なおすけ》だ。

「うるせえぞ、直」

中年の職人が怒鳴ると、横に居た小僧がその声に驚いて身をすくめた。

安次郎には、おまんまの安という呼び名がある。おまんまの食いっぱぐれがないほどいい腕を持っているという意だ。摺り場の親方である長五郎《ちょうごろう》が何心なくいった言葉がいつの間にか版元や職人らに広がり、結局、二つ名のようになってしまった。

そんな安次郎の腕に惚《ほ》れて、長五郎の許に転がり込んで来たのが直助だった。そこそこ繁盛している小間物屋の息子だったが、摺師になりたいと直談判した変わり者だ。

安次郎のおまんまにあやかり、自ら「こまんまの直と名乗ります」といい放ち、長五郎を呆《あき》れさせたお調子者でもある。

「直さん、履物。だらしないわねもう」

長五郎のひとり娘、おちかが廊下で声を張り上げた。

「すいやせん、なにせ一大事なんで」

つんのめるように安次郎の摺り台まで来ると、ぴたりとかしこまった。

摺り場は畳でいえば十二畳ほどの板敷きだ。そこに八つの摺り台が並び、天井の隅には、礬水《どうさ》（膠《にかわ》に明礬《みょうばん》をまぜたもの）を塗った数十枚もの奉書紙が洗濯物よろしく吊《つ》り下げられている。紙に礬水を塗るのは、摺りに耐えられるよう紙を強くするのと、絵の具の色の滲《にじ》みを抑えるためだ。

安次郎は絵の具を混ぜるとき棒の手を止め、真《ま》っ直《す》ぐ伸びた眉《まゆ》を寄せた。ちらりと直助を一瞥《いちべつ》し、

「草履を直してこい」

再び絵具皿へ視線を落とした。

「相変わらずつれねえなぁ、兄ぃ。これこれ、これを見てくだせぇよ」

ちょっと前に兄ぃが摺った隅田堤《すみだづつみ》ですと、安次郎へ向けてかざした。

「隅田堤がどうした」

「後摺《あとずり》ですよ、後摺。あれれ」

背後から伸びた手にすばやく画《え》を奪われ、直助は恐る恐る首を回し、上を見上げた。唇を不機嫌に曲げた長五郎が直助を見下ろすように立っていた。顎鬚《あごひげ》を生やし、縞《しま》の長着をぞろりと羽織っている。

「わっ出た」

直助は尻《しり》を浮かせ、後ろ手をついた。

「朝っぱらから出る幽霊なんざいねえぞ」

「そりゃ幽霊に気の毒だ。むしろ熊《くま》だ」

直助がぎこちない笑みを浮かべると、摺り場の端で小僧が吹き出した。

直、てめえと長五郎が袖《そで》をまくり上げると、直助はすばやく頭を押さえた。

「親方。その後摺」

安次郎は声を上げた。

長五郎は振り上げた拳《こぶし》を止め、手にした画を表に返し、むうと唸《うな》った。

「売れた画なら後摺が出るのはあたり前といえばあたり前。ですが」

これほど色が異なるものは珍しいと、安次郎は長五郎を見つめた。

「ああ、たしかにこいつは驚いた。絵師の色差しなんざ、まったく無視していやがる。わざとやっているとしか思えねえな」

版元の意向か、絵師のきまぐれか、摺師の裁量か、いずれにしてもべつの画のようだ。

「でしょう親方。だから大変だといったじゃねえですか」

直助は得意げに鼻の下をこすり上げた。

摺師が一日かけて摺れる枚数は二百枚ほどだ。名のない絵師ならそれが初摺の枚数になる。が、人気の絵師ならその限りではない。その後、評判になった錦絵は当然版を重ねる。それは皆、後摺と呼ばれる。版木一枚六百枚ほどが摺りの限度とはいわれるが、彫りが摩滅すれば、また彫り直し、千、二千と摺られることもある。そうした後摺になると、墨線も粗く滲んだようになり、ともすると初摺にあったはずの人や物が画面からなくなる、あるいは逆になかったものが増えていることも珍しくはない。

画だけではない。色と摺りにも当然違いが出てくる。

「そりゃあ、後摺は初摺を請け負った摺り場が続けて摺ることはまれだ。一旦《いったん》、版元さんへ版木を戻しちまえば、あとはどこの摺り場に回すのも勝手ですし――」

直助が拗《す》ねるように口先を尖らせた。

「後摺はもう絵師がかかわることもねえ。けど、この後摺はやりすぎっていうか、その、兄ぃの摺ったものより――」

いいかけた直助が口を噤《つぐ》んだ。

「なんだよ、直。安が摺ったものよりどうしたってんだ。いってみやがれ」

直助は急に背筋をぴんと伸ばし、居住まいを正すと、生真面目《きまじめ》に顔を引き締めた。

「なんでもありません、なにもいってません」

長五郎は再び画をじっと見つめていたが、

「ともかくこいつはおれが預かっとく」

どこか不機嫌そうな表情をして懐に納めた。

「あっひでえよ、親方。錦絵代十六文くだせえよ」

「おお、くれてやるともさ。仕事に遅れたわけをおれが得心したならな」

にっと白い歯を見せた長五郎は直助の後ろ襟をむんずと摑《つか》んだ。

「あ、あ、ちょっと親方ぁ。く、苦しぃ」

かすれ声を出しながら直助は摺り場と続きの座敷へ引きずられていった。

夕刻、仕事を終え道具の片付けをしている安次郎の手許《てもと》に影が落ちた。長五郎だ。

「安、身体、空いてるか」

ほおずき屋に来てくれとそれだけいうと長五郎は身を返した。ほおずき屋は長五郎の行きつけの居酒屋だ。下谷広小路から一本通りを入った処《ところ》にある。小上がりと、土間に飯台が二つあるだけの小さな店で、白髪頭の親爺《おやじ》と孫娘のふたりで営んでいる。

長五郎はたいていひとりでそこへ行く。摺り場には職人や見習の小僧など、常時人がいる。いつだったか、

「賑《にぎ》やかなのは嫌いじゃねえが、おれの居場所みてぇのがときどきほしくなってよ」

安次郎にぼそりと告げたことがある。

人を束ねる苦労は尽きない。いま摺り場には通いの摺師が五人いる。うちひとりは渡りの職人のため、仕事が立て込んでいるときにしか顔を出さない。まだ住み込みの半人前が三人。あとは使い走りの小僧がふたりだ。それぞれ性質が違うように職人としての腕も考え方も違う。摺りはひとりで一枚の錦絵を仕上げるわけではない。ひとりがおざなりな仕事をすれば、他《ほか》が迷惑する。結句、その画もろくな物にならない。長五郎がひとりひとりの性質やら技量を考え、割り振っていても、任せた版木が気に食わないという者もいる。

摺り場の職人をほおずき屋に誘うのは、込み入った話や、ひと仕事終えた慰労などのときだけに限られていた。

安次郎は手早く片付けを済ませると、隣で情けない顔をしている直助へ眼をやった。

長五郎から千代紙を摺らされている。

まだ馬連《ばれん》の扱いに慣れていない半人前が手間取っているようで、見かねた長五郎が直助へ助《す》けるよういったのだ。

もっともそれは、ようやく馬連を握らせてもらったばかりの者の仕事だ。

馬連を持てたら、すぐ色摺りをやらせてもらえるわけではない。初めのうちはのし袋や千代紙、引き札（広告）など、一色だけしか扱えない。

それを飽きるほど摺って、もう嫌になりかけた頃、ようやく年長の職人から声がかかる。

いつもなら、こんな半ちく者の仕事なんてと、ぶつくさ文句を垂れる直助が黙っているところを見ると不承ながらも、得心しているのだろう。

「どうした、その面」

「ほおずき屋でしょう。きっとおれのことに決まってますよう」

「そう思うなら仕事に遅れずに来い」

安次郎は、捨て犬のように瞳《ひとみ》をうるうるさせている直助へ軽く笑みを返して、腰を上げた。

三

安次郎が縄のれんを分けたとたん、「おいでなさいまし」と、娘の明るい声が飛んできた。

店主の孫娘でおとしという名だ。

「おう、安次郎。先にやってるぜ」

小上がりの一番奥に長五郎が座っていた。すでに酒と肴《さかな》が盆に載っている。仕事上がりの大工がふたり、土間のほうで飯を食っていた。

「お待たせいたしました」

「なに、ちっとも待っちゃいねえよ、飯食うか」

安次郎は、ありがとうございますと頭《こうべ》を垂れつつ小上がりに上がり、腰を下ろした。

「直が妙な気を回しておりました」

長五郎が太い眉を寄せた。

「あっちだこっちだと首を突っ込む癖が治らねえのは仕方がねえ」

直助は一人前の摺師として通いになってから、神田明神界隈《かいわい》を仕切る岡っ引きである仙吉《せんきち》親分の手下のような真似《まね》をしている。

「そのくせ仕事はこなしやがるのが癪《しゃく》だが、摺り場の連中にしめしがつかねえの。文句垂れてたかえ。半ちく仕事だとかなんとかよ」

「黙っておりましたよ。ベタ摺りは退屈でも修練にはなります」

「相変わらず生真面目な応《こた》えだ」

安次郎は、わずかに口許を緩めた長五郎へ眼を向けると、きまりが悪そうに咳払《せきばら》いしながら、銚子《ちょうし》を取った。

「安。おれんとこに来て、もう幾年経《た》つかな」

「二十と二年が経ちましたか」

安次郎が長五郎の猪口《ちょこ》に酒を満たす。

「そうかえ、そんなになるか」

わずかに遠い眼をして猪口を一息に仰ぎ、早えもんだなと、息を吐いた。

「おれも歳を取るはずだぜ」

白髪の混じる顎鬚を撫《な》でる。長五郎は三年前、卒中で倒れて以降、馬連を握ってない。右手にわずかな痺《しび》れが残ったせいだ。それでもそこらの摺師には及ばない仕事ができるが、長五郎自身が許さなかった。周りが認めても己が得心できなければ職人ではないと見限った。

その決断がどれほど酷なものであったのか、安次郎には計り知れない。

「おれはよ、これでよかったのか、いまでも考えることがあるよ」

「なにをですか」

長五郎は舌打ちして顔を歪《ゆが》めた。

「おめえを摺師にしちまったことだ。なあ安よ、おめえは武家の出だ。そっちで暮らすことだってできたはずじゃねえかってな」

安次郎は静かに首を振った。

「さて、それはどうですかね。どこにいるかではなく、手前自身がここにいると思えることのほうが肝心じゃねえですか」

安次郎は思わず知らず左腕をさすっていた。安次郎の背と左腕には火傷《やけど》の痕《あと》が残っている。十二のとき、親兄妹を亡くした大火事で負ったものだ。引きつれた皮膚の赤みは年を経るごとに目立たなくなってきてはいても、記憶までが薄れることはない。火傷を負い、人波に押され、気を失って倒れていた安次郎を救ったのが長五郎だった。

どこぞの武家の倅《せがれ》であろうと、生死の境を行ったり来たりしていた安次郎を看病しながら、長五郎がやっとのことで叔父《おじ》の田辺俊之助《たなべとしのすけ》を捜し当てた。

しかし、兄一家は死に絶えたとお上に届けを済ませ、すでに俊之助が田辺家を継いでいた。安次郎が生きていると長五郎に聞かされても、いまさら困るという顔をした。

「おれぁあんとき業腹が煮えてよ、のらくら答えをはぐらかすおめえの叔父貴に、おれが面倒を見るって啖呵《たんか》切っちまった」

長五郎が口許を歪めた。おれもお里《さと》も若かった。おめえの行く末を考えるより先にてめえの義を通しちまったんだと、豆腐の煮やっこを息を吹きかけながら口へ運んだ。

安次郎は猪口の酒をじっと見つめた。

「なんで、おれに花見のことをいわなかった」

長五郎が低い声でいった。

唐突な言葉に顔を上げた安次郎へ、咎《とが》めるふうな視線を長五郎が向けていた。

「仕事に手間取りまして」

嘘《うそ》だった。安次郎は仕事を終えたら、すぐに約束の隅田堤へ赴《おもむ》くつもりでいた。少し遅れるという伝言を直助に託し、一足先に行かせていた。

叔父の俊之助とどう対面するかまだ迷いはあった。それでも逢《あ》うことでなにかが変わるやもしれない。吉か凶かと頭を捻《ひね》っていても答えはでないと思ったからだ。

だが、摺り場を出たとき、引き札の版木を受け取りに行った小僧が、藍《あい》色の風呂敷《ふろしき》包みを抱え、泣きながら歩いて来た。

版木を失くしたという。

長五郎の女房から駄賃を貰《もら》い、嬉しくなって茶店で団子を食い、自分の横に置いてあった包みを持って帰ってきたが、途中で中身が違っていたのに気づいたと、しゃくりあげながら話した。

見れば、かなり上物の簪《かんざし》と櫛が小振りの桐《きり》箱に入っている。

引き札の版木の大きさは、この桐箱と同じくらいだ。風呂敷の色も同じで、大きさも変わらない。手にしたときにまったく違和を感じなかったのだろう。

長五郎もお里も出掛けている。まだ仕事をしている職人がいたが、そっちに任せるのも手間になる。小僧はいまにも倒れそうなほど青い顔をして、「どうしよう、どうしよう」と小さな身体を震わせていた。

安次郎は、ともかく小僧が立ち寄った茶店へ急ぎ赴いた。小僧の顔を見覚えていた茶汲み娘が、どこかのお店の手代ふうな若い男が隣に腰掛けていたと教えてくれた。取り違えたのだと、安次郎は思った。

手掛かりとしては雲を摑むようだが、その手代も使いに出されたのだとすれば、簪と櫛が版木に変わっていると知って大慌てするだろう。

おそらく、この茶店に戻って来るに違いないと、安次郎は小僧とともに待った。

一刻半(約三時間)が経ち、晩春の陽がかげり始めたころ、大店《おおだな》の番頭とおぼしき男と若い手代が茶店に向かって走って来た。

番頭が幾度も詫《わ》びと礼を繰り返すのを、安次郎はお互いさまだと制し、急ぎ隅田堤へ向かった。

安、と長五郎は胡坐《あぐら》に組んだ足を組み替え、身をぐいと乗り出した。

「おれは、そんなにも頭の固ぇ頼りがいのねえ男か。おれはおめえを手許に置いたときから恩を着せようなんざ、これっぽっちも思っちゃいねえ。叔父貴がおめえに会いたいと、いってきたんだろう。なぜ行かなかった」

昔なじみのお侍が骨折って開いてくれた花見の宴だそうじゃねえか。それを台無しにしちまったんだぜと、長五郎は声を荒らげた。大橋新吾郎《おおはししんごろう》には詫びを入れた。叔父にも伝えてほしいと頼んだが、叔父からの返答はなかった。

土間の飯台の上を片付けていたおとしが一瞬驚いた顔をして小上がりへ眼を向けたが、すぐに顔を戻して、空いた皿を持ち、板場の奥へと引っ込んだ。

「勘弁してください」

「いいや勘弁ならねえ。てめえはいつでもそうして、てめえの腹に収めちまう」

腹の底を探ってみろ。淀《よど》んだものがわんさかすくえるだろうぜと、長五郎が吐き捨てる。

俯《うつむ》いた安次郎の脳裏に、満開の桜の花が浮かんできた。

版木が戻り、安次郎が隅田堤を訪れたときには、もう誰の姿もなかった。

当たり前だと、安次郎は空を見上げた。

青色と夕暮れの淡い朱色が溶け合い、まるでぼかし摺りのようだったことだけ覚えている。

長五郎が、ふんと鼻を鳴らした。

「悪かったな。おめえを責めるつもりはねえんだ。許すってのはしんどいことだ。けどよ、許されてえと思っているほうは、もっとしんどいかもしれねえってことよ」

二十と二年。決して短い年月じゃねえ、ましてや、叔父貴が逢いてえといってきたんだ、そこを汲んでやってもいいんじゃねえか、と長五郎は手酌で酒を注《つ》いだ。

「親方」

「すまねえな。ここに呼んだのは、その話じゃねえんだ。つい思い出しちまったもんでよ」

「さきほどの隅田堤ですか」

安次郎は、唇を歪め顎鬚を撫でている長五郎へ眼を向けた。

ややあって、図星だと長五郎は飯台の上の器を端に寄せた。懐から直助が購《あがな》ってきた錦絵を取り出すと、広げて見せた。

「安、おめえ気づいているのだろう」

はいと、安次郎は小さく応えた。

「なら、この後摺をどう見る」

　画に見入る安次郎から視線をはずし、長五郎は酒をあおった。

　隅田堤に咲き乱れる桜を背景にして、若い娘がふたり、人目を気にしながら枝を一本手折ろうとしている様子を描いた画だ。

　絵師は豊国《とよくに》一門の駆け出しで、一枚絵を初めて手掛けたらしい。役者絵、美人画を能《よ》くする豊国門下らしく愛らしい中にも艶っぽさのある娘姿だが、構図も珍しいものではなく、校合摺《きょうごうず》りを見たときには凡庸《ぼんよう》な印象を受けた。

　もっとも安次郎にとっては、名のある絵師だろうと、駆け出しだろうとあまり大差はない。摺師は絵師の色差し通りに色を置き、版木に記された指示通りに様々な摺りを施すだけのことだ。

「広重《ひろしげ》師匠の五拾三次《ごじゅうさんつぎ》の蒲原《かんばら》の後摺、知っているだろう」

　長五郎が声を低くした。

　歌川《うたがわ》広重が描いた『東海道《とうかいどう》五拾三次』は天保《てんぽう》四年（一八三三）に版行され、その後、画帖《がじょう》に仕立てた物まで売り出されたほど、大いに当たった。

「後摺は数え切れねえほど出たが、蒲原宿に関しては、ありゃ初摺に劣らねえものだとおれは思ったぜ」

蒲原宿は、『夜之雪《よるのゆき》』と題された一枚で、宿場も山も雪に覆われた風景の中から、しんしんと降り続く雪の音、街道を行く三人が踏みしめる雪の音が聞こえてくるようだった。

雪の白、闇《やみ》の黒の二色に、小さく描かれた三人の人物の藍《あい》、黄、茶の三色が映えていた。

安次郎も好きな画のひとつだ。

蒲原宿の初摺は、空に入れたぼかしが、下がりぼかしだった。上部から次第に黒をぼかしていく摺りだ。だが、後摺ではこれがまったく逆の上がりぼかし。黒が下から、上に向けてぼかされていく。

後摺で施された上がりぼかしのほうが、夜の闇に沈んだ雪に覆われた宿場町を、一層、浮かび上がらせた。

「どっちが好きかと問われたら、後摺がいいとおれは答えるかもしれねえよ」

長五郎は浮かべた笑みを引いて、安次郎を見る。

「この隅田堤でも、おれは同じことを感じたぜ。後摺のほうが、艶っぽいのさ。夜の花盗人《はなぬすっと》なんぞまさに絵になる」

安次郎は口許を引き結んだ。

「私もそう思います」

「直の奴《やつ》もそれをいいかけたんだろうが、口を噤みやがった」

長五郎は肩を揺らして笑った。

「とはいってもよ、安の技量うんぬんが問われているわけじゃねえ。おめえは絵師の頭ン中の絵をかっちり形にした」

職人としてはそれで十分だと、長五郎はいいながら、安次郎の猪口に酒を注ぎ、

「こりゃあ有英堂《ゆうえいどう》の差し金に違いねえよ」

片方の口の端だけ、皮肉っぽく上げた。

有英堂は安次郎に仕事を依頼した版元だ。

安次郎は眼を見開いた。

「おそらくおめえがちょっと前に摺った堀切《ほりきり》の菖蒲《しょうぶ》、亀戸天神《かめいど》の藤棚《ふじだな》もすぐに後摺が出るだろうぜ」

長五郎は自信たっぷりにいった。

「同じ画で昼と夜を色分けして出す。有英堂の考えそうなこった。けどな」

その話はまた別のことだと、長五郎は銚子を取ったが、空だと気づいて腕を差し上げた。

おとしの明るい声が板場の中から聞こえてきた。

「はぁい、ただいま」

「わかっているんだろう、安。この後摺はおめえの施したぼかしと寸分違わねえ。それどころか、ぼかしの癖がおんなじだ。おめえが外で仕事を請け負ったといわれりゃ、そうかもしれねえと思うほど似ていやがる」

長五郎はじろりと安次郎を見やる。

「どうだい、安」

猪口を手にした安次郎は軽く口角を上げた。

「親方。そいつは逆でしょう。私に似ているのではなく、私が似ているのですから」

安次郎は穏やかな視線を長五郎へ放つ。

「これは、伊蔵《いぞう》さんの摺りです」

四

伊蔵は、十で長五郎の父親の代に奉公に入り、摺師となった。

長五郎よりわずかに三つほど年上だった。

だが十四年前のことだ。長五郎の隠居していた父親が亡くなり、その一周忌を終えた後、伊蔵は突然摺り場を出た。なにもいわずに姿を見せなくなった。長屋も引き払っており、差配もどこへ行ったかわからないと首を振った。当然のことながら、摺り場は大騒ぎだった。伊蔵が請け負っていた版木が山のようにあったからだ。それらはすべて引き札か黄表紙《きびょうし》、あるいは経文だ。すでに色摺りを任せられるようになっていた安次郎だったが、摺り場ではまだ駆け出しだ。幾枚かが回ってきて、墨一色をうんざりしながらひたすら摺った。

そのとき長五郎は一切口を噤み、伊蔵が残していった仕事を黙々とこなしていた。しばらくしてから、伊蔵が渡りの摺師になっているという話が入ってきた。

珍しいことではない。奉公を終え、通いの職人になって数年腕を磨くとべつの摺り場に移って行く者も多いが、渡りになる者も少なくはなかった。

摺師は馬連ひとつあればどこへでも移ることができるからだ。長五郎の処でもそうだ。いまの摺り場で奉公を経てそのまま居残っているのは安次郎と直助だけだ。摺り場で一番長い職人も元はべつの工房から来た者だ。長五郎の処でも渡りの職人をひとり雇っている。

そうした者たちは決められた仕事を終えると、また別の摺り場へ流れていく。

大当たりした北斎《ほくさい》の『冨嶽《ふがく》三十六景』を伊蔵が摺ったという話も流れてきたが、その後はぱったり噂も途絶えた。他の工房でもここ数年伊蔵を使ったという親方もなく、いまは消息すらわからないのだと、長五郎はいった。

「親方、お待ちどおさま」

おとしが銚子を置きながら、隅田堤の画に眼をとめた。

「あらこれ。親方さんの処で摺ったものなの」

「違うが、知っているのかい」

おとしは軽く頷《うなず》いて、きょろりと大きな眼を煤《すす》けた天井へ向けた。

「一昨日《おととい》だったかしら、これと同じ画を持ってた人がいたの。画をいまみたいに飯台の上に広げて、怖い顔でじっと見ていてね。薄気味悪かったから、声も掛けなかったけど」

思わず長五郎と安次郎は顔を見合わせた。

「そいつの年恰好《としかっこう》どんなだった」

「すごく痩《や》せた人で、白髪頭だったから、最初はうちの祖父《じい》ちゃんと同じくらいかと思ったけど、皺もそんなになかったし」

親方さんより少し上かしらと、おとしはいった。

「ひとりだったかい」

おとしは頷いた。

「お酒と肴を少しだけ召し上がって、半刻（約一時間）ほど座っていたかな。あ、おいでなさいまし」

「おとしちゃん、飯だ飯だ」

縄のれんを潜《くぐ》るより早くわめきながら、若い職人が三人、競うように入って来た。

「ごめんね、親方さん」

「いいってことよ。ありがとうな」

長五郎はおとしに向けて笑いかけると、安次郎へ向き直る。

「伊蔵かもしれねえな。けど、おれがほおずき屋に来ることは知らねえはずだ。偶然、立ち寄っただけとも思えるが」

親方と、安次郎は身をわずかに乗り出した。

「いまさらとおっしゃるかもしれませんが、伊蔵さんはなぜ急に摺り場を退いたんですか」

長五郎は太い両腕を組み、目蓋《まぶた》を閉じた。

「当時、摺り場にいた職人たちの間では、親方が追い出したことになっておりました。でなければ、あの伊蔵さんが中途半端に仕事を残していくわけがないと」

長五郎は眼を閉じたまま薄く笑った。

「ご先代が亡くなってから、親方はほとんど伊蔵さんに一色摺りの仕事しか回さなかった。それが皆の眼から見れば、意趣返しのように思えたのでしょう」

ふんと、長五郎は鼻を鳴らすと、腕を解いてゆっくり目蓋を開いた。

「安、おめえもそう思っていたのか」

「そのころは私も若造でしたから」

長五郎の父親はとくに伊蔵を可愛《かわい》がっていた。摺師としての腕は、長五郎よりも上だろうと版元や絵師にいってはばからなかった。

「なににつけても親父は伊蔵だったからな。隠居しておれに摺り場を譲った後も、伊蔵がいれば心配はねえといいやがった。芝居だ、料理屋だと伊蔵を連れ回してな。版元にも、どっちが倅だかわからねえといわれたもんさ」

長五郎は、苦笑した。

「けどな、誓っていうが、おれはそこまで了見は狭くねえ」

それはと、安次郎は隅田堤の画の一部を指で、とんと突いた。

「このせいじゃねえですか」

指し示した箇所を長五郎は見つめ、厚い唇を歪ませた。安次郎は、娘たちの足下にある草を指していた。初摺では濃い緑の中に小さな花が見え隠れしている。

その部分が、ただ茶色一色で摺られていた。

「この後摺は夜桜の風景。であれば、草が茶色であっても、おかしいことはありません。しかし、私が摺った昼の光景では、ここに赤い花が数輪咲いております。それを単色で表してしまうのは、他の部分の出来のよさに比べ、いささか雑に思えます」

伊蔵ならば、茶色を使ったとしても花色と草色とそれぞれをべつの茶で摺り分けることぐらいはするはずだ。

安次郎は長五郎を見据える。

「むろん摺りは幾人もの手が入る。ひとりで一枚の画を摺るわけじゃあない。ここを伊蔵さんが摺ったとする証《あかし》もありませんが、この部分だけ手を抜く必要もない」

長五郎は大きく息を吐いた。

「おれも、そう思ったからこそ、おめえを呼んだんだ。伊蔵はてめえの版木だろうが人の版木だろうが手を抜くことを本気で嫌った男だ。納得がいかなきゃ彫師《ほりし》にも嚙《か》み付く。知っていると思うがな」

はいと、安次郎は頷いた。摺師として伊蔵は誇りを持っていた。錦絵を活《い》かすも殺すも摺師の腕にかかっていると常に口にしていた。

「じゃあなぜだ。なぜこんな半端な摺りを見逃したのか、わかるか」

長五郎は安次郎を試すような眼を向けた。

「もう気づいてんだろう、安。おれが伊蔵に墨一色だけの仕事をさせていた意味をよ。おそらくそれがあいつの出て行ったわけだということも」

安次郎は長五郎の視線から逃れるように俯いた。ひとつ息を吐き、しかとはわかりませんがと、呟《つぶや》くようにいうと、

「伊蔵さんの眼は色の見え方が異なっていたのではありませんか。青と黄、あるいは赤と緑」

顔を上げ長五郎の反応を窺《うかが》うように見た。

盆のくぼに手を当てた長五郎は、やっぱり気づいていたかと小さくいった。

「おめえは伊蔵の傍《そば》に居ることが多かったからな。けどな、摺師として色の区別がつかねえことが知れたら、口が干上がる。あいつはそれを周りに悟られまいと隠し続けたんだよ」

あれが起きるまではな、と長五郎は大きく息を吐き、銚子を取った。

「覚えているか。おれの親父が逝《い》ってすぐだ。芝居好きだった親父の供養だと、有英堂の先代がくれた仕事だよ」

安次郎は記憶を辿《たど》る。

「役者絵だ」

長五郎はぶっきらぼうにいった。安次郎は小さく声を洩《も》らした。

たしか、『菅原伝授手習鑑《すがわらでんじゅてならいかがみ》』に登場する三兄弟、梅王丸《うめおうまる》と松王丸《まつおうまる》、そして桜丸《さくらまる》。当代の人気役者が演じ、市村座は大入りとなった。

「あの三兄弟の衣装には赤が使われている。それと松王丸、梅王丸の顔に施された隈《くま》取《ど》りも赤色だ」

長五郎は眉を寄せ、猪口の酒をじっと見つめた。

「おれも親父が死んで気を張っていたつもりだったが、どこか隙《すき》があったんだろうぜ」

伊蔵がかかわった仕事ならば間違いなどあろうはずがない。中身をよく確かめもせず、伊蔵から渡されたまま摺った二百枚を有英堂へ納めに行って、驚いた。

「衣装と隈取りがとび色だった」

とび色は、鳶《とび》の羽色のことで濃い茶色だ。

隈取りの色には意味がある。赤は善や力、青や茶は、悪人や邪心、妖怪や物の怪《け》の類《たぐい》を表している。

それを見た有英堂の先代は、松王丸と梅王丸が物の怪になっちまいましたねえと、おっとり口調でいったが、

「こちとら、それどころじゃねえ。冷や汗掻《か》きながら、もう一度摺り直して参りますと、額の皮が剝《む》けるほど畳にこすりつけてよ」

長五郎は逃げるように辞したといった。

摺り場に戻ると伊蔵をすぐさま自室に呼び、摺った役者絵をかざして、この色はなんだと長五郎は問い質《ただ》した。

伊蔵は一瞬、訝《いぶか》しげな表情をしながらもすぐに「赤だ」と応えた。長五郎は耳を疑った。誰がどう見てもそれはとび色にしか見えない。それを伊蔵は赤だといった。

「おれの眼がおかしいと思ったほどだ」

長五郎は茶と赤を溶いた絵具皿を並べ、伊蔵の前に置いた。

「それを見たあいつは迷わず両方を赤だといいやがった。おれはますますわからなくなってよ」

摺師でありながら、色の判別ができないなどと考えるはずもなかった。

だが、そのとき。

古参の摺師が奉公に上がって日の浅い小僧を咎める声が聞こえてきた。伊蔵が使っていた赤と記された絵の具を入れた鉢に茶が入っていると怒鳴っているのだ。小僧は漢字が読めなかったと、言い訳をしてさらに叱《しか》り飛ばされた。それを聞いていた伊蔵の顔からみるみる血の気が引いた。

「それで知れたというわけよ。赤色は紅花か、水銀、鉛を使って作る。伊蔵は赤色と茶色を作って小僧に鉢へ移しておくようにいったんだろう」

けれど小僧が鉢を間違えた。記された赤の字が読めず、茶色を注いでしまったのだ。

長五郎は眉をしかめ眉間《みけん》に皺を寄せた。

「生まれつきかと訊《たず》ねたが、そうではないと応えた。医者に診立ててもらってもわからなかった。歳を取れば色の見え方が違ってくることもあろうよ。おれの親父がそうだったからな。けれど伊蔵は違う。まだ三十半ばだ」

ただ、ひとつだけ思い当たる節があるとすれば、長屋の屋根を修理していてうっかり転げ落ち、頭を打ったことだという。

二日寝込んだが、頭痛も吐き気もしない。何事もなくよかったと思っていたが、そのころから両目がおかしくなったような気がすると、伊蔵はいったという。

初めはこれまで見えていた草色がすべて濃い青緑に見え、黄が白っぽくなっていたという。絵の具の変色にしてはおかしいと思ったらしい。さらに聞けば、少し前から伊蔵の眼には赤と緑が茶に映り、赤と緑が交ざるとそれぞれの色の判別も難しくなった。紅や朱、濃緑と鶯《うぐいす》などの違いがあるときには、濃淡で判断をしてきたのだと長五郎に語ったという。

そのため、伊蔵に一色摺りしかさせなかったと、長五郎は辛《つら》そうにいった。

「おれには色が違って見えるというのがどういうことなのかわからなくてよ。伊蔵もそれで納得していると考えていたんだ。技量はずば抜けているんだ。おめえや他の若い者たちへ教える立場になってくれりゃいいともな」

だが、それが摺師としての伊蔵には耐えられなかった。おそらく身を退けと引導を渡されたような心持ちだったのかもしれない。

「だがよ、安。渡りになってまで摺師でいることを選んだ伊蔵が、有英堂の、しかもおれやおめえが眼にするのを承知しながら、なぜこいつを請けたと思う」

安次郎は静かに口を開いた。

「勝手な思い込みかもしれませんが、気づいてほしかったのではないでしょうか。一昨日ここへ来たのが伊蔵さんだとしたら、なおさらです」

これは伊蔵が長五郎に宛《あ》てた言伝《ことづて》ではないだろうか。そんなふうに思えてならなかった。

「明日、有英堂に行くしかねえやな。それとこの画は直に返してやってくれ」

長五郎は苦虫を嚙《か》み潰《つぶ》したような表情をした。

五

長五郎と別れた安次郎は湯屋に寄ってから明神下の長屋へ戻った。五郎蔵店の入り口を潜ったとたんに、賑やかな笑い声が聞こえてきた。おたきの家からだ。

太一が来ているのだ。

太一は少し前まで、どんな仕事に就いても長続きせず、結局、武家の妾《めかけ》の間夫《まぶ》のような暮らしをしていた。それが相手の武家に知れ、半殺しの目に遭《あ》い、ようやく立ち直った。

下谷の植木屋での仕事はまずまず続いているようだ。おたきも胸をなでおろしているだろう。

安次郎が軽く頰を緩めて、家の障子戸に指をかけたとき、

「こんばんは、安次郎さん」

背に声を掛けられた。首を回すと、太一の姿があった。

「賑やかだな」

太一は首筋を掻《か》き、すいやせんと苦笑した。

「長屋の人たちが皆、集まって来ちまったんです。歓迎してくれるのはありがてえんですが、狭い家ん中で、こうも騒がしいと少しばかり息が詰まっちまって」

厠《かわや》のついでに表で一息ついていたのだといっているそばから、誰かが唄《うた》をうたい始めた。手拍子や茶碗《ちゃわん》を叩《たた》く音が洩れ聞こえてくる。

「たしかにな。けれど皆、おたきさんを慕っているからだよ」

安次郎はそういって太一に背を向けた。

「そいつはすごくありがたい。でも——」

安次郎が向き直ると、太一は視線を落とし、

「おれ、やっぱり祖母《ばあ》ちゃんとは暮らせねえ」

小さくいって、拳を握りしめた。

「おたきさんが一緒に暮らしたいと？」

太一はあわてて首を横に振る。

「いや、祖母ちゃんの口から直《じか》には出ちゃいねえ。けどよ、そんなふうな素振りというか、遠まわしな物言いをしてくるんでさ」

通いになったら店賃をふたり分払うのは損だとか、ひ孫は自分が世話をしたいとか、そういう類のことをこの頃《ごろ》話の中にちょいちょい挟みこんでくるという。

「おっ母《か》さんが死んでから、おれは散々祖母ちゃんに面倒かけた。その恩もある」

けれど、暮らすのは無理だと、太一は口許を歪めた。

「暮らせないわけがあるんですかい」

「おれ、ちょっと考えていることがあってよ。ま、そのうち話すよ」

太一が頷きかけたとき、おたきの家の戸が開いて、中からぬっと大きな影が出て来た。

五郎蔵店の住人で、浪人者の竹田《たけだ》貫一《かんいち》だ。房州《ぼうしゆう》生まれで、独り者。少々お人好しだが、剣の腕はなかなかのもので、いまは安次郎もよく知る紙問屋小原屋《おはらや》でときどき用心棒まがいの仕事をしている。荷を運ぶときや、集金のときと決まっているので、それ以外は口入れ屋で日傭取《ひようと》りの仕事を得ていた。それすらないときには、長屋の掃除や屋根の修理を女房連から頼まれている。四角ばった顔に黒々とした八の字眉のせいで、口の悪い直助は「竹田さんじゃなくて、下駄《げた》田さんだ」と会うたびにいっている。

「こりゃ太一どの。厠からの戻りが遅いので拙者が迎えに出たのだ。おお、安次郎さん戻っておったのか」

竹田が眼を見開いた。

「いまのいま戻ったばかりです」

「だとしても水臭い。まずは、ここに顔を出されよ。太一のための宴だぞ」

すっかり眼の据わった竹田は、

「などと誘ってはみたが、もう座るところなど、ありはしないのだがな」

がははと、豪快に笑う。

「ほらほら、太一どの。戻るぞ」

背後から太一に覆いかぶさるようにして肩を抱く。わかりましたよと、太一は竹田の酒臭い息に顔をしかめた。

「話の続きはいずれまた聞いてください」

竹田が、安次郎と太一を咎めるふうな眼つきで交互に見やった。

「なんだ、内密な話か。儂《わし》はのけ者か」

「そうじゃありませんよ」

太一は首を回し、迷惑げな顔つきで竹田を見つつ、口を開いた。

「摺り場のことを伺いたかっただけです」

竹田がむっと下駄の鼻緒に似た八の字眉を寄せた。

「なんだと、植木屋が摺り場のことを訊《き》いてどうするのだ。よもやお主、また仕事を替えようと企んでるのではあるまいな。そういや、やさぐれていたとき、安次郎さんに向かって摺師になるなら絵師になるとうそぶいたそうじゃないか」

太一はきまり悪い顔をした。

「もうよしてくださいよ」

「よいか仕事というものはだな」

竹田は太一の首許を太い腕でぐいぐい締め上げた。気のいい竹田だが深酒をするとしつこくなるのが玉に瑕《きず》だ。

「苦しいですよ、竹田さん。わかってますよう。気に染む染まないで選ぶんじゃない、楽して儲《もう》かるわけじゃないのでしょう。事に仕えるのが仕事、生きるための業と書いて生業《なりわい》。もう幾度も聞いておりますよ」

「おう、そうだそうだ」

「おれじゃなくて、今日、連れて来た喜八《きはち》のためです。あいつ摺りに興味があるみてえで」

唐突にいわれ安次郎は戸惑いつつも、太一のでまかせに付き合った。

「竹田さん。太一のいう通りですよ」

むっと竹田が唸った。

「安次郎さんがいうなら信じるか。ともかく戻れ。安次郎さんも来ぬか。席を空けさせるぞ」

「ありがとうございます。ですが今日は仕事がちょいときつかったものですから」

「そうか。少々騒がしいのは許してくれ」

「承知しておりますよ」

太一は首に竹田の腕を巻きつけられながらおたきの家へ戻って行った。

安次郎は軽く笑って、ようやく戸を引いた。

行灯《あんどん》に火を入れた安次郎は、そのわずかな光の下で、隅田堤の画を広げた。

一枚の錦絵は、版元の思惑と、絵師、彫師、摺師が一体となってようやく出来上がる。

絵師と版元が流行《はや》り物や芝居、美人など題材を決め、絵師が描いた版下絵を彫師は版木に彫りつける。輪郭線を彫った墨版から校合摺りを摺り、絵師は校合摺りを見て色の指示をする。その後、色差しをもとに、色数に応じて版木が幾枚必要か判断し、色版を彫る。十色を超えると、墨版を含めて、およそ五枚程度の版木を要するが、色版は表裏両面に彫りつけるので、ほぼ色数と同じくらいは必要だということになる。その色版に絵師から出された摺りの指示が記される。

摺師は、その要求に応えるためにいる。絵師が思い描いたとおりの画に仕上げなければならない。どんなにやっかいな摺りを頼まれても、それをこなしてこその摺師だ。出来て当たり前。それ以上ならまだしもそれ以下では、おまんまの食い上げになる。

初摺では、色、摺りともに絵師の意向が反映されるが、後摺は違う。そこにはもう絵師は介在しない。

二箇所ぼかしが入っていたら一箇所にする、十色が七色になることもある。それは版元が売れているうちに仕事を急がせるということもあるが、摺師の腕による場合もある。腕が劣れば、その分凝った摺り技は省かれてしまうのは止《や》むを得ない。たとえ技術があったとしても、後摺は摺賃が下がるため、ちゃっちゃと済ませてしまいたくなる。

だが、やはりこれはと、安次郎は唸った。

初摺で絵師に指示されたそのままを色だけ替えて、摺り直されたと思うほかはない。

この画に施されたぼかしは全部で三つ。

空の拭きぼかし、桜花と大川の刷毛《はけ》ぼかしと、娘ふたりの白眼にわずかに入れた眼ぼかし。

水の刷《は》き方、色の滲ませ方もほぼ同じだ。

当然だった。

安次郎は、伊蔵の摺りを学んできたからだ。

年季が明け、馬連を握る許可がでても、その後が肝心だった。

誰かが、手取り足取り教えてくれるわけではない。これぞと思った職人の技を真似て盗むしかないのだ。

安次郎は伊蔵の隣で、常にその摺りを見ていた。水を含ませた紙の伸びがどれほどか、見当の合わせ方、色の作り方、色の置き方、刷毛の使い方、馬連の扱い、色の決め込み。

重ねた色がどのように変化し、ぼかした滲みの色調がどうあれば美しく見えるのか。

伊蔵は摺り台の前に座ると、右手で握った馬連を左の掌《てのひら》で強くこすり、調子を確かめる。

馬連は大小十枚ほどを持つ。伊蔵は摺り面の大きさに合わせて少なくとも三枚の馬連を用意し、ひとつひとつためしてから摺りに取り掛かる。

伊蔵は、安次郎が摺り台を覗き込んでいても、なにも話さなかったし、なにを教えてくれるわけでもなかった。摺り始めると、伊蔵にはまったく周りが見えなくなった。人の言葉も会話も耳に入らない。長五郎が隙を窺い、肩に手を置くとやっと気づくというふうだ。

伊蔵は版木の彫りを見ただけで、幾枚が限度かも言い当てる。刃の角度、彫りの深さや甘さでわかるのだという。

「続けて摺ると彫りが潰れるからな。版木は休ませてやらなきゃだめだ。二百摺ったら数日休ませる。そうすりゃ版木も長持ちする」

伊蔵は版木を優しく撫でる。

わかるかよ、安。刃が寝ていれば、絵の具がもたつかねえ、すっきり切れるんだ。

そのとき初めて伊蔵は自分の父親が彫師だったとぼそりと明かした。いつか親父の彫った版木を摺ってみたかったが、大酒呑《の》みで肝の臓を患ってぽっくり逝っちまったと、笑った。

「まあ、彫りも摺りも絵師がいてこそ成り立つ。けどよ、おれたちは、てめえの技をきっちり画に映すからこそ胸を張れるってもんだ。その技が生かせねえような彫りに文句をつけるのは当たり前だ。むろん、その逆もあるがな」

伊蔵の頬にえくぼが浮かんだ。

伊蔵は仕事を離れると途端に変わった。だがたいていはひとりだ。宵越しの銭は持たない男で、父親譲りか、銭が入ればすぐに酒を呑んでしまう。摺り場の職人とは付き合わない。他の職人たちが誘いあって湯屋や飯に出掛けるときも、伊蔵には誰一人声をかけない。それをずっと不思議に思っていた安次郎が職人たちに問うた。

「いいんだよ。あいつはな、馴《な》れ合うのが好きじゃねえらしい」

「互いに甘えが出るからだとさ。そういう摺りはいい物にはならねえそうだ」

「もっとも先代に可愛がられて、腕っこきだの持ち上げられたところで、雇われているだけのただの摺り工でしかねえのによ」

「どこかで長五郎さんの代わりにてめえが親方になれるかもしれねえと、それこそ甘ぇこと考えてたんじゃねえか」

まだ仕事をしている伊蔵に構うことなく、職人たちは聞こえよがしにいった。飯を食いながらも、伊蔵の話は続いていた。

「昨日も彫りの浚《さら》いがなってねえって、彫文《ほりぶん》へ乗り込んだそうじゃねえか」

「たまらねえ、あれは後摺だぜ。浚いが出来ているかどうかなんざもうかかわりねえ。無様になろうがなるまいがなかろうが摺師は摺ればいいだけだ。墨が潰れても摺りのせいじゃねえ」

「彫師に睨《にら》まれたらこっちに仕事が回って来なくなるってことを考えてくれなきゃな」

周りは皆、歳上ばかりだったが、安次郎は飯を食いながら、つい口を挟んだ。

「彫りがちゃんとしてなきゃ摺り技も生かせない。だから伊蔵さんは」

いった途端にひとりの職人が安次郎の胸倉《むなぐら》を摑んだ。

「武家の出かなんだか知らないが、偉そうな口を利くんじゃねえよ、半ちく野郎が」

「おれは武家じゃねえ。摺師です」

「うるせえ。そういうてめえの取り澄ました物言いがうっとうしいんだ」

いきなり頰を張られた。

唇がわずかに切れ、舌で舐《な》めると錆臭《さびくさ》い味がした。飯を終えた後、伊蔵に見咎められたが、安次郎は黙っていた。

他の職人とぎくしゃくしているのに気づいたのだろう、伊蔵は自分の傍で安次郎に絵の具を作ってくれといった。色を作る、色を合わせるのも、ひとつの修練だといってはいたが、思えばそのときから伊蔵の眼は変調をきたしていたのかもしれなかった。

それまで自分が見ていた色の記憶だけで、絵の具を見分けていたのだろう。

六

不意に人の気配を感じた。

障子戸の向こうから小さな声がする。まだ幼い声だ。

「心張り棒はかいちゃいねえですよ」

安次郎が声をかけると、そろそろと窺うように障子戸が開けられた。

見れば、十かそこらの男児だ。やせっぽちの丸顔で眼の大きな子だった。初めて見る顔だが、手にはどんぶりを持っている。

そういえば太一は連れがあるといっていた。

この子がその喜八だろう。

「おたき婆ちゃんが、これを安次郎さんにって。あの、ここに置いていいですか」

男児は恐る恐る土間に足を踏み入れると、座敷の隅にあった箱膳《はこぜん》を眼にとめ、どんぶりをその隣に置いた。そのとき、行灯の下に広げてあった隅田堤の一枚絵に男児がふと眼を向けた瞬間、安次郎と視線が合った。

あわてて男児は俯き、

「お邪魔しました。おやすみなさい」

頭を下げて背を向けた。

「お前さんが、喜八か」

振り向いた喜八は困惑した表情になった。

「太一さんから摺りに興味があると聞いたのだが、ほんとうかな」

喜八は唇を嚙み締めて、小さく頷く。太一がとっさについたでまかせではなかった。

「幾つになる」

「十一になりました」

「いまの奉公先は太一さんと同じ植木屋なのだろう。そこが辛いのかい」

か細い身体では植木屋ではしんどいのだろうか。

「そうじゃありません」

突然、喜八は声を張った。

「おいら、草木を育てるのが好きだし、親方も職人さんたちも優しいし、太一さんも弟みたいだっていってくれてます。それに死んだおっ母さんの知り合いだから」

だけど、と喜八は再び唇を嚙み締めた。

「おいら、花の色が好きなんです」

安次郎は口の端を上げ、

「なら絵師のほうがいいんじゃねえのかい」

少し意地悪くいった。喜八がかぶりを振る。

「花の色をとどめておこうと思ったって枯れちまうから無理な話です。でも摺師はどんな色だって作れる。朝焼けも夕焼けも水の色も。おいら、色を作りてえんです」

喜八は鼻を膨らませ、懸命だった。

安次郎は眼をしばたたいた。

珍しい小僧だ。色を作りてえ、か。

たしかに摺師は絵師の望む色を作らねばならない。色を扱う摺師であれば、絵師の色差しを見ただけで、全体の画が浮かび上がる。

絵師が頭に描いた画を、読み取ることが必要だった。

「家にあった山百合《やまゆり》の画に不思議な色があったんです。どうやって出すんだろうって。朱ではないけど、茶でもない」

すごくきれいだと思ったんですけどと、喜八はわずかに目蓋を伏せ沈んだ表情を見せた。だが、すぐに顔を上げて、

「かけ合わせという摺りだと教えてもらったんです。あのう、摺ったこと、あります

か」

　上目に窺うように訊ねてきた。

　一瞬見せた喜八の表情が気にかかりつつ、安次郎は笑みをこぼした。

「かけ合わせもぼかしも施すさ。おれは摺師だからな」

　あっと喜八はしくじったような顔をして、

「すみません」と、頭を下げた。

「気にしないでいい。そうか」

　かけ合わせかと、安次郎は呟いた。かけ合わせは、一度摺った色の上に、べつの色を載せる摺りだ。二色が重なることによって、単色では出せない微妙な色を出すことが出来る。

　安次郎は叔父に捨てられ、長五郎に拾われた。厄介になって一年ほどしてから武家ではなく摺師として生きていくことを決めたとき、長五郎から見せられたのが、かけ合わせだった。黄に薄紅を載せると、黄昏時《たそがれどき》の空の色が紙の上に現れた。

「あらかじめ絵の具を混ぜて作ろうったって出せる色じゃねえんだよ。かけ合わせっていってな、色の上にべつ色を重ね摺りするんだ。おめえがこれからどんな色を出してくれるか、楽しみだぜ」

長五郎が安次郎の頭を撫でた。もう二十一年前の話だ。

安次郎は喜八を手招いた。

「こんな暗がりじゃ、よくわからねえと思うが、お前はこの画をどう思う。ちょいと上がって見てくれねえか」

喜八は遠慮がちに座敷へ上がると膝《ひざ》をきちんと揃《そろ》えた。

「そう硬くなるな」

安次郎は隅田堤を喜八へ滑らせた。喜八がおずおずと指を伸ばす。

画を食い入るように見つめていたが、わずかに不思議な顔をした。

「色が暗いのは夜の風景だからでしょうか」

「たぶんな」

でもと、画に指を当て小さな声でいった。

「娘の足下です。ここは草の中に小さな花があります。なぜここを茶の一色で摺ってしまったんでしょう」

喜八は首を傾《かし》げた。

「夜でもここには花色があるはずなのに」

安次郎は眼を細めて喜八を見た。たいしたもんだ。見抜きやがった。

「いつでも摺り場に来るといい」

「ほんとに？　いいんですか」

喜八が眼を見開いた。

「その代わり植木屋の親方にちゃんと許しをもらってから来ると約束してくれるか」

喜八は安次郎を真っ直《まっす》ぐ見て頷いた。

と、表がにわかに騒がしくなった。ようやく宴がお開きになったようだ。

「すまねえな。長話になっちまった」

「おいら、太一さんに聞いてたんです。祖母ちゃんちのお向かいが摺師さんだって。

それで無理に頼んで連れて来てもらったから」

喜八の大きな瞳《ひとみ》は薄明かりの中でも輝いて見えた。

直助が版木に色を置きながら感心して頷いた。

「珍しい小僧ですねぇ。奉公先がちゃんとあるのに摺師がいいというんですか。しかも色を作りたいだなんて、酔狂にもほどがある」

そういう直助も似たようなものだ。小間物屋の息子でありながら、実家を飛び出し、摺師になったのだ。安次郎は苦笑した。

「あ、兄ぃ。なに笑っているんです。おれは、おまんまの安って摺師に惚れたんですよ。この人についていこう、絶対弟子になって離れねえと心に誓ったんですから」

相変わらずうすら寒いことを平気で口にすると、安次郎は呆れた。

根っこの部分が違うんですと、直助は喜八と比べられたのが不愉快だという顔をした。

外出から戻って来た長五郎が摺り場に入るや、まず直助に眼をやった。

「今日はまともに来たようだなぁ」

「当たり前じゃないですか。昨日は千代紙も千枚耳を揃えて摺りました」

「いつもそうして仕事熱心だと助かるぜ」

直助は、うへへと笑い、

「ま、いつでも頼りにしてくだせえ」

鼻の下をこすり上げて、胸を張った。

長五郎がむっと口許を歪め、皮肉も通じやしねえと、呆れ返りつつ、

「安、ちょっといいか」

首をくいと曲げた。

長五郎の背を見ながら、摺り場と続きになっている座敷へ入った。長五郎は長火鉢

の前に腰を降ろすと、煙管《キセル》を手にした。

「昨日のことだが」

長五郎は刻みをつめながら、早速切り出した。有英堂はあっさり認めたという。

「もっとも認めるも認めないもねえがな。これから菖蒲と藤棚も続けて後摺を出すんだそうだ。摺師は伊蔵に間違いねえ」

ただ、有英堂吉之助《きちのすけ》は伊蔵が長五郎の摺り場にいたことは知らなかったという。

「じつは渡りの伊蔵さんが、安次郎さんの兄弟子にあたる方なのだと、あちらの親方から聞かされ驚きました」

有英堂は、そうした人なら腕も確か、ならば色だけ変え、初摺とまったく同じ摺りにして昼と夜では風景も表情が変わる、そんな趣向を試してみたいと思ったのだという。

「仕上がりを見て、またも驚きました。ぼかしの感じがよく似ていると思いましたよ。おかげで大当たりです。とりたてて初摺が売れたわけではないのですが、夜の風景を出した後に、一緒に売れ始めましてね」

近々安次郎と伊蔵を招いて宴でもしようじゃないかと、有英堂は終始ご機嫌だったらしい。長五郎は煙を吐いた。

「だが、伊蔵の塒《ねぐら》までは知らないそうだ」

安次郎は、つと膝を進めた。

「どこの摺り場に身を置いているのですか」

「露月町《ろげっちょう》の摺由《すりよし》、だそうだ」

安次郎は眉根を寄せた。

「あすこは、たしかご改革で」

「その通りだ。結構、厳しくやられたはずだ」

長五郎は灰吹きに煙管を打ちつけた。

七

老中水野忠邦《ろうじゅうみずのただくに》は、綱紀粛正、奢侈《しゃし》禁止を掲げ、贅沢《ぜいたく》な衣類や装飾品、風紀が乱れるとして女髪結いも禁止した。料理茶屋での宴会も処罰の対象になった。それ以外にも芝居小屋は猿若町《さるわかちょう》へ移転、寄席の縮小など庶民の娯楽に至るまで、厳しく取締りが行なわれた。

それはもちろん出版にも及んだ。戯作者《げさくしゃ》の為永春水《ためながしゅんすい》や柳亭種彦《りゅうていたねひこ》らが捕縛され、錦絵も、遊女を題材にしたものや役者の似顔や紋などを描くこと、名を記すことさえ禁じられた。国芳《くによし》、国貞《くにさだ》といった人気絵師も苦境に立たされた。

その余波は当然、彫りや摺りの職人も被《かぶ》ることになる。仕事は激減し、風紀を乱すとされたものは版木を割られた。

「摺由も少し前までは羽振りがよかったはずだが、あんなご時勢だったからな」

美人画や役者絵を多く手掛けていた版元と付き合いがあっただけに、改革のあおりをまともに受けてしまったのだろう。

「摺り賃の安い後摺でもやらなきゃやっていけねえのだろうよ」

まあ、どこも一緒だなと、長五郎はいった。

「ただな、伊蔵が摺由にいるとわかっても、いきなり訪ねるわけには行くめえよ。どうしたもんかな」

長五郎は長火鉢の縁《へり》に肘《ひじ》を載せて唸った。

「構わねえと思いますが。隅田堤はそのつもりだったと私は考えております」

気に食わねえと長五郎は大きく息を吐いた。

「あんな真似をするなら、てめえから訪ねて来ればいいじゃねえか。それともここまでの道を忘れちまったってことか」

皮肉を込めたつもりだろうが、長五郎の口調にはどこか寂しさが滲んでいた。

「おれはやっぱり頼りにならねえようだな」

長五郎は自嘲《じちょう》気味にいうと、鬢《びん》を掻いた。

ところで親方と、安次郎は喜八のことを告げた。ほうと、長五郎は眼を見開いた。

「あの足下の茶に眼をつけたのか。十一の小僧がてえしたもんだ。しかし植木屋に奉公しているのだろう。死んだ母親の知り合いじゃ、おいそれとやめるわけにもいくめえな。父親はいるのか」

「そこまでは訊いておりません」

ふーんと長五郎は口をへの字に曲げた。

「まあ摺り場を見てえというなら、構わねえさ。仕事も立て込んじゃいねえしな」

「ありがとうございます」

安次郎は頭を下げて座敷を出た。

摺り台に戻った安次郎は、

「直。頼みがあるんだが」

直助の眼に喜びの光がともる。

「なんです、なんでもいってくだせえよ」

「そう期待されても困るんだが。喜八を探っちゃくれねえか。気になることがあってな」

へっと直助が眼をしばたたいた。

「摺師になりてえってのが変ですかねぇ。そしたらここにいる連中、皆変ですよぉ」

安次郎は軽く舌打ちした。

「誰も変といってはいねえ。気になることだ」

それまで夢中になって話をしていた喜八が急に見せた、暗い表情のわけが知りたかった。

かけ合わせを喜八に教えた者が摺師であるのかはわからないが、

「太一には訊くなよ」

一応釘《くぎ》を刺した。

「わかってますよう。おれは仙吉親分の手伝いをしているんですから大丈夫ですよ。この頃は、人に話を訊くのも慣れてきましたよ」

「それと、お前は知らないがここに昔いた伊蔵って摺師だ。露月町の摺由にいる」

「昔の仲間のなにを探るんですかい」

後摺を摺った摺師だと告げると、直助は妙な笑みを浮かべた。

「やっぱり悔しいんだな、兄ぃも」

「そうじゃねえよ。懐かしいだけだ」

そうかなぁと直助は空とぼけた。

安次郎は息を吐き、摺り台に眼を落とした。

朝顔と娘の画だ。花色は藍に白。藍は花の筒元に向かってぼかしになっていた。これを仕上げれば、また伊蔵がすぐに色を変えて後摺を出す。やはり妙な気分だった。競うつもりはないとしても、摺り技で劣りたくはねえ、安次郎は心のうちで呟いた。直助のいうとおり、どこかに悔しい思いがあるのかもしれなかった。

「直の兄さん、すみません」

直助が顔をあげると、千代紙の摺りを手助けしてやった奉公人がべそをかいていた。

「どうしたんだよぉ、半ちくが半べそかいても洒落《しゃれ》にもならねえぞ」

「今日も間に合わなくなりそうなんです」

そろそろと、千代紙の版木を直助に向けた。

「おい待てよぉ。またぞろ千代紙か。おれは今日、こっちを仕上げるんだよ」

直助はげんなり顔をする。

「親方が直助兄さんは頼りになるからと」

げっと直助は頓狂《とんきよう》な声を出し、うな垂れた。

「頼れなんていわなきゃよかった」

恨みがましい眼つきで、座敷にいる長五郎を見る。長五郎は素知らぬ顔をしながら茶を啜っていた。

「ま、詮方《せんかた》ないな。自分の口から出たことだ」

安次郎はいった。

「冷てぇなぁ、もう」

直助が口先を尖らせ、版木をよこせと半ば自棄《やけ》気味に半ちくに怒鳴った。

すると、直助の斜め前に座っていた年長の摺師が、

「こいつはひでえな。色名が記されてないじゃねえか」

版木と校合摺りを見つつ呆れ返った声を上げた。

どこの版元の物か、校合摺りに絵師が薄い色を差したものだけが届けられた。

「こんな色じゃわかりゃしねえ。摺り抜きが多いのも版木をケチったな」

摺り抜きは、一枚の版木で二色まかなうものだ。たとえば上部に藍色の下げぼかし、下部の草色の上げぼかしというように、色が離れていれば、一枚の版木でも十分に摺り分けが出来る。

「親方、いくらご改革のあおりを受けたといっても、こんないい加減な仕事を受けなきゃならねえんですかい。版元もどうかしてやがる」

素人に毛の生えたようなものだ。

長五郎は長火鉢の前に座って、またぞろ煙管を吹かしていた。

「仕方あるめえ。そいつはたしかに素人だ。商家の引き札って名を借りた主の道楽だよ」

年長の摺師が舌打ちした。

「ですが彫りもひでえですよ。色はいいとこ五色だからまだいいが」

版元は露月町にある登美屋《とみや》。ふと露月町には摺由もあることに安次郎は気づいた。

「親方、登美屋という版元は初めてですね」

「新しい版元らしい。彫りのほうから回って来た仕事だ」

「ったく画のほうもお粗末だなぁ」

ぼやきは止まらなかった。

そのとき、おちかが摺り場に入って来た。

「安次郎さん、喜八さんて子が訪ねて来たけど」

えっと安次郎は立ち上がった。来いといったが、昨日の今日は早過ぎる。

探る前から来ちまったと、直助も残念そうな顔をした。

八

数日後。

「兄ぃ兄ぃ、おまんまの兄ぃ」

直助が摺り場に飛び込んで来た。どこから走って来たのか汗だくだ。もっとももう陽は中天近くまで昇っている。

初夏の陽射《ひざ》しが強くなり始める頃だ。

登美屋は新しい版元なんかじゃありません、お上に潰された日立屋《ひたちや》ですと、息を切らせながらいった。

「直さん、お水」

おちかがあわてて飛んできて湯呑《ゆの》み茶碗を差し出した。直助はそれを取るのに、ちゃっかりおちかの手まで握り、にっこり笑いかけた。

「気が利くなぁ、おちかさんは。ちょうど喉《のど》が渇いていて」

安次郎が険しい眼を向けると直助は、忙《せわ》しくおちかに頭を下げて、ぴたりと座った。

「登美屋が日立屋だというのはほんとうか」

安次郎が訊ねるや、直助はこくりと頷いた。

安次郎は刷毛を握ったまま直助を見る。

日立屋は此度《こたび》の改革で潰れた絵双紙屋《えぞうしや》で版元も兼業していた。戯作を出していたようだが、ほとんどの稼ぎはワ印だった。つまり春画だ。艶本《えんぽん》も一枚絵も画帖に仕立てた豪華本も作っていたという話だ。それらすべてをお上が没収し、版木は割られ、書物類はすべて焼却と相成った。主《あるじ》の勘兵衛《かんべえ》も手鎖《てぐさり》五十日の上、身代すべてが取り上げられた。

「その登美屋はいまも店の裏に工房を持っていまして、絵師と彫師と摺師を抱え込んで仕事をさせているんですが」

「まさか、その摺師が」

直助がこくこくと顎を幾度も上げ下げした。

「兄ぃのいってた、伊蔵って人です」

伊蔵は春画を摺っていたのだ。

「そのうえ主の勘兵衛は有英堂さんを恨んでるようです」

その日の夕方、露月町へと安次郎は足を運ぶことにした。直助の話によれば、春画を売り捌《さば》いていることをお上に密告したのが有英堂だという。

安次郎はまず芝《しば》にある有英堂を訪ねた。

主の吉之助は、歳が近いせいもあるが、なにより安次郎の腕を買ってくれている。宴席にも招いてくれるが、安次郎は賑やかな場所は気疲れするためあまり好きではない。よく断りを入れるのだが、それでも長五郎とともに声をかけてくれる。

突然の訪問にもかかわらず、主の吉之助は嬉しそうな顔した。

登美屋、もとの日立屋の話をすると寝耳に水だと吉之助は笑った。同業者をお上に売るはずがない。むしろ寄合で気をつけろと助言をしたぐらいだといった。

とんだ逆恨みだと、吉之助を呆れさせた。

「そういえば、今夜伊蔵さんが参りますよ。私どもにある版木でちょっと見たいものがあるからとおっしゃって。摺り場が引けてから来ると」

吉之助はそうだと、手を打った。

「近々安次郎さんと伊蔵さんとをお招きして宴席を張りますからね。芸者も揚げてぱっとやりましょう」

ありがとうございますと、安次郎は断る理由を考えながら、有英堂を辞した。

だが、有英堂の向かいの路地で安次郎は伊蔵を待った。ここに居れば伊蔵の姿が見える。

生温かい湿った風が路地を抜けていく。明日は雨かと、思わず安次郎は空を見上げた。

少し黒い雲が夜空の星を隠していた。すでにほとんど人通りは絶えていた。五ツ半（午後九時頃）を回ったくらいだろう。ひとり歩いて来る人影をみとめた。ほおかぶりをして、背には大きな荷を背負っている。

有英堂の前で止まり、潜り戸を叩くために屈《かが》んだとき、「伊蔵の兄さん」と、安次郎は飛び出した。振り向いたのははたして伊蔵だ。

「こりゃあ驚いた。安次郎か。久しぶりだな」

ほおかぶりをしていたが、そういいながらも伊蔵の眼は安次郎を見ていなかった。

「兄さん。その荷はなんですか」

伊蔵は背負った荷を隠すように身を捻《ひね》った。

「おめえにいう筋合いはねえよ」

「版木のようにも思えますが」

安次郎が一歩前へ出ると、伊蔵が一歩退く。

「摺師が版木を持っていちゃおかしいか。なにもやましいことなんざねえ」

伊蔵は開き直ったように声を張り上げた。

もちろんですと、安次郎は静かに頷いた。

「しかし、兄さん。持ってちゃいけねえ版木もあります。登美屋は裏でワ印を摺っていた日立屋と聞きました」

「そこをどいてくれ。おれは有英堂に用がある」

伊蔵の声がわずかに震えていた。

「それだけですか」

「なにがいいてえんだ。おめえの話は相変らずまどろっこしいぜ」

安次郎を突き放すように伊蔵がいい放つ。やましいことなどないといいながらもその様子はおかしい。安次郎は口を開く。

「先日、摺師になりたいという小僧がひとり、摺り場へ来ました。私の隣に座り、食い入るように私の手許を見つめておりましたが」

ふと安次郎が頬を緩めた。

「自分の拳を握り、腿《もも》の上で滑らせていました。あれはきっと、馬連の動きを真似ていたのでしょう」

おれになんのかかわりがあるってんだ、勝手に面倒見てやればいいと、吐き捨て、立ち去ろうとした伊蔵の腕を咄嗟《とっさ》に摑んだ。

「なにしやがる。放しやがれ」

伊蔵が鋭くいうや、力任せに腕を振った。安次郎はさらに力を込め、伊蔵を見据えると、

「小僧の名、喜八といいます」

低い声で告げた。伊蔵の眼が一瞬だけ見開かれた。

「喜八の家には山百合の画があるそうです。そのとき、かけ合わせという摺りだと教えてもらったと」

それがなんだと伊蔵がうそぶく。

「兄さんのお子ですね」

「違うな、おれにはガキなんざいねえ」

「喜八は色を作りたいそうです。なにゆえ色にこだわるのか、ようやくわかりましたよ。父親の眼の代わりをしたかったからですよ」

伊蔵は鼻先で笑った。

「ふざけちゃいけねえ。人の眼の代わりになるだと。馬鹿も休み休みいいやがれ。て

めえの眼はてめえのものだ。誰の代わりになるもんじゃねえんだ。その小僧によくいっておけ」

摺師になりてえだと、馬鹿な奴だと伊蔵は首を振った。

「ならば、なぜ後摺を請けたんです。親方に伝えたいことがあったからじゃねえんですか、気づいてほしかったのではないですか」

「調子に乗るんじゃねえぞ、安。おれにだって意地があらあ。おめえの初摺より、おれの後摺のほうが上だと、わからせてやりたかっただけだ。長五郎にもだ」

伊蔵が安次郎を強く睨《ね》めつけた。

「おれが長五郎のところを出たのは、長五郎の眼のせいだ。哀れんだ眼つきが許せなかった。てめえにわかるか。錦絵が錦の色に見えねえ辛さをよ。周りにバレねえよう、どれだけ気を張り詰めていたか」

「それでも兄さんは、仕事をこなしてきた」

利いたふうなことをいうな、飯を食うためだと、伊蔵は吐き捨てた。

「兄さん。人の眼なんてものはあてになりません。本当の色が見えているかなど誰にもわかりはしない。紫が赤に近いか青に近いか、その人の心持ちで違って見えるもんです」

安次郎は静かにいった。

「だが、いまの兄さんは違う。色がわからねえのじゃねえ。心の中の眼が曇っているから色が見えなくなっているのでしょう。喜八のことも、摺師であろうとしていることも。てめえの手で眼を覆って、格好だけつけていやがる——助けてくれといってもいいんですよ」

安次郎は身を返して、伊蔵の背の荷に手をかけた。はっとした伊蔵が包みを引き寄せたとき、指から結び目が抜けた。中の版木が音をたてて地面に落ちた。

安次郎と直助は、長五郎に呼ばれほおずき屋へと赴いた。

「登美屋の勘兵衛は番屋で皆吐いたそうです。有英堂に仕返しがしたかったと」

岡っ引きの手下をしている直助が話を聞いてきた。

日立屋の名を改め露月町に店を構えたとき、勘兵衛は摺由から出てきた伊蔵を見かけた。伊蔵は渡りの摺師だ。眼が悪いことに気づかれる前に摺り場を移る暮らしだった。そのため、勘兵衛からもらう墨一色の艶本の仕事は楽で金も入った。しかし、長くかかわったためにふとした事で勘兵衛に気づかれてしまった。眼を患っていることを知った勘兵衛は、脅しをかけたのだ。

「つまり摺由や有英堂にばらすといったわけです。そうしたら伊蔵さんは摺師としてやっていけなくなります。もしかしたら、この先、もっと眼が利かなくなるという恐怖もあったんでしょうね」

喜八のためにもまとまった金を残してやりたいと懸命に働いていた伊蔵は、いまの摺由の仕事を失いたくなかった。

喜八は通い詰めていた居酒屋の酌婦との間に出来た子だ。だが、身籠《みごも》った女が店を辞めたことを伊蔵はまったく知らずにいたという。その居酒屋からも足が遠のき、数年ぶりに居酒屋へ赴いたとき、女将《おかみ》から初めて聞かされ、驚いたらしい。女将から聞き出した長屋へ一度だけ足を運んだが、流行り病ですでに女は亡くなっており、女の母親が喜八の面倒を見ていた。

山百合の画が大事に飾られていた。伊蔵が戯れに試し摺りの一枚を女へ渡したものだ。

自分が父親だと告げることが出来なかった。眼を患っている自分はいつ何時、摺師として食えなくなるかしれない。子を背負うことが重荷になる、そう感じていたが、やはり捨て置くことなど無理だった。

せめて金だけでもと伊蔵は思っていたのだ。

「登美屋に持ちかけられたのが、ワ印の版木を有英堂に置いてくることです。それで、登美屋が番屋に走るという筋書きで。摺師として続けられるようにしてやる。金もやるという登美屋の話に乗せられたんです」

だが、有英堂と摺長の長いつき合いを知っている伊蔵はなんとかしてこの企みを報《しら》せたかった。それがあの茶色一色の草花だ。

直助がいい終えると、長五郎が長息した。

「伊蔵も馬鹿だが、登美屋もくだらねえ真似をしやがる。有英堂もとんだとばっちりだ。登美屋を密告したのは雇っていた絵師だって話だぜ。売れているのにろくな銭を払わねえってな。それもひどいもんでよ」

絵師は人足寄場《にんそくよせば》帰り、彫師は島帰り、そして摺師は伊蔵だ。秘密を抱えた者たちを登美屋は巧みに利用していたのだ。

「素人相手の一枚摺りも相当銭を要求していたらしい。早々にあの仕事は返してやった。けどよ、登美屋はもうおしまいだ。お上の裁きはどうかは知れねえが、版元たちにこの顚末《てんまつ》が広まれば、二度と店は出せねぇ」

胸くそ悪いと、長五郎は銚子から酒を口に流し込んだ。

「ああ、親方ぁ」と、直助が喉を鳴らす。

「おとしちゃん、この物欲しそうなヤツに酒頼むぜ」

はーいと軽やかな返事が響いた。

「直の捕り物ごっこが役に立ったな」

「ごっこじゃねえですよ、おれは仙吉親分の手下なんですから」

「ま、本業を忘れるな。おめえは摺師なんだからよ。なあ、こまんまの直さんよ」

えへへと、直助は肩をすぼめて照れていた。

「おいでなさいまし」

安次郎は縄のれんを潜ってきた客の姿を見て小さく声を上げた。

「伊蔵さん、喜八――」

長五郎は振り返らなかった。

伊蔵は長五郎の背に向けて頭を下げた。

長五郎は黙って酒を呑んだ。

「親方」

身を乗り出した直助を安次郎が制した。

長五郎が仏頂面を崩さず、口を開いた。

「おれあもう馬連を握ってねえんだ。卒中で倒れてからこっち、右手に痺れが残っちまった。羨《うらや》ましいぜ。いまだに摺れる奴がよ」

伊蔵の唇が小刻みに震えた。

「渡りを雇うほどの余裕はねえが、そういや小僧がひとり足りねえの、安」

「はい。いろいろ不便で困ります」

安次郎は、伊蔵と喜八へ向けて頷きかけた。

その場に膝を落とした伊蔵の背を、喜八がまだ頼りなげな腕でそっと抱いた。

第二話
色落ち

一

空の具合が悪い。

激しい風に見舞《みま》われたかと思えば一転快晴が広がり、いまは三日も雨が続いていた。

返り梅雨《づゆ》だろうか。

水無月《みなづき》など嘘《うそ》だと、恨《うら》みたくなる。

厚い雲が江戸の空を覆《おお》っているせいか、摺《す》り場《ば》は朝から薄暗い。天窓を開けたいところだが、開ければ雨が吹き込むのでそうもいかない。そのうえ、夏の陽気も手伝って、ちょっとした蒸《む》し風呂《ぶろ》だ。板張りの床《ゆか》は粘《ねば》り、歩くと足跡《あしあと》が残った。

気持ちも滅入《めい》る。

「やめだ、やめだ。こんなお湿《しめ》り続きじゃ、紙も版木《はんぎ》も伸びちまう」

新吉《しんきち》が突然《とつぜん》大声を出し、もう一度、やめだと叫《さけ》んだ。

職人たちが摺り台に向かう手を止め、新吉へ視線を集めた。新吉は大きく舌打《したう》ちすると、

「暑《あ》っちいのはしかたねえが、こう薄っ暗《くれ》え中じゃ絵の具の色もはっきりしやしねえ。長五郎親方、悪いが、あっしは先に上がらせてもらいますぜ」

摺り場から続く座敷《ざしき》で、小僧に肩を揉《も》ませていた長五郎が、むうと顔を上げた。

新吉は渡りの摺師《すりし》で、七日前、摺長へ来たばかりの男だ。

通いの職人が利《き》き手《て》に怪我《けが》を負ってしまい、しばらく休むことになった。そういうときに限って、仕事が重なるのが世の常だ。困った挙《あ》げ句《く》、相談した同業の親方から新吉を引き合わされたのだ。

歳《とし》は二十二だが、すでにいくつもの摺り場を巡り、腕も悪くない。

ただ、ちょっとばかし難があるがと、同業の親方は眉間《みけん》に皺《しわ》を寄せた。そこだけ眼《め》を瞑《つぶ》れば、手間賃《てまちん》を吹っかけてくる古手の渡り者より重宝《ちょうほう》するといった。

摺師は、馬連《ばれん》一枚懐中《かいちゅう》に放《ほう》り込めば、どこでも仕事ができる。そのため渡りの者が少なくない。腕一本で、生きていける。

ひとつ処《ところ》に居座らないのは、「好きなときに好きなように働いて飯が食えればいい。職人同士のしがらみもうっとうしいし、腕さえあれば文句はねえでしょ」と、長五郎

に問われた新吉は、切れ長の眼元をわずかに細めて自信たっぷりにうそぶいた。

新吉は、摺り台から身を乗り出し、ねえ安さんも仕舞《しま》いにして飯行きましょうや、飯、酒でもいいですよ、行きつけがありゃ連れて行ってくだせえと、調子のいい口調でいった。

安次郎は、向かいに座る新吉の顎先《あごさき》の尖《とが》った顔をちらと窺《うかが》い、すぐに視線を摺り台へ落とした。

「こいつを終わらせてからでもいいですかい。あと四半刻《しはんとき》（約三十分）待ってくだされば」

「構いませんや。こっちもまだ片付けをしなけりゃならないんでね。さて、おちかちゃんに茶でも淹《い》れてもらうかな」

新吉はひとつ伸びをして、片付けを始めた。それを終えると勢いよく立ち上がり、おちかの名を呼びながら摺り場を出て行った。

左隣の直助が新吉の背を憎々《にくにく》しげに見送った。

「なんでぇ、安さん安さんと、気安く兄ぃの名を呼ぶんじゃねえよ、渡りの分際《ぶんざい》で」

そのうえ、おちかさんに茶を頼むなんざ、百年早えと、小声で文句をいった。

直助は、長五郎の娘おちかに想《おも》いを寄せている。おおっぴらにはしないが隠《かく》しもしない。当のおちかにそれが伝わっているかどうかはべつにしても、心中穏《おだ》やかでないことは手に取るようにわかる。

いまも奥の台所から、新吉とおちかの楽しげな声が聞こえてくるのが癇《かん》に障《さわ》るようだ。

安次郎はふと頰《ほお》を緩《ゆる》めた。

「おまんまの兄ぃ。なに笑ってんですか」

直助が尖った声を出す。とんだとばっちりだ。

「おちかちゃんは軽口に乗せられる娘じゃねえさ」

わかってますよ、と直助はしぶしぶ応《こた》える。

いま安次郎が主に手掛《てが》けているのは、江戸の坂を描いた続き物だ。予定では二十景だったが、なかなか評判がよく、版元は、あと十景追加することを決めたようだ。

それにしても手許《てもと》が暗い。昼を過ぎてもいっかな明るくならない。すでに摺り終えている鮮《あざ》やかな赤がくすんで見える。まるで乾《かわ》いた血の色だ。

これでは新吉が腐《くさ》るのも無理はない。新吉が抱《かか》えているのは、芝居絵の背景だった。一色のベタ摺りと、ぼかしの版木だ。ベタ摺りならば色の明暗、濃淡《のうたん》さえ違えなければいいが、ぼかしはやっかいだ。色を置く前に、版木を濡《ぬ》れた布で湿らせ絵の具を滲《にじ》ませなければならない。こんな雨続きでは、版木も紙も水気を吸っている。見越した上で、水を刷《は》く。それを同じ調子で二百枚摺り上げるとなれば、かなり気の張る仕事だ。色はもちろん大事だが、ぼかしは水の含ませ方が肝心要《かんじんかなめ》だ。湿った天候のときには、よほど急ぎでない限り、安次郎とてあまり手をつけたくはない。

渡りの新吉がいち早く仕事を切り上げたせいか、他の職人たちが不満げな顔をしている。

長五郎が厚い唇《くちびる》を曲げた。

「きりのいいところで、早目に終えるがいいやな。どれも明日《あす》、明後日《あさって》の仕事じゃねえ」

その声に、早速《さっそく》、甚平《じんぺい》という若い職人が片付けを始めた。

「おい、おめえは墨《すみ》一色の合巻《ごうかん》じゃねえか。蠟燭《ろうそく》の下でもできる仕事だ」

古参の職人がからかうと、

「そいつはなしだよ、おやっさん。親方が上がっていいといったじゃねえですか」

むっとした顔で応えた。

「よしねえ、よしねえ。そいつは一刻も早く塒《ねぐら》に帰《け》えりてえんだからよぉ」

「ああ、察してやらず済まねえことしたな」

恋女房が待っているんだものなぁと、皆がからかいはじめる。

そんなんじゃねえですよぉと、小声でいいながらも、まんざらでもなさそうに鼻の頭を指先で掻《か》いた。甚平は、この春に女房を貰《もら》ったばかりだ。

沈んだ空模様のせいで、どこか摺り場も鬱々《うつうつ》としていたが、わずかに明るくなる。

安次郎は、隣の直助を何気なく見やった。

いつもなら、他の職人たちと一緒《いっしょ》になって軽口を叩《たた》くか、おちかさんが女房だったら、などと身勝手な想像を口走っているはずの直助が黙ったままだ。いまだに仏頂面《ぶっちょうづら》をしているところを見ると、新吉のことがよほど気に喰《く》わないのだろう。

直助がいきなり安次郎へ顔を向けた。

「ねえ兄ぃ、まさかお利久《りく》さんの店へあいつを連れて行くんじゃねえでしょうね」

妙《みょう》に真剣な眼差《まなざ》しだ。

「他に行く処なんぞあるはずがねえさ」

そうでしょうけど、と直助は頷《うなず》きながらも、気に染まない顔をした。

「んじゃ、おれも行きます」

直助はたすきを締め直し、馬連を動かし始めた。置いてけぼりを食ってはたまらないというふうだ。

「親方、そろそろ上がります」

安次郎がいうと、頷いた長五郎が懐《ふところ》を探り、肩揉みをさせた小僧に駄賃《だちん》を与えた。

「そうだ、安。彫源《ほりげん》から版木は届いたかえ」

「いえ、まだ来ちゃおりませんね」

長五郎は、うんと首を傾《かし》げながら、煙管《キセル》を取り出した。

「おかしいな。源次《げんじ》の野郎が約定《やくじょう》を違えるわけはねえんだが」

彫師の源次は生真面目《きまじめ》な性質《たち》だ。決められた期日に遅れたことなど一度もなかった。摺長と彫源とは長い付き合いだ。幾度《いくたび》も同じ仕事を受けている。源次と長五郎は、歳も近いせいか、ときおり外で飯を食うような気のおけない間柄《あいだがら》だった。そのうえ、ふたりの娘、おちかとお徳《とく》も幼馴染《おさななじ》みだ。

「明日あたり、誰《だれ》か使いに出すか」

煙管をくわえ、長五郎が煙をくゆらせた。

「すいやせん、親方。明日ですが。もしもまだ雨が続いていたら、休みを」

「ああ、構わねえよ」

安次郎は、新吉の摺り台へ眼をやった。版木も紙も絵具皿もきちりと整えられていた。少々厚かましい性質《たち》だが、きれいな仕事をする男だと思った。

二

地面の土を撥《は》ね上げるような激しさはなくなったが、雨はまだ降り続いている。通りも町も彩《いろど》りを失《な》くしたようにくすんで見えた。絵師がうっかり色を差し忘れたふうだ。

安次郎が傘《かさ》を差して歩き始めると、隣にすっと新吉が並んだ。直助は舌打ちして、後から付いて来る。

お利久の店は、明神下通りから、少し広い脇道《わきみち》を入ったところにある。摺長からもさほどの距離ではない。

雨のせいで薄暗くはあるが、まだ午後も浅い。『りく』と記された赤提灯《あかちょうちん》には、当然灯《ひ》はともされていなかった。

店の前に立つと新吉は顎を上げ、軽く『りく』の店先を見回して、口の端を上げた。

「へえ、ここですかい。安さんの行きつけの店は。主《あるじ》は女か」

「兄ぃと、おれの、行きつけだ」

直助は突《つ》っ慳貪《けんどん》にいって縄《なわ》のれんを分け、「お利久さん」と、声を張り上げた。

店には、ときどき顔を見せる大工がふたり、飯台で酒を呑《の》んでいた。大工も雨では仕事にならない。かなり早い刻限から呑んでいるのか、すでに眼の周りを赤くしている。

「直さん、いらっしゃい。こんなに早いなんて珍しい。まあ、安次郎さんも」

板場にいたお利久が涼しげな眼をしばたたいた。

「早仕舞いになりましてね」

「この雨じゃ、はかどりませんものねぇ」

いいながら、お利久が首を伸ばして、あらという顔をした。すると新吉が、直助を押しのけるように前へと進み出る。

「女将さん、お初にお目にかかりやす。摺長で厄介《やっかい》になっております新吉と申しやす。安次郎さんにねだってこちらへ連れて来ていただきやした」

声をさらに一段高くした新吉は、けど、参ったなぁ、おれぁてっきり萎《しな》びた婆《ばあ》さんがやってる店かと思っておりましたが、まさか、こんなべっぴんの女将さんとはつゆ知らずと、早口でまくしたてた。

知るわけねえだろ、初めて来たんだからと、直助がひとりごちて、さっさと先に小上がりへ腰を下ろした。

「まあまあ、ご丁寧に恐れ入ります。ご贔屓《ひいき》にお願いしますね」

「贔屓も贔屓、もう一生ここしか来ねえってなもんで」

安次郎が板場へ顔を向けると、お利久が、心得ているとばかりに目配せした。

「酒は燗《かん》にしてくだせえ。熱いので、きゅうと暑気払いと行きましょうや、安さん」

お利久はこも樽《だる》から酒を注《つ》ぎ入れながら、くすりと笑った。

新吉は、安次郎に身を寄せ、ちょいと歳は食っているがいい女ですねぇ、安さんのこれですかと、小指を立てた。

安次郎が首を振ると新吉が眼を見開いた。

「なんだ、てっきりそういう行きつけかと思ったんですがね。なら亭主持ちですか」

「いや」

安次郎の応えに、新吉は白い歯を見せた。

「そんなら、やっぱり贔屓にするかな」

軽い調子でいうや、すでに座っていた直助と向かい合った。直助が上目遣《うわめづか》いに新吉を睨《にら》む。

「おいおい、直さんよぉ、さっきからどうも顔が怖《こえ》えな。せっかく早仕舞いして、飯を喰いに来たってのによぉ。あの摺り場じゃ、一番歳も近いんだ。仲良くしようぜ」

腕を伸ばし、肩を馴《な》れ馴《な》れしく叩いてきた新吉の手を直助が払いのける。

「悪かったな。おれの顔はいつもこうだよ。だいたい、気安く直なんて呼ぶんじゃねえよ」

「そいつはすまなかったな。直助さん、これでいいかい」

「ああ、おまんまの兄ぃのこともな」

「いい加減にしねえか。ガキじゃねえんだ」

安次郎がたしなめると、直助が、けどよぉと小さく頷いた。

新吉が皮肉っぽく顔を歪《ゆが》めた。

「おれは、ガキは苦手でね。なにかといやあ泣きやがるわ、小便は垂らすわ、面倒でたまらねえや」

直助がふんと鼻を鳴らして、せせら笑う。

「なんだい、直助さんよぉ」

新吉が不快な眼を向けた。

「あまりに勝手をぬかしやがるから、ちっとばかし可笑《おか》しく思ったまでよ」

「おれがなにをいったというんだい」

直助は片肘《かたひじ》を膝《ひざ》の上に乗せると、新吉を窺う。

「だって可笑しいじゃねえか。あんただってそういうガキだったんだ」

偉そうにいえるもんかいと、直助が吐き捨てた。

「ここにいるヤツら皆そうだ。ひとりでデカくなった面ァしているがそうじゃねえ。親に苦労かけて、迷惑かけてきたんだろう」

声を荒らげた直助に向けて、新吉が片方の口角を上げた。

「生憎《あいにく》だなぁ。おれには、ふた親なんざいねえよ」

えっと直助が眼をしばたたく。

直、そのへんにしねえかと、安次郎が口を開いたとき、

「お待ちどおさま。直さんの好きな茄子《なす》の煮浸《にびた》しよ。鰹節《かつおぶし》もたっぷり載せました」

お利久がにこりと笑って、ふたりの間に器を置いた。

「新吉さん、でしたよね。摺長の居心地はいかがですか」

お利久の柔らかな視線に新吉の険しい顔がすぐさま解《ほど》けた。

「ああ、悪くはねえですよ。ただ、生憎おれは渡りなんで、受けている仕事が終われば、またべつの摺り場に移りますがね」

けど、近くにこんな女将さんの店があるなら、居座っちまおうかなと、軽口を叩いた。

お利久が少し困ったような顔をする。

「通いの者が怪我をしましてね、それで新吉さんに助《す》けていただいているのですよ」

安次郎が助け舟を出すと、

「それじゃ新吉さんはいろいろな摺り場を巡ってきたのでしょう？　やっぱり得意な摺り技があるからかしら」

お利久が小首を傾げると、新吉はまんざらでもない表情をして、

「さすがだなぁ。常連が摺師だから、ちゃんと摺り技なんていえちゃうんだな。ますます気に入っちまった。まあね、なんでも出来なきゃ、渡りはやっていられませんや。おれの得意なのは、そうだなぁ、かけ合わせとぼかしですかねぇ」

鼻をうごめかせた。お利久を俯《うつむ》き加減で見つめ、いきなり人懐《ひとなつ》っこい笑顔を向けた。

わかりますかい、女将さん、かけ合わせとぼかしってのはねと、身を捻《ひね》ってお利久にとうとうと語り出す。お利久は、小上がりに浅く腰掛けて、まあ、すごいですねなどと、相づちを打つ。新吉はお利久の様子に気を良くしたのか、ますます饒舌《じょうぜつ》になる。けれど、いつも満足できる摺りができるわけじゃねえんです、しくじったときはそりゃあ滅入りますよぉ、酒を呑んでも晴れやしねえと、首を振る。

安次郎と直助がいることなど、もうすっかり忘れ、夢中になってお利久に話しかけ

る。

新吉を引き合わせてくれた摺り場の親方が、難があるといったのはこのことだ。新吉はどうも女癖が悪いらしい。これと思った女には必ずちょっかいを出すという。少し前には、絵双紙屋《えぞうし》の娘に手を出して騒ぎになり、その前は、居酒屋の小女《こおんな》だった。渡った摺り場の数だけ女がらみのいざこざを引き起こしている。

「そのたんび、摺り場に、娘の親だの店の主だのが乗り込んで来るらしくてな」

渡りで稼ぐほどの腕はたしかにあるが、ひとつ処に腰を落ち着けないのは、それが一番の理由のようだと、長五郎が苦虫を嚙《か》み潰《つぶ》したような顔でいった。

「おちかにもよくよくいっておかなけりゃな」と、苦笑交じりにため息を吐《つ》いていた。

新吉は己をよく知っている。役者と見紛《みまご》うほどの男ぶりではないが、細面の顔立ちに、大きな眼が目立つ。お利久を上目遣いに媚《こ》びるように見つめたのは、自身より歳上だとわかっていてやっているのだろう。職人としての自信を覗《のぞ》かせながら、少しばかり気弱な態度も見せる。

若い娘には、それこそどれだけ自分が腕っこきかと説いて聞かせるに違いない。

直助が身を寄せてくると、

「おれ、こいつ好きんなれねえ」

安次郎の耳許《もと》で囁《ささや》いた。

「まあいいじゃねえか。陰気なヤツよりましだと思え。ほら、食えよ」

安次郎は茄子の煮浸しを直助の前に寄せた。

「だってよ、おまんまの兄ぃ」

直助が悔しげに口許を曲げながら、自棄《やけ》気味に口へ放り込む。

うめえなぁやっぱりと呟《つぶや》きながらも、

「まったく調子に乗りやがって。お利久さんもお利久さんだ。あんな熱心に耳を傾けなくてもいいじゃねえか。酒も忘れてるし」

文句だけは忘れなかった。

三

降ったり止《や》んだりの繰り返しで、もう五日もぐずついている。それでも、多量の雨にならないだけ幸いだった。でなければ、海に近い深川あたりはとっくに水浸しになっているだろう。

神田明神下の五郎蔵店も、板葺《いたぶ》きの屋根を叩く音だけが響いている。

安次郎は、この数日、なんとなく物足りなさを感じていた。それがなんだかわからずにやきもきしていたが、ようやく知れた。

井戸端の女房たちだ。

長屋一番の古株で早起きである、おたきを筆頭にした女たちのおしゃべりがまったく聞こえてこないことだ。

雀《すずめ》と烏《からす》の合戦のようなかまびすしさに、毎朝顔をしかめながら起き上がる安次郎だったが、この長雨でとんと声がしない。

表に出ても用事を済ませれば、そそくさと家に入ってしまうのだろう。

少しは静かにできねえものかと、常々思っていたが、こう静かだと逆に調子が狂う。

もう暮らしの中に溶け込んでいるのだ。

だから、それがかけがえのないものだと気づかないことがある。

まったく人なんてものは身勝手なものだ。

なあ、お初——。

安次郎は、形見の鏡台の前にかしこまり、引き出しを開け、線香を手にした。

生きていればきっと、お初も他《ほか》の女房たちと一緒に、亭主の悪口をぴいぴいさえずっていたに違いない。

話を聞いてくれやしない、話をしてくれやしない、そんな文句をいっていたのだろう。そして飯ができた頃、信太に揺り起こされる。

安次郎は首を振る。

情けねえ、と自分を嗤《わら》った。

もうお初はいないのだ。

家族三人、ささやかな暮らしの中で、笑い合うことも、泣くこともない。それは叶《かな》わぬ思いだ。とっくにわかりきっている。

お初を失くしてから、ずっと足りないなにかを探している気がしていた。

灯《とも》した線香の白い煙が真《ま》っ直《す》ぐ立ち上る。

信太の顔が浮かんできた。お初の面影《おもかげ》を宿したその丸顔が笑っている。

昨日、雨の中、押上村へと赴いた。

信太に会いに行くためだ。

押上村のお初の実家で信太は面倒を見てもらっている。

ふた月に一度、会いに行くことにしているが、急ぎの仕事が続いたせいで、休みが取れず、間が空いてしまった。

信太はまた少し大きくなっていた。信太の歳を数えれば、お初が逝《い》って何年経《た》ったのかがわかる。

雨続きで退屈していたのだろう。安次郎の顔を見ると、信太が子犬のようにかじりついてきた。独楽《こま》をやろう、どっちが長く回せるか、比べっこだと、腰を落ち着ける間もなく急《せ》かされた。

姑《しゆうとめ》がたしなめても、いうことを聞かない。

安次郎は仕方なく、濡れた足下だけ拭《ぬぐ》った。信太はそれすら待ちきれないように、すぐ手を引いた。土間まで連れて行かれ、

「こっちが父ちゃんのだ」

信太が鼻息荒く独楽を差し出してきた。安次郎は手渡された独楽に見覚えがなかった。すでに遊んだ形跡はあるものの、まだ新しいものだ。胴は紺で、黄と朱の線が入っている。

信太が持っているのは、赤い小振りの独楽だ。以前、筋違橋御門《すじかいばしごもん》近くの火除地《ひよけち》に出ていた床店《とこみせ》の玩具屋《おもちや》で土産《みやげ》に購《あがな》ったものだった。

「じいちゃんに新しい独楽買ってもらったのか。よかったなぁ」

手の中で転がしながら、安次郎は信太の頭を撫《な》でた。

「違うよ。おさむらいさんがくれたんだ」

侍……。

信太は独楽に紐《ひも》を巻き付けながら、唇を尖らせた。

「父ちゃんさ、花見に来られなかったろう」

ああ、と安次郎は頷いた。

安次郎の幼馴染みが膳立《ぜんだ》てしてくれた花見の宴《えん》だ。幼馴染みといっても、親兄妹を失くす以前の友で、一橋《ひとつばし》家の家士だ。叔父田辺俊之助との対面を図ってくれたのだ。が、仕事のごたごたで花見に行けなくなってしまった。いや、赴いたときには、すでにお開きになっていた。夕刻近くであったのだから当然だ。

「あんときは済まなかったな」

「その花見に来た、おさむらいからもらったんだよ」

「ふうん、その侍は、父ちゃんぐらいの歳か」

「じいちゃんくらいかなぁ」

やはり叔父だ。信太が花見に来ることを聞かされていたのだろう。土産に持参したものか。

「そのお侍は信太と話をしたのか？」

にこにこ笑っておいらを見ていただけさと、紐を巻き終えた信太が、安次郎を窺う。

「あのさ、おいらさ、ホントに寂《さび》しかったよ。直の兄ちゃんがいてくれたけど」

「わかってるさ」

「摺り場が忙しかったんだもんな。仕方ねえって思ってるよぉ」

信太が顔を上げて、にっと笑った。小さな白い歯が見えた。

安次郎は、眼を細めた。だが、この聞きわけの良さが却《かえ》って安次郎には辛《つら》かった。常に我慢を強いているような気がした。

「よし、やるか。負けねえからな」

「おいらだって」

信太が力強く腕を振った。独楽が勢いよく回る。胴に塗られた赤と紺の色が溶け合う。

よし、よし、回れ、回れと、信太は独楽の周りを飛び跳《は》ねながら夢中になって叫ぶ。

安次郎も独楽を投げた。信太の独楽と並ぶ。

大きな独楽と小さな独楽が、近づいたり、離れたりしながら回る。

三歳上の兄ともこうして独楽に興《く》じたことを不意に思い出した。たいていは兄の独楽のほうが長く回っていた。悔《くや》しくてときおり、回る独楽に土を蹴《け》りかけた。

「安次郎、卑怯《ひきょう》だぞ」

そういいながらも、穏やかな笑みを浮かべる。生きていれば、父と同じく一橋家に仕えていたのだろうか。母や妹はいくつだろう。妹はとうに嫁に行き、子どももふたりぐらいいるかもしれない。

この頃、死んだ者のことばかりが浮かんでくる。時を止めることも、戻すこともできないと知りながら、叫び出したいほどの虚《むな》しさに襲われることがある。色のない暗闇《くらやみ》から、心の隙間《すきま》をぬうようにふと現れる。

信太の赤い独楽がゆるゆる動きを止める。回る勢いが失われれば、独楽は大きく揺らぎ始めて、やがて倒れる。

「ああ、駄目だ。なんでかなぁ、おいらのすぐ止まっちまう。もう一回、もう一回」

悔しそうだが、信太の顔は輝いていた。安次郎の胸の奥がきりりと痛む。

掛け値なしに信太がはしゃぐほど、後ろめたさを感じる自分がいるのは、やはり暮らしを共にしてこなかったせいだろうか。

「父ちゃん、父ちゃんってばぁ」

信太の声にはっとした。

「独楽、止まっちまってるよ」

「ああ。よし、次も負けねえぞ」

安次郎は腰を屈《かが》め、独楽を掴《つか》み上げた。

夕刻近くになっても、雨足は衰《おとろ》えるどころか、ますます強くなってきた。いつもなら夕餉《ゆうげ》の前には暇《いとま》を告げるのだが、安次郎の中に花見の一件がわだかまっていたせいか、信太にせがまれるまま、一晩やっかいになることにした。

朝早くに出て、摺り場に直に行けばいい。それにこの分で行けば、明日も雨になりそうだ。少し遅くなっても大丈夫だろう。

夜具に潜《もぐ》り込んだ信太の添《そ》い寝《ね》をする。

すると信太が鼻をひくひくさせた。

「父ちゃん、いい匂《にお》いがするよ」

絵の具には独特の匂いがある。鉱物や植物などを混ぜ込んで色を作るせいだろう。その匂いは摺り場や身体に染み込んでしまい、本人はほとんど気づかない。

「でも、いつものと違うな。摺り場の匂いじゃないな。隣のおばさんの匂いに似てる」

さらに信太が鼻先を寄せてくる。

隣のおばさんというのは、お初の兄嫁のことだ。ああ、と安次郎は頷いた。

「浅草寺《せんそうじ》の門前で知り合いの娘さんに会ったからだな」

彫源のお徳だ。傘に入れたせいで、肩のあたりに鬢《びん》付け油の匂いが移ったのだろう。

「母ちゃんもこういう匂いがしたのかな」

信太が呟くようにいうと安次郎の脇に身を潜り込ませてきた。

四半刻もたたぬうちに、寝息が聞こえてきた。安次郎は夜具を抜け出し、舅《しゅうと》と久しぶりに酒を酌《く》み交《か》わした。肴《さかな》は瓜《うり》の漬物だ。

舅はちびりちびりと酒を口に運ぶ。

「信太が、この漬物が好きでね。ひとりでどんぶり一杯食っちまう」

お初もそうだった。でもおっ母《か》さんのような味にならないとよくこぼしていた。安次郎は薄く切られた瓜を口中に放り込む。みずみずしい食感が涼味を運んでくる。

姑は燭台《しょくだい》を引き寄せ繕《つくろ》い物をしていた。

「裾《すそ》を直しておかないと、すぐに大きくなっちゃうからねぇ」

嬉《うれ》しそうに針を運ぶ。

「すいやせん。ご厄介をおかけします」

安次郎が頭を下げると、姑が、やめとくれと珍しく厳しい顔をした。

「安次郎さん。幾度もいっていると思うけどね、あんたにそうしていつまでも遠慮があると、あたしたちだって辛いんだよ」

「婆さんのいうとおりだよ、安次郎さん」

すいやせんと、再びいいかけて、安次郎は止めた。舅姑《きゆうこ》が、その様子に笑みを浮かべた。

「ところで、信太の持っていた独楽ですが」

安次郎は酒徳利を持ち、舅の茶碗《ちやわん》へ注ぎながら訊《たず》ねた。

舅姑が顔を見合わせる。

「田辺の叔父ですね。あの花見のときに渡された物でしょう？」

姑が、ううんと首を横に振った。

「じつはねぇ、安次郎さん。あのあと、ここを訪ねておいでになってね」

安次郎は、眉をわずかに上げた。
二、三度だけれどと、助け舟を乞《こ》うように姑が舅へ眼を向けた。舅は唇を引き結び、腕を組んだ。姑が仕方がないとばかりに口を開く。
「独楽やお手作りの竹馬やら、菓子などを持って来てくださるんだけどね」

ほんの半刻（約一時間）ほど、供の若い中間《ちゆうげん》と信太が遊ぶさまを見て帰るのだという。

「安次郎さんに伝えようか、どうしようか思案していたんだよ」

姑は針を止め、困ったように、ねえ、おまえさんと、舅を横目で窺う。

舅はまだ口を結んだままでいる。

「あの方があんたの叔父さんだってことは聞かされたよ。安次郎さんが元はお武家だってのは知っていたからね、さほど驚きはしなかったけれど。身内がいたんだね」

身内、という言葉に安次郎は違和感を覚える。身内ではあるが、安次郎はその身内に見捨てられたのだ。

「それで叔父は、いえ田辺さまはなぜここに」

うん、と姑は、いい出し辛そうに隣に座る舅を再び見やる。

姑が、ひと息吐いてから口を開いた。

「安次郎さんは、自分の甥《おい》だから、その子であれば……」

軒先《のきさき》からひっきりなしに垂れるしずくの音が、やけに耳に響いた。

「……自分にとって、孫のようなものだと」

安次郎は腿《もも》に載せた拳《こぶし》を握りしめる。

「信太はいい子だ。あたしたちはね、お初が遺《のこ》してくれた信太がかわいい。眼の中に入れても痛くはないというのは、本当だと思っているよ」

舅がようやく重い口を開いた。

「爺《じい》と婆に育てられた子は三文安というが、信太に限ってそんなことはありゃしない。やんちゃだが、優しく思いやりのある子だ」

少し前も、腰を痛めたとき、傍《そば》にいてかいがいしく世話をしてくれたという。

「いまだに、歩くときには自分の肩に手を載せろというのさ。支えになるってな」

「それは、お舅《と》っつぁんとおっ姑《か》さんのお仕込みのおかげです」

お初は信太に乳をろくに含ませることも叶わず逝った。乳飲み子を男ひとりで育てるのは難しく、舅姑の言葉に甘えてきたのだ。ふた月に一度の割で会いに来るといっても、それは、育てることにはなっていない。

「優しい安次郎さんに似たのでしょうよ。あたしはそう思いますよ」

隣室で眠る信太へ姑が目尻《めじり》に皺を寄せ、柔らかな眼差しを向ける。

舅が、難しい顔つきで白髪《しらが》の鬢《びん》を掻《か》いた。

「そのね、安次郎さん。いい辛いが、おまえさんの叔父貴は信太を望んでいるのじゃないかと思ったんだがね」

「それは田辺さまが口にしたのですか」

いやいやと、舅が己の顔の前で手を振る。

「そうじゃない。なにかをいった訳じゃあないんだよ。聞けば、その田辺さまはお子がいらっしゃらないそうじゃないか」

孫のようだといったのは、そういうつもりなのじゃないかと、舅は茶碗の酒を飲み干した。

姑が針を置き、火箸《ひばし》でいろりの赤い炭を動かした。ぱちりと、火花が飛んだ。

線香の灯がいつの間にか、消えていた。

雨音が耳に流れ込んでくる。安次郎は、我に返って、急いで支度を始めた。

「安さん、いるかえ」

おたきだ。少しばかり急いた声をしている。安次郎が土間に下りて戸を開けると、手にどんぶりを抱えて立っていた。

「はいよ、これ。残り物だけれどね」

甘辛く煮たこんにゃくだ。おたきは近くのそば屋の一角を借りて煮売り屋をしている。独り身になってから、売り物の味見だ、残り物だといっては持って来てくれる。

「いつもすいやせん」

「よしとくれ」

いつものことだと思ってんなら、黙って受け取りゃいいんだよと、きっぱりいった。

「まったく、安さんはずっと遠慮だらけだ。こっちがお節介してるような心持ちになるんだよ」

押上村の姑にも同じようなことをいわれたのを思い出した。

「ちょっといいかい、安さん」

いきなりおたきが真顔になって、するりと土間に入って来るや、後ろ手に戸を閉めた。安次郎は受け取ったどんぶりを持ったまま、面食らった。おたきの眼にわずかだが怒りがこもっている。

「あんた、信坊を手放すつもりじゃないよね」

「え」

あたしゃ情けなくてたまらないよ、まさかそういう料簡《りょうけん》だったなんて思いもしなかったからねと、おたきが眉間に皺を寄せた。

「そりゃあ、男手ひとつじゃ乳飲み子は育てられないさ。お初さんの実家で面倒見てもらうのは間違っちゃいない。でもね」

いつかは信坊と暮らすためだったんだろう、もう五つも過ぎたんだ、立派に留守番だって出来る、あんたが仕事で遅いときにはあたしだって、長屋の連中だって、ちゃあんと世話してあげるさと、おたきはたたみかける。

「子どもってのはね、皆で育てるんだよ」

それをあんたって人はと、おたきが大仰《おおぎょう》に首を横に振る。

安次郎は突っ立ったまま、呆気《あっけ》にとられていた。

「あたしはねぇ、あんたがお初さんを忘れられないでいるのが不憫《ふびん》でならなかったよ。だって、そうだろう。やっと親子三人になれるところだったのにさ、恋女房が取られちまってさ、わかるんだよ」

けどさと、さらに眼に力を込める。

「いい女《ひと》が出来たそうじゃないか。あたしはそれを責めようなんて思わないさ。だからって信坊が邪魔だってのは違うんじゃないかい。まったく見損なったよ」

あんたまさかと、おたきが悲しい眼をした。

「信坊のせいでお初さんが死んだと思っているんじゃないよね」

それは、と安次郎は一旦《いったん》言葉に詰《つ》まりながら、ようやく口を挟む間を得た。

「信太を手放すとか、女が出来たとか、どこからそんな話が湧いて出たのか、まったく身に覚えがねえんですが」

それを聞いておたきが眼をしばたたき、慌て出した。

「昨日だよ。摺り場を休んで女に会ってたんだろう。浅草寺の門前で見かけたって」

誰がそんなことを、といいかけて、安次郎は、はっとした。

お徳のことかと、安次郎は鬢を掻いた。

「その女なら、摺長と付き合いのある彫師の娘です。気分が悪かったのか、軒下にうずくまっていたんですよ。雨も強かったので、近くの甘味屋に入って休ませましたが」

甘味屋は男女の逢引きにも利用される。選んだ店を間違ったか。

ほんの四半刻付いていただけでと、笑いかけた。

「娘の歳は十八ですよ。さすがにおれとじゃ違い過ぎます。それに昨日は休みをもらって押上村へ行っていましたので」

「信坊に逢《あ》いにいってたのかえ」

おたきが疑わしげな眼を向けてくる。

「差配代わりのおたきさんに嘘などつきませんよ。ここにいられなくなっちまいます」

安次郎はどんぶりからこんにゃくをひとつつまみ上げて、口に入れた。しっかり出《だ》汁《し》がしみ込み、唐辛子の辛みもぴりりと利いている。飯が何杯でも食えそうだ。

「じゃあ、信坊はどうなんだい。手放す算段でもしに行ってたんじゃなかろうね」

おたきの威勢がめっきりなくなり、探るような声になった。だってさ、来たんだよと、おたきが眉間の皺を深くした。

「あんたの叔父さんって人の使いが」

安次郎は耳を疑った。

「安さん、遅かったからさ、あたしうっかり寝ちゃってさ」

おたきが、さらに続けた。

「子どもはずっと押上村なのかとか、後添えはいないのかとか、訊いてきたんだ」

だから、あたしは、いってやったのさと、おたきが鼻息を荒くした。

「離れて暮らしていたって信坊と安さんは切っても切れない父子《おやこ》だってね」

不意に叔父の姿が浮かんできた。記憶の中にある二十年以上前の顔は朧《おぼろ》げなものでしかなかった。

四

その日の午後から、徐々に雨が弱くなってきた。それでもなお湿気が摺り場の中に満ちている。いくら納期まで少し間があるとはいえ、そうそうのんびりしてもいられない。他の仕事も待っている。

安次郎は紙に水を刷き始めた。

叔父が信太を望んでいる。考えられないことではなかった。いまさら安次郎を田辺家に戻すはずはないだろうし、安次郎自身そんなつもりは毛ほどもない。それは、あまりに馬鹿馬鹿しいことだ。

叔父に見捨てられたのではない。こっちから見限ったのだと、そうも思ってきた。

武家であろうが、職人であろうが、生きることには変わりがない。

ただ、自分がいる場所が違っているだけだ。

そこで、きっちり胸を張っていられるかどうかの差ではないか。

安次郎が火事でひとり生き残ったのを知りながら、叔父が田辺家の家督《かとく》を継いだことに呵責《かしやく》を抱いているのなら――ここそ立ち回らず、直接来ればいい。叔父の思いを質《ただ》してみたい。

信坊のせいでお初さんが死んだ……。

不意に、今朝《けさ》おたきにいわれた言葉が胸に甦《よみがえ》ってきた。違うとも笑い飛ばすことが出来なかった。どこかでそう感じている自分がいるのだろうか。

と、版木を眺めていた新吉が眉をひそめた。

安次郎が押上村に行った昨日、遅れていた彫源から届けられた新しい版木だった。

新吉は、色版の一枚一枚を丹念に見ていた。彫師から版木が届くと、まず板調べをする。墨版と絵師の指示した色の色版がきちんと揃《そろ》っているかを確認し、それから試し摺りを行なう。それが板調べだ。指示通りの色になっているか、あるいは手直しなどがないか、試し摺りを絵師が見てから、摺りに入る。

色差しを見つつ、新吉は大きく舌打ちして、声を張り上げた。

「親方ぁ、色落ちです」

摺り場から続く座敷で、近所の版元と談笑していた長五郎が顔を上げた。他の職人たちも手を止める。

「色落ちだぁ？　まさか彫源のかえ」

長五郎が呆《あき》れ声を出したのと同時に、へえと、新吉が応えた。

「色差しは、ちゃんと色が示してありますから、こいつは彫源さんのしくじりでさ。色が入り組んでいる処ならまだしも、こんな処を彫り忘れるなんざ、どうかしていますぜ」

しかも浚《さら》いもなっちゃいねえ、と新吉は大袈裟《おおげさ》にため息を吐く。

どれどれと、他の職人たちは無論のこと、長五郎につられて、客の版元までもが版木を見に立ち上がる。

新吉の摺り台を取り囲むように、こりゃあと、誰からともなく声が上がった。

安次郎も覗き見て、驚いた。

色落ちは、文字通りその色がそっくり抜け落ちてしまっていることをいう。新吉がいうように、色が入り組んでいると、彫り起こすのをうっかり忘れてしまうこともなくはない。

絵師が色の指示をし忘れるときもある。

しかし彫源の色落ちは、摺り抜きの版木だった。摺り抜きは、版木の枚数を抑えるために一枚の版木で二色をまかなうものだが、一色がすっかり落ちていた。しかも背景の空の色だ。

平面の版木に水を刷き、そこに色を置いて上や下に向けて淡くぼかしていくならば、彫りは必要ない。しかし、これは違う。版木を少しずつ彫り削り、わずかな勾配《こうばい》をつけて色をぼかす板ぼかしだ。

「こんな仕損じは、まずあり得ねえ。寝ぼけていたにしても、酷《ひど》すぎまさぁ、親方」

新吉は憮然《ぶぜん》として版木を手にした長五郎を見上げた。

長五郎が唸《うな》り声を洩《も》らし立ち上がる。

「彫源にしちゃお粗末なことをやらかしてくれたもんだぜ。源次の野郎の見落としか。おれが行って、怒鳴りつけてくらぁ」

「親方が行くまでもねえ。あっしが行ってきましょう。早《はえ》えとこ彫ってもらわねえと、はかがいかねえ」

錦絵《にしきえ》は、薄い色、細かい箇所から摺る。空は最後の段階だとしても板ぼかしの彫りがなければ摺りは施せない。

新吉は版木を、手早く風呂敷に包み始める。

「新吉おめえ、彫源を知っているのかえ」

「浅草の田原町《たわらまち》でしょ。前の前の摺り場だったかな。彫源の仕事を受けてたんで幾度か使いに行ったことがあるんでさ」

お任せくだせえと、見得《みえ》でも切るかのように包みを抱《かか》え、摺り場を出ると、

「おちかちゃーん、傘ぁ貸してくんな」

調子のよい声を飛ばした。

「あれぇ、いねえのかなぁ、おちかちゃーん」

しょうがねえ、そこいらの借りていきますぜと、新吉は再び摺り場に顔だけ覗かせ、

足早に摺長を出て行った。

「色落ちは珍しいことじゃねえが、それにしてもなぁ」

長五郎は鬢を掻きながら、口許を歪ませた。

摺り台に戻った安次郎は、昨日浅草寺の門前にいたお徳のことを思い出した。足袋《たび》屋の軒下にうずくまり、声をかけた安次郎を見上げたときのその顔に色がなかった。悲しいとも苦しいとも違う。ただ、生気を失った抜け殻のような表情をしていた。お徳は彫師の源次の娘だ。それが仕事のしくじりとかかわるとは思えなかったが、安次郎は版元が帰ってから、長五郎に伝えておこうと、刷毛《はけ》を動かした。

四半刻ほどして、版元が摺長を出た。

安次郎が腰を上げたそのとき、直助が姿を現した。

足下をよたよたさせ、倒れ込むようにして摺り場に入って来た。皆が一斉にぎょっとした顔で直助を見る。つけたままの笠《かさ》から水滴がしたたり落ち、身体《からだ》はびしょ濡れ、そのうえ顔中、汗だくで息も荒い。

「直。てめえ、そのなりで摺り場に入ってくるんじゃねえ。おい、床だ、床」

すぐさま長五郎の怒声が飛んだ。小僧が雑巾《ぞうきん》を手に濡れた床をあわてて拭《ふ》く。

「そのまま、直の顔も拭《ぬぐ》ってやれ」

「そいつは勘弁だ。でも、一大事ですよぉ、親方」

摺り場の連中が、さらに驚き顔をする。一大事とくれば、安次郎へ注進するのが常だ。長五郎への一大事とは何事かと、皆が直助へ視線を集めた。

「うるせえ。仕事に遅れた言い訳なら、もっとましなことをいいやがれ」

「けど……仙吉親分から頼まれて」

直助はかしこまるとようやく笠を取った。

長五郎が苛々《いらいら》と大きく舌打ちする。仙吉はこの神田明神下あたりを取り仕切る岡《おか》っ引《ぴ》きで、直助は小者《こもの》のような真似《まね》をしている。そのせいで、仕事に遅れてくるときがあり、長五郎は、どっちが本業なのかと、しょっ中雷《かみなり》を落としている。

「それがその、まったく、うちとかかわりのねえ話じゃなかったもんで……」

「なんだえ、もったいぶった言い方しやがって。さっさといいやがれ」

長五郎は、唇を曲げて煙管を取り出した。

直助があわてて、いいますいいますと、尻《しり》を浮かせた。

「じつは、彫源さんとこの娘が」

「あ？　お徳坊がどうかしたかい」

長五郎がぎょろりと眼を剝《む》く。直助は、ごくりと唾《つば》を呑み込んだ。

「行方《ゆくえ》知れずになったんで」

「な」

「昨日の朝方、雨ん中を飛び出したまんま一晩帰って来ねえと」

長五郎はさらに眼の玉をひん剝いて絶句した。そいつはほんとかいと、大声を出した者に直助が頷く。安次郎も驚きを隠さずいった。

「直、お徳さんなら、昨日、浅草寺の門前で会ったばかしだぜ」

へっと今度は直助が頓狂《とんきょう》な声を出した。

「ちょ、ちょ、兄ぃ。それはどういうことですか」

安次郎はお徳と会ったときのことを告げた。長五郎も、他の職人たちも仕事の手を止めて聞き入っている。

ああ、と直助はため息を吐く。

「たぶん、具合が悪かったってのは、お徳さんが身籠《みごも》ってるせいですよ」

「おいおい、彫源とこの彫師とお徳坊は、まだ祝言を挙げちゃいねえだろうよ。順序は違うが――」

そいつがそうじゃねえから厄介でと、まるで直助が仕出かしたように肩をすぼめた。

つまり、お徳の腹の子は亭主になる男との間に出来た子ではないということだ。

長五郎がぽかんと口を開けた。

「そいつは、そりゃあ……」

言葉にも詰まっている。彫師の源次の娘お徳と、長五郎の娘であるおちかの歳は同じ。

つい、お徳とおちかを重ねてしまったのかもしれない。長五郎が唸った。

安次郎が会ったお徳は彫源を飛び出した直後だったのだ。お徳は傘も持たずにいた。身重の身体でそんな無茶をするほどのことがあったのか。

彫源では、工房の彫師を方々に散らせ、昨夜のうちに、お徳が寄りそうな女友達の家を巡り、親戚《しんせき》や知人も訊ね回ったのだという。

「それでもまったく手がかりが摑めねえので、今朝方、仙吉親分のほうにも人相書きが回ってきたってわけです」

長五郎は太い眉を吊り上げた。

「なんでうちには来ねえんだ、源次の野郎はよぉ、ああ？　おちかだって幼馴染みだろうが」

がつんと、煙管を長火鉢の縁《へり》へ叩き付けた。

「わかりませんよぉ。た、たぶん、仕事が遅れて、たからじゃ」

「馬鹿か。野郎、どうしていやがる」

会っていませんと、直助は首を振る。

「彫源さんは田原町ですから。取り仕切る親分が違います。おれたちは、ただ神田川とかそのへんを捜して」

「神田川ってな、どういう話だ」

長五郎が、直助に食ってかかる。

「あ、それは万が一、土手から足を滑らせたとか、そういうことです」

長五郎の剣幕に、直助がおずおずいうや、

「畜生、水臭《みずくせ》えじゃねえか。彫師と摺師は一心だと、ぬかしてたクセしやがって」

くそっ、と吐き捨てた長五郎がやにわに立ち上がった。

「おめえら、お徳を捜しに出るぞ」

「親方、待っておくんなさい」

「なんでえ、安」

長五郎が苛立った顔を向けた。

「色落ちの版木ですが」

なるほどな、と長五郎がぼんの窪《くぼ》に手を当てた。お徳のことで気がそぞろだったに違えねえと、呟いた。だが、新吉がその版木を持って彫源に向かったばかりだ。

「お徳さん捜しで仕事どころではないかもしれません」

「それでも留守番のひとりくれえ置いとくはずだ。事情を話すかどうかはしれねえが、版木を預けりゃ新吉も戻って来るだろうぜ。いまはともかく、お徳坊だ。うちも手分けしてお徳を捜すぞ。仕事は後だ」

尻はしょりをした長五郎はいまにも飛び出しそうな勢いだ。

「嫌だ。お父っつぁん、なにがあったの。血相変えて」

座敷に入って来た娘のおちかが、眼を丸くして、手にした荷を抱えなおした。

「どこ行ってた。お徳がな、行方知れずになったんだ。おめえも捜すのを手伝え」

えっとおちかは驚きながらも、

「闇雲《やみくも》に捜しに出たってしょうがないでしょう。だいたいお父っつぁんにどんな当てがあるっていうのよ」

父親の短慮《たんりょ》をたしなめるようにいった。

むっと長五郎が口許を引き結ぶ。

「お徳ちゃんはしっかり者だから大丈夫よ。ねえ、安さん」

おちかにいきなり強い眼を向けられ、いや、それはと、安次郎は言葉を濁《にご》した。

「馬鹿いうねえ、しっかりしてようと、身重で行方知れずになるなんて、尋常じゃねえ」

おちかが眉根を寄せる。

「だからよ、ぼやぼやするねえ。お徳の行きそうな処、おめえは知らねえか」

「そんなこと、急にいわれたって……」

「どこだっていいんだ。心当たりはねえのか。お徳の男の名を聞いてるんじゃねえか、ああ？　最後に会ったのはいつだ」

たたみかけるような長五郎の物言いに、おちかが身をすくめる。

「お、親方。おちかさんを責めてもしょうがねえですよ。彫源さんでもしらみつぶしに当たっているんですから」

直助が口を挟んだ。だが、長五郎はなおも言葉を継ぐ。

「男の処に転がり込んでいるんじゃねえのか。それとも駆け落ちか、心中か」

「やめてよ、お父っつぁん」

おちかが眼に涙を溜《た》めて、叫んだ。

「直、甘味屋だ」安次郎はいった。

「あ、兄ぃがお徳さんを運んだっていう」

直助が色めき立つ。

「だいぶ、具合が悪そうだったからな、なにか話をしたかもしれない」

「そいつはあり得ますね。早速行ってみましょうよ、兄ぃ」

「よくないことに巻き込まれているのか、それはわかりません。ともかく迷子ってわけじゃありません。お徳さんは自ら身を隠しているんです。ですが、ここはおちかちゃんのいう通り、ただ動き回っても無駄足でしょう」

安次郎は長五郎を見る。長五郎が唸り声を上げ、しぶしぶ頷いた。

心配げな顔つきのおちかに見送られ、安次郎は直助を連れ、表へと出た。笠の縁を上げ、空を仰ぐ。絹糸のような雨が落ちていた。

五

お徳の行方は、やはり知れなかった。

甘味屋では、奥の座敷に布団《ふとん》を敷延《しきの》べ、医者も呼ぼうかと話をしたらしい。

それをお徳は頑《かたく》なに拒んだという。

「あの娘さんの様子を見て、お腹にやや子がいるんじゃないかって、訊ねたのよ」

甘味屋の女将が困った顔をした。やはり女には身重かどうかわかるのだ。

「違うって怒ったように首を振るばかりでさ。世話をかけたからって、銭を出したんでね、いらないってあたしは断ったんだけど。訪ねていくところがあるからって半刻しない内に出て行ったよ。気丈な子だよね」

あれさ、子堕《こお》ろしにでも行ったんじゃないのかね、と声をひそめた。

甘味屋を出た直助はむすっと下唇を尖らせていた。雨続きのせいか、いつもなら参《さん》詣《けい》の人々で賑わっている門前も往来は少ない。

ときおり通る棒手振《ぼてふ》りの売り声も沈んでいる。暑さは幾分、収まっているが、雨のせいか、かわりに湿気が身体中にまとわりつく。こうして歩いているだけでも、背にじっとり粘った汗が浮いてくる。

「子堕ろしを一軒一軒当たるしかねえんでしょうかねぇ」

たまらねえなぁと、直助がぼやいた。

「おれは、源次親方の娘さんはちらっとしか見たことねえけど」

きれいだが、つんとすました感じがするといった。

「男にすぐなびくようにも思えねえし、だらしない娘には見えなかったんですが」

直助は得心がいかないというふうに腕を組む。そう考えるのも無理はない。お徳は、もうすぐ祝言を挙げることになっている相手がいながら他の男と出来ていたのだ。

「おれも会ったのは二年ぶりぐらいだからなぁ。小せえ頃は、よく摺り場にも遊びに来ていたが」

遊びはいつも、お徳が決め、柔らかな性質のおちかは文句もいわず、従っていたような気がする。しかし、昨日のお徳は違っていた。細い肩をすぼめ、まるで捨てられた子どものように震え、怯《おび》えていた。

「それにしても堪《たま》らねえな。てめえのかみさんになる女が……ああ」

直助はぶるりと身を震わせた。

「どうするかなぁ、やっぱり子堕ろしに行けっていうんだろうか」

「直。滅多なことは口にするな」

安次郎は直助を睨みつけた。

お上は堕胎《だたい》を禁止していたが、望まぬ子を身籠る女たちも少なからずいた。そうした者たちは、中条流《ちゅうじょうりゅう》と呼ばれる子堕ろしの医者に駆け込んだ。町場だけでなく、武家の女たちも、その門を潜《くぐ》っていると聞く。ただし、子堕ろしは、その身に負担をかける。やむを得ずという事情を抱えている女もいるだろう。だが、一時の火遊びや自堕落《じだらく》な暮らしの果てだとしても、その対価は大きすぎる。

「女はな、その身を削るんだ。子を堕ろすのも産むのも、自分の命と引き換えることにもなるんだ」

お初は信太と命を引き換えた。安次郎は奥歯を噛み締める。

「すいやせん。考えなしにいっちまって。おれ……」

直助が顔を伏せた。

「腹が減ったな。そばでもたぐるか」

安次郎はしょげる直助へ背を向けた。

なんの手掛りもないまま、お徳がいなくなって七日が過ぎた。嫌なことは考えたくないが、どこかに身を寄せているならばさほどではないとしても、ただざまよっているなら長過ぎる。

晩夏の陽《ひ》がすっかり戻り、自棄になって照っているように思えた。

摺長でも長雨で出来なかった分の遅れを取り戻すため、このところいつもの朝より皆、半刻ほど早くから、仕事を始めていた。

色落ちしていた摺り抜きの版木が彫源からではなく、べつの彫り場から届いた。

やはりお徳捜しで、彫源は仕事どころではないようだった。お徳の母親は寝込んでしまい、父親の源次もげっそりとやつれていたと、長五郎は直助を連れて、毎日田原町まで様子を見に行っている。

「どうも遅れちまって」

調子良く摺り場へ入って来た新吉を見るやいなや、甚平がいきなりすっ飛ぶようにして前に立ちはだかると、

「てめえ、ふざけた真似しやがって」

胸倉を摑み、いきなり怒声を浴びせた。

「な、なにするんでぇ」

「なにをするたぁ、利いたふうなことぬかしやがる。てめえの胸に訊いてみやがれ」

甚平は新吉を突き飛ばすように手を放すと、握った拳《こぶし》で頰《ほお》を殴りつけた。

新吉がすっ飛んで、壁に身体を叩き付けた。

そのままずるずる尻餅《しりもち》をついた新吉が顔を歪めて頰を押さえた。

「痛ってえー」

さらに新吉に躍りかかった甚平は喉元《のどもと》を締め上げるように摑み上げた。

「おい、甚平、やめろ」

職人たちが一斉に立ち上がる。安次郎は甚平を新吉から引きはがし、羽交い締めに

する。

甚平が身をよじって抗《あらが》いながら怒鳴った。

「ぶん殴らなきゃ気が収まらねえ、放せよ」

「なにがあったか知らねえが、落ち着け」

他の職人たちも甚平を押さえつけながら口々にいう。

「新の字。てめえ、甚平になにしやがった」

束《たば》ねの古参の職人が、新吉を質す。口を開け、切れた唇の端を指で拭う新吉が首を横に振る。

その様子に甚平はさらに血を上らせる。

「女房にちょっかい出しやがったくせに」

へっと、新吉が眼を見開いた。

「昨日、あいつが作った弁当を食っただろうが」

「あ、あれのことか」

新吉がぽんと手を打った。

「それがどうかしたかい。ああ、おめえさんに礼をいわなかったのが癪《しゃく》に障ったのかい。美味《うま》かったぜ」

てめえ、調子に乗りやがって、といきりたった甚平が安次郎の腕を振りほどいた。

安次郎は咄嗟《とつさ》に甚平の手首を捻《ひね》り上げると思い切り床に転がした。突っ伏した甚平が呆気にとられた顔で安次郎を見上げる。

「落ち着け」

安次郎は、甚平を見据えた。

「けどよぉ、安次郎さん」

「うるせえ、ここは仕事場だ。まずはてめえがしゃんとしやがれ。おたおたするな」

「安。甚平は悪くねえ。他人の女房に手を出したんなら、悪いのは新の字のほうだぜ」

束ねの職人が新吉を睨《ね》めつける。

「だいたいこいつは、女癖が悪《わり》ぃと評判らしいじゃねえか。それでひとつ処にいられねえから、渡りになったってな」

他の職人たちが、ざわつく。

「まさか、彫源の娘を孕《はら》ませたのはてめえか」

「素知らぬ顔をしてやがるのが怪しいぜ」

雨続きで仕事が詰まっているせいか、気が立っている者が、甚平そっちのけで新吉へ向けて罵声《ばせい》を浴びせ始めた。

　安次郎は舌打ちして、新吉を立たせると引きずるように表へ連れ出した。

　夕刻、仕事を終えた安次郎は、長五郎に呼ばれ、ほおずき屋へと出向いた。小上がりに腰を下ろすと、早速長五郎が口を開いた。

「すまなかったな、おれが出ていてよ」

　いえ、と安次郎は銚子《ちょうし》を取った。

「ひと悶着《もんちゃく》起こすんじゃねえかと、気を揉んでいたが、まさか甚平の女房たぁ困ったもんだぜ」

　長五郎が苦い顔をする。

「手を出したってほどじゃありませんが、甚平にとっちゃそれぐらいのもんだったんでしょう。祝言挙げて、ようやく三月ですから。そのうえ、此度《こたび》のことを責めたら、実家《さと》へ帰っちまったそうで。甚平が新吉へ怒りの矛先を向ける気持ちもわかります」

　女は怖《こえ》ぇなあ、と長五郎は含み笑いを洩らした。

　安次郎は甚平を皆に任せ、新吉を井戸端へ連れ出した。水に浸《ひた》した手拭いを頬に当てると、ふて腐れた態度で新吉が話をし始めた。

「新吉がいうには、弁当を持って来る甚平の女房と二言三言、言葉を交わしただけだと」

長五郎が訝《いぶか》しい顔を向けてきた。

「ただ、甚平の女房のほうから新吉のために弁当をこしらえてきたようです」

「ってことはなにか。女房のほうが新吉に」

「新吉も面食らったそうです。口説《くど》いたわけでもないと、相変わらずの物言いでしたが」

長五郎は無精髭《ぶしょうひげ》を指でさする。

「女房に出て行かれて甚平も思わずカッとなっちまったんだろうがな。おれから、ふたりに意見しておくぜ」

「お願いします」

「おめえが頭下げることじゃねえやな」

その日、甚平は仕事を切り上げ、そそくさと下谷《したや》まで女房を迎えに行った。

「あいつが戻らなかったら、てめえのせいだからな」

捨て台詞《ぜりふ》を吐いていったが、新吉のほうは腫《は》れた頬をさらしたまま馬連を握っていた。

長五郎が安次郎の猪口《ちょこ》に酒を満たしながら、けどよと、身を乗り出して、小声でいった。

「新吉にその気はなくても、女がほだされちまうような台詞が吐けちまうってわけかい？」

よけいに業腹が煮えやがるなぁと、厚い唇を不機嫌そうに尖らせる。

「お徳さんのことまで皆に疑われていましたが。それは違うと」

安次郎は苦笑しながら、猪口を手にした。

「そうともいえねえぜ」

えっと、安次郎は長五郎の仏頂面を見た。

「今日はよ、お徳の許婚《いいなずけ》が出てきたよ」

むうと、長五郎は顎を引いた。

元は相撲《すもうと》取りで、名は権蔵《ごんぞう》。長五郎は四股名《しこな》も口にしたが、なんとなく聞き覚えがあるという程度のものだった。二年ほどで腰を傷めて廃業したらしい。

錦絵では、役者や美人の他に人気があるのが力士の姿絵だった。

その元相撲取りは、そうした力士の錦絵を見て、廃業後、彫師になりたいと彫源に来たのだ。存外手先は器用だったらしく、三年で、髪の生《は》え際《ぎわ》を彫っていたという。

「毛割りを、ですか。たいしたものだ」

安次郎は感心して口許に運んだ猪口を止めた。毛割りは、彫りの技法の中でも親方か技巧の優れた者にしか任されない。まことの毛よりも細く彫る。

「でかくて、ぶっとい指をしているが、使う小刀は小せえからの」

長五郎は肩を揺らした。

「源次の野郎、色落ちにはまったく気づいてなかったといいやがった。ようはお徳から孕んでいることを聞かされて、頭がのぼせちまったみたいでな」

けどお徳のきつい所は変わらずだ、と長五郎は口を曲げた。

「てめえのふた親と許婚の権蔵を前に身籠っていることを伝えたそうだ」

相手の名は頑《がん》として口にせず、祝言は反古《ほご》にしてくれと、お徳は一点張りだったという。

長五郎は魚の煮付けを口にした。

「その権蔵はなんといっているんですか」

長五郎が、眉をしかめた。

「おれとは物静かに話をしていたが、あれは相当とさかに来ているぜ。彫源への婿入《むこい》りが、お釈迦《しやか》になるんだからな」

「そいつは」

「お徳を孕ませた野郎の首をへし折ってやりたいと、薄ら笑いを浮かべていたが、ありゃ冗談でなく本気だな。彫源に出入りのあった者を片《かた》っ端《ぱし》から調べているらしいや。新吉もそのひとりかもしれねぇ。あんな野郎だしよ」

滅多なことにならなきゃいいがと、長五郎は苦虫を噛み潰したような表情をした。

「お徳坊は、小せぇ時分から気の強い娘だったからなぁ……嫌だとなると泣くわ、喚《わめ》くわ、そのうち癇癪《かんしゃく》起こして源次に噛み付いたりしたこともあった。ここにな」

長五郎は右の前腕を突き出して、歯形がくっきりついていたよと、苦笑いした。

「そこまでは知りませんで」

「それとなぁ。この縁組みは、源次が権蔵に押し切られたってぇ話だ。ちぃっとな、この間うちに来た版元に訊いてみたんだがな、どうも今、権蔵が、彫源を束ねているって話だ。近頃、源次も威勢がなくてよ。歳だ歳だとぼやきやがる。お徳と権蔵が夫婦になれば彫源も安心だなんてぬかしていやがった」

安次郎は黙って頷いた。

もともと好いた相手がいたかどうか、祝言が決まってから男を選んだのかどうかはわからないが、お徳は権蔵を嫌っていたのだろう。

権蔵と父親への精一杯の抵抗だったのかもしれないが、手段として、決してほめられたものではない。ふしだらな娘ではないとはいうもののずいぶん無茶すぎる。相当、切羽詰っていたとしてもだ。

だが、権蔵がそれで承知しましたという男ではないことが、お徳を恐怖に陥れたとも考えられた。

でな、と長五郎が周りをはばかるようにして声を落とした。

「おちかを探ってくれねえか」

安次郎は眼をしばたたいた。

お徳が行方知れずの上、身重だと聞いても、おちかは驚き顔はしたものの、さほどに心配そうなそぶりを見せなかったという。

思い返してみれば長五郎のいう通りだ。取り乱しても当然なところで、おちかが誰よりも一番冷静だった。

「ここ数年は年に一度か二度ぐれえしか会ってねえはずだが、おちかとお徳は幼馴染みだ。親父《おやじ》のおれがいうのもなんだが、情のねえ娘じゃねえからな」

うってつけの奴がいなくもねえが、と言葉を濁し、長五郎は猪口を呷《あお》った。

「日限《ひぎり》が迫っているところ悪ぃんだがよぉ。奴《やつ》に頼むのも癪に障るんでな」

直助とともに動いてくれということだろう。安次郎はわずかに笑みをこぼすと、

「承知しました」

そういって、長五郎の猪口に酒を注いだ。

六

はあ、と息を洩らして直助が口元を歪めた。

「だから嫌だったんですよぉ。おちかさんを見張るなんて」

安次郎は直助に無理やり猪口を握らせる。

「それで、なにか気になることはあったのか」

「なにもありゃしませんよぉ。昨日だって、お花の稽古《けいこ》に行って、その帰り道に、おかみさんの使いで菓子屋に寄って。それだけです」

一昨日《おととい》も、その前日もおちかは出掛けずに家にいたと、直助は悪事でも犯したような顔をしてがくりと首を落とした。

親方も親方だ、おちかさんを疑うなんて、とぼやいた。

「だいたい、おちかさんとお徳さんは幼馴染みじゃねえですか。もしもお徳さんが身

を隠すつもりなら、すぐに足がつくおちかさんを頼りますかねってんだ。だから彫源の親方だって、うちの親方ん処には来なかったんでしょ」

「あらあら直さん、ずいぶんお疲れのようだけど。はい、好物の茄子の煮浸し」

お利久が直助の鼻先に器を置いた。

「ねえ、お利久さんもそう思いませんか」

お利久が首を傾げると、直助はお徳のことは話さずに、それとなく語って聞かせた。

そうですねぇと、お利久が、少し間をあけてから口を開いた。

「頼るわけがないと思われているからこそ、裏をかくという手もあるかもしれませんよ」

直助が、がばと顔を上げた。

「驚かせないでくださいましな。少しはお役に立てたのかしら。あ、はーい」

と、お利久は身を返してべつの客のほうへと小走りに去っていった。

「兄ぃ」

「お利久さんのいうことに一理あるな。直。この数日、おちかちゃんが今まで出ていたのに出て行かない処はねえか」

「出ていたのに、出て行かない処って、なにかの判じ物みてえだなぁ」

直助は真面目な顔で考え込む。

「おちかちゃんのことなら、たいていのことはわかるだろう」

「おれは新吉のような軽い男じゃありませんからね。いつも遠くから見守るように、どこへ行くにもそっと陰から見送り……あれっ」

そういえばと、直助が眼を輝かせた。

「針稽古《はりげいこ》を休んでますね。五日おきに稽古日があるってのに」

「たしか、佐《さ》久《く》間町《まちよう》だったな」

二丁目です、お大名屋敷が真ん前にありますと、直助が強く頷く。

「腹ごしらえしたら、早速行ってみます」

「直、焦るなよ。おちかちゃんがお徳さんの身をかくまっているのが知れれば」

「あ、おちかさんも責められちまう」

そんなのは駄目だと、直助は半ば怒りながら腕を組む。

「おちかちゃんから言い出すように仕向けるか、お徳が自ら出てくるように話を進めるか」

うーんと、直助が鬢を掻く。

「新吉の野郎に頼んでみたらどうですかね。あいつ口もうめえし、兄ぃやおれがなんかいうと、おちかさん、構えちまうんじゃねえかと思うんです」

あ、やっぱり駄目だと、直助が首を振った。

「新吉がお徳さんの相手だって噂《うわさ》もある」

お徳が行方知れずと聞いて、新吉は、あのきれいな子がもったいねえとひと言いっただけだった。かかわろうとしねえのが怪しいと、直助は岡っ引きの小者らしく妙な勘《かん》ぐりをした。

安次郎は、猪口を口に運んだ。

「あいつな、御家人の倅《せがれ》だ」

へっと直助が眼を丸くする。

「武家の出だったんですか。兄ぃと同じじゃねえですか」

「もっとも御家人ってだけで、父親は知らねえそうだ」

物心ついたときには母親もいなかった。男を作り、出て行ってしまったらしい。新吉は母親の姉である伯母に育てられた。

甚平に殴られた頬を井戸端で冷やしていたとき、新吉がぽつりぽつりと自分のことを話したのだ。

伯父《おじ》は下駄の鼻緒《はなお》作りを生業《なりわい》としていたが、子だくさんの上に、年寄りのふた親を抱えた貧乏所帯で、親のいない新吉が歓迎されるはずもなかった。

そのうち伯父が新吉を疎《うと》ましく思い始め、飯も着る物もろくに与えられず、七つになる前から、仕事を仕込まれた。伯母はかばってくれたが、少しでもしくじれば、伯父に容赦なく殴られたと、新吉は小さく息を吐いた。

「てめえの子じゃねえのは、はっきりしてるんですから。無駄飯食いの厄介者ですよ。なぶり殺されなかっただけでも御《おん》の字《じ》だ」

新吉は腫れた頰に手拭いを当てながら笑い、痛てててと顔をしかめた。

十になったとき、自ら探して芝の摺り場に奉公へ出たという。自分のことで伯母が責められるのが耐えられなかったからだといった。

「なんだろうなぁ、ガキのくせに悟《さと》っちまったんですよ。居ちゃいけねえ、いらねえ者っているんだなぁってね」

摺り場では皆、優しく親切だった。蹴り飛ばされて起こされることもなく、初めてゆっくり眠れたという。その実、仕事などなんでもよかったのだともいった。自分の腕で飯が食って行ければそれでよかった。だから、人より懸命になった。

けどと、新吉は顔を曇らせた。

「皮肉なもんだ。錦絵はひとりで作るもんじゃねえのがわかって途方に暮れちまいました」

やはり人と交わることが怖いのだという。そのときは必要とされていても、いつ何時いらねえといわれるかしれない。だから、渡りになった。渡りなら、居る間だけは必要とされるからだ。

あっしはさ、どぶから涌《わ》いて出たような人間だからと笑って、首に下げた守り袋を握りしめた。

「男と逃げちまったけど、ふたつになるまでは可愛がってくれたそうです。こいつだけなんで。あっしに母親がいたって証《あかし》は」

新吉が、はにかんだ。

「水天宮《すいてんぐう》の守り袋だったよ」

安次郎はぼそりといって直助を見る。水天宮は、水難除けや安産、子育ての神社として信仰を集めている。

「なんだよ、畜生め」

俯いた直助がいきなり洟《はな》を啜《すす》り上げた。

「腹立つなぁ。てめえでいうだけあって摺りの腕もいいし、仕事は真面目にやるし。あいつのかけ合わせ、見ましたかい？」

ああと、安次郎は頷いた。

かけ合わせは、一旦摺った色の上にべつの色を乗せ、混ぜ合わせて作った色にはない微妙な奥行きや彩りを出すことが出来る摺り技だ。

「合わせた色にまったくぶれがねえ。馬連の調子がかっちり定まってやがった。ただ軽いだけの奴だと思ってたんで。悔しいなぁ」

「お調子者のほうが罪はねえ。てめえの苦労を自慢げにべらべら話すほうが信用ならねえよ。苦労話は売り物じゃあねえからな」

直助は一瞬黙って神妙な顔をしていたが、不意に、はっと眼を開けた。

「兄ぃ、新吉の女癖が悪いってのは、やっぱり母親に対して恨みがあるからでしょうかね」

それとも父親の、といいかけて、直助は口を噤《つぐ》んだ。

安次郎は、飯をかき込んだ。

翌日、直助が血相を変えて、摺り場へ飛び込んで来た。

「おまんまの兄ぃ。大《て》ぇ変《へん》だ。一大事だ」

職人たちが、またかと呆れ顔で安次郎を見る。蒸し暑さが戻り、そのうえ直助の騒々しさがうっとうしく感じさせるのだろう。

長五郎は芝の版元へ出掛けていて留守だ。

「今度の一大事はなんだ」

安次郎は、版木の乾きを確かめていた。続いた雨のせいでなかなか版木が乾燥しない。

「新吉の野郎が」

直助が新吉の摺り台を横目で見る。むろん新吉の姿はない。今日は、午後からの出にしてくれと、長五郎に伝えていたらしい。

直助が歯を食いしばった。

嫌な予感がよぎる。安次郎は焦《じ》れた。

「直、どうした。早くいえ」

「今朝、神田川の土手下でぼろぼろになっているのが見つかりました」

摺り場の誰もが言葉を失った。

「まさか、仏になってたんじゃ」

年長の職人が腰を浮かせて、声を上げた。

「死んじゃいません……が、運ばれた医者の話じゃ、あまりよくねえと」

「直、そいつはほんとのことなのか」

「ほんとにほんとですよぉ。だっておれが、おれが、仙吉親分と見廻《みまわ》りしていて見つけたんですから」

直助は顔を上げ、声を荒らげた。

「見つけたときは……」

草むらに、古着が落ちていると思ったという。よくよく眼を凝《こ》らせば、泥だらけの足が見え、あわてて斜面を駆け下りて、身体を抱き起こしたところ、

「新吉の野郎だったわけでして」

直助が腿の上の拳を握る。

「初めはどこの誰だかわかりやせんでした」

めちゃくちゃに殴られたのか、目蓋《まぶた》も唇も頬もぱんぱんに膨れ上がり、血と泥が顔中覆っていたと、口許を歪めた。

「息があったんで、医者に連れて行こうと仙吉親分と抱きかかえたとき、胸元の守り袋が見えたんです」

水天宮の守り袋かと、安次郎は息を吐いた。

新吉さんになにがあったってんだよ、と甚平が呟くようにいった。

「おれさ、女房から聞いたんだよ。あいつおれの弁当をつまみ食いしてよ。あんたの煮物はうめえなって。亭主は幸せ者《もん》だって。男はうまい飯食わせておけば、一所懸命働くからよって、そういったんだ」

甚平が摺り台から身を乗り出す。

「褒められて嬉しかったってよ。おれはさ、そんな言葉いってやったこともねえからさ。ちゃんと平らげりゃ、わかってると思ってた。新吉に弁当を作ったのは、うちのヤツなんだよ。おれ、悋気《りんき》の虫なんぞ湧かせて、ぶん殴ったりしちまったけど、おれさ——」

「もうよせ。死んだわけじゃねえんだ。直、医者はどこだ」

安次郎は立ち上がりながら、たすきをはずした。

「金沢町《かなざわちょう》の源庵《げんあん》先生です」

束ねの職人が安次郎に頷きかけた。

「安さん」

おちかが青い顔をして摺り場に飛び込んで来た。

「聞こえちゃったの。新吉さん、怪我したのね。あたしのせいだ」

「なに、いってんです」

直助がおちかの脇をすり抜けようとしたとき、違うのと、おちかが直助の腕を摑んだ。

「だって新吉さん、お徳ちゃんのことで権蔵って人に恨まれていたんだもの。でもまさか、そんなことになるなんて」

安次郎は、いまにも泣き出しそうに身を震わせるおちかを見つめた。

「お徳さんはどこに居るんですか」

おちかが目蓋を閉じたとたん涙が頰を伝った。

七

お徳は、おちかの通っている針稽古の師匠《ししょう》の離れに身を寄せていた。

安次郎が浅草寺の門前でお徳に会った日に、男と示しあわせていたらしいが、結局、お徳を迎えに来なかった。途方に暮れたお徳は、おちかの針稽古の師匠宅を思い出し、すがる思いで訪ねたのだという。

お徳の相手は、彫源に版木を入れていた板屋の息子で、権蔵との縁談が持ち上がる前から、ふたりは恋仲だった。むろん、源次はそのことを知らない。

権蔵はお徳が身籠っていることを聞かされたとき、お徳に子を堕ろせと詰め寄り、相手は新吉だろうといったらしい。

新吉が摺長に来る以前、花川戸《はなかわど》の摺り場にいたとき、版木を預けに来る度、お徳に声をかけ、お徳が出掛ける際には、連れ立って帰ったことを幾度も権蔵が見かけていたのだ。

お徳が応えをあやふやにしたためにかえって権蔵の中で確信に変わってしまった。

だが、渡りの新吉がいまどこの摺り場に居るかわからない。塒もわからない。焦れていたところに、色落ちの版木を持って現れたことで、摺長に居るのが知れた。

源庵の処で二日後に目覚めた新吉は顔を半分腫らした状態でぼそぼそ話した。

「あの日、摺長を出たとき、権蔵に呼び止められて土手まで連れて行かれたんです。いきなりお徳はどこだ、相手はてめえかと、すごまれましてね。あっしもついうっかり、女には優しくするもんだといっちまって……そのあとは眼の前が真っ暗になって、覚えちゃおりません」

結局、安静にしていたのは五日ほどで、頭と左腕、胸元、右足にさらしを巻き、摺り場に出て来た。

「あっしもたいしたもんだ。ぼこぼこにされてもちゃんと右腕だけは庇《かば》ったんですから」

大笑いする新吉に、長五郎が呆れて顔を歪めた。

安次郎が台所へ水を汲みに行くと、新吉が土間で胸に巻かれたさらしを直していた。

近寄った安次郎が、さらしを手に取ると、

「すいやせん」

ぺこりと頭を下げた。さらしの下には板が挟み込まれていた。胸の骨にひびが入っているからだ。

「まだ痛むんだろう」

まあと、新吉が重苦しそうに頷く。

「色をきめ込むとき力が入りやすから」

「無理するな」

「あっしは渡りですから。頼まれた分は仕上げなきゃいけねえ」

けど笑っちまいますよねぇ、と新吉は胸元の板を拳で軽く叩いた。板はお徳の相手である板屋からの見舞いだという。

しかも山桜だと、眉をひそめた。山桜は錦絵の版木に用いられる樹木だ。

「ちょっと頼りなさそうな奴でしたよ。あれじゃ、権蔵のひと睨みで、お徳ちゃんにのしでも付けて渡しちゃいそうだ。お徳ちゃんがてこでも名をいわなかったはずですよ。その代わり、あっしがやられちまったけど」

「直が怒っていたぜ。殴られ損だってな」

へへっと新吉が笑う。

権蔵は番屋へ引っ立てられたが、お徳をあきらめ、彫源を出て行くならと新吉が許してしまったので咎めは受けなかった。

勘違いで傷を負わせた権蔵も、これ幸いと納得したという。

「だってよぉ、お徳ちゃんがほんとに好いた男と暮らせるほうがいいじゃねえですか。あの野郎が近くにいたら、楽しくねえでしょ。ま、薬袋料は、板屋と彫源からたっぷりもらいましたからね。お徳ちゃんも毎日見舞いに来てくれてますよ」

そうかと、安次郎は頷いた。

「女はみんな幸せになるべきだ。あっしが軽口叩くのも、ちょっとでもいい気分にしてやりてえからさ。笑ってる女は若いのも年増《としま》も可愛いもんです。ま、これからは、半殺しの目に遭《あ》わされねえ程度に気をつけますがね」

新吉はふと胸元の守り袋に眼を落とした。

「なあ、安さん……じゃねえ、安次郎さん」

「気にするな。呼びたいように呼べばいい」

安次郎は、さらしを巻きつけながら応えた。

「いや、直助さんに悪ぃからよ。けど、わからねえな。おれのこと気に喰わねえはずなのに、なんで怒ってくれてんだ」

「直は、そういう奴だ。どんなに嫌ってる相手でも、きっちり筋を通す奴は認める」

お人好しだなと、新吉は鬢を掻く。

「知ってると思うが、摺りはひとりじゃやらねえ。誰かが手を抜けば、皆が迷惑する」

色落ちも同じだと、安次郎は呟くようにいった。

「色が足りなきゃ、一枚摺りにならねえ」

新吉が含み笑いを洩らした。

「説教なら聞きませんよ、安次郎さん」

「そうじゃねえさ。当たり前のことをいっているだけだ。絵師がそこに置く色は必要だから置くんだ。いらねえ色なんかねえのさ」

目立つ色もある。地味な色もある。気づかれない色もある。だが、色落ちがあれば、そこだけ間が抜けたようになる。

「画《え》にならねえ。いらない色はねえし、あるべき処にあるから、画が活《い》きる」

さらしを巻き終わると、新吉が助かりましたと、襟元を直した。

「あっしもいらねえ人間じゃねえってことを、安次郎さんはいいたいんだろう。やっぱり説教だ」

新吉が上目遣いに窺いながら、不意に笑みをこぼした。

「安心してくだせえ。そこまで拗《す》ねちゃいねえですよ」

安次郎は笑みを返す。

「けど、それって、てめえの心持ちにもいえるな。彫源の親方もさ、娘の気持ちがどんなだか、うっかり見落としちまったから、こんなことになっちまったんだし」

よっと掛け声をかけて、新吉が勢いよく立ち上がる。

「あっしはそれなりに楽しくやってますよ」

顔も知らねえふた親がいまどんな暮らしをしているのか知りゃあしません、と新吉は背を伸ばし、顔をしかめた。

「けど、それでいいんじゃねえですか。考えても詮無《せんな》いことだ。足りねえものを数えるより、あっしは新しいものを見つけるほうがいいんでね」

おちかちゃんとか、お利久さんとかと、冗談めかしていった。

「じゃ、今日はお利久さんの処へ顔を出すかな。この形《なり》を見たら、優しくしてくれそうだ」

新吉が背を向け、

「さてと、こまんまの直さんでも誘うか」

明るい声を出し、摺り場へ戻っていった。

仕事を終え、五郎蔵店に戻る頃になっても暑さが残っていた。

井戸端で青菜を洗っていたおたきが顔を上げた。

「おかえり、安さん」

「おたきさん。近いうちに古着屋へ一緒に行ってもらえませんか」

「なんだい、あらたまって。構わないけどさ、洗濯ならあたしがしてあげるよ」

いえそうじゃなくと、安次郎はいい淀《よど》んだ。

「……信太がまた大きくなったもんで」

えっと、おたきが屈めていた腰をいきなり伸ばした。

「信坊の着物かい。それならそういっておくれよ。これからでもいいよ。柳原《やなぎわら》土手の古着屋はまだ出ているだろうからさ」

一緒に暮らすのかいと、おたきが期待を込めた眼で見上げてくる。

「道すがら気づいたんですよ。見落とした色が」

「なんだい、摺り忘れかい」

ええ、そんなものですと、安次郎は眼を丸くするおたきを穏やかに見つめた。

「それにしちゃ、やけに嬉しそうだね」

眼を細める安次郎をおたきが怪訝《けげん》な顔つきで眺める。

新吉のいう通りなのだろう。

足りないものを数えてもなにも変わらない。

お初もふた親も兄妹も、ちゃんとおれの彩りの中にいる。たぶん、叔父もだ。

なぜ、そんな簡単なことを忘れていたのだろう。

一番明るく温かい色をしているのが信太であれば、それで十分だ。

夕映えに、星がひとつ輝いていた。明日の空も機嫌が良さそうだと、安次郎は思った。

第三話
見当ちがい

一

ちりりん、と涼やかな音が、五郎蔵店のどぶ板の上を渡っていく。

この長屋で一番古株のおたきの家の軒先に吊《つ》るされている風鈴だ。

亭主が仕事に出た後、毎朝、女房たちが行っている井戸端の寄合も終わったせいか、一時蒸し暑さを忘れさせてくれる音が心地よく感じられた。

安次郎は、いつも通り夜具を丸めて隅に置き、そこに目隠しの枕屏風《まくらびょうぶ》を掛け回してから、軽く掃除をして、朝餉《あさげ》の支度をする。

だが、暑い時期には、炊いた米はすぐに饐《す》えてしまうので、向かいのおたきからわけてもらうこともしばしばだ。

今朝も、眠っている安次郎の許に、飯を盛ったどんぶりをおたきが持ってきた。

おたきは、近くのそば屋の一角を借りて、煮《に》しめを売っている。握り飯も作るので、

「安さんひとりの飯ぐらいどうってこたぁねえよお」

と、目尻《めじり》に皺《しわ》を寄せる。

お菜《かず》が一品。梅干しひとつに味噌汁《みそしる》を添えた、代わり映えのしない朝餉をすませると、いつものように小さな鏡台の前に座った。化粧箱の上には位牌《いはい》と線香立て、手鏡が載せてある。

自分の顔など、髭《ひげ》を当たるとき以外、ほとんど映したことはない。ましてや、お初の手鏡は、亡くなったときから化粧箱の上に置かれたままだ。手鏡の蓋《ふた》に描かれているのは、尾の長い鳥と、牡丹《ぼたん》の花だ。蓋を開けると、鏡面が曇っていた。もう誰《だれ》も覗《のぞ》くことのない鏡が少し気の毒に思える。

安次郎が袂《たもと》で鏡面を磨く。自分の顔が映り込む。差し込む日で鬢《びん》のあたりが光った。

白髪か――。

指先でそっとつまんだとき、手鏡を持つ手をすべらせた。化粧箱に鏡が当たり、お初の位牌が倒れて落ちる。

安次郎は、先に位牌を摑《つか》んで立て直す。

三十過ぎれば、白髪も当然か。驚くことでもないと薄く笑って手鏡を戻した。

さて、そろそろ出るか、と安次郎は立ち上がる。

昨日、安次郎は、版元と彫師、絵師の立ち会いのもと、試《ため》し摺《ず》りをした。絵師は、歌川一門の若い弟子だ。

役者絵、美人画を得意とする歌川も、ご改革のときはきつい締め付けがあって、思うような画《え》を版行できなかった。が、老中が失脚したことで改革の波も弛《ゆる》み、これまで芝居絵でも役者の一枚絵でも、役者名を入れることが叶《かな》わなかったが、いまは名を記すことができるようになった。

絵師は最初の色差しが気に入らなかったらしく、ああでもない、こうでもないと色を決めかねて、夕餉《ゆうげ》もろくに取れないまま町木戸が閉まる寸前にようやく終えた。

版元が、酒に誘ってくれたが断った。

騒がしいのは、どうも苦手だ。それに、歳《とし》若い絵師も気に入らなかった。いった通りにしろという不遜《ふそん》な態度が見て取れたからだ。

それをとやかくいうのも大人げないと、安次郎はいうままに従った。絵師の思い描く色を出す。それが摺師としての矜持《きょうじ》でもあるからだ。

行きつけのお利久の店に足が向かった。けれどどこか気疲れしていて、結局はやめた。

帰りしな、「明日の出はゆっくりでいい」と長五郎にいわれたが、家に居たところで、やることなどなにもない。

摺《す》り場《ば》へ行けば、なにかしらやることはある。絵の具を溶いたり、道具箱の片付けをしたり、他《ほか》の者の仕事を手伝ってもいいのだ。

そういえば、喜八にそろそろ礬水《どうさ》引きをやらせようかと長五郎がいっていたのを思い出した。

礬水は、明礬《みようばん》と膠《にかわ》を混ぜ合わせたもので、これを紙に刷《は》くことで、絵の具の滲《にじ》みを抑える。摺りを施すための、最初の作業だ。

刷毛《はけ》を使う修練にもなる。

喜八に礬水の引き方を教えるのもいい。

喜八は、安次郎が駆け出しの頃《ころ》、世話になった伊蔵という摺師の倅《せがれ》で十一だ。植木屋で奉公をしていたが、父親と同じ摺師になりたいといって、摺長で奉公を始めた。

伊蔵は、長五郎の父親のときから摺長を支えてきた職人のひとりだった。

いま、伊蔵は特定の摺り場を持たない渡りの摺師になっている。

安次郎が、三和土《たたき》に降り立とうとしたとき、どぶ板を踏み抜くような足音が聞こえてきて、家の障子戸が激しく叩《たた》かれた。

「安次郎さん、いるかい。おれだ。市助《いちすけ》だ」

市助は、お初の兄だ。

長屋に来るのは、お初の弔い以来だった。市助のいささか緊迫した声に、安次郎は急いで障子戸を開けた。

「どうしました、そんなに慌てて」

汗だくの上に、息も絶え絶えの義兄の市助に眼《め》を丸くした。

「よかった。もうとうに仕事へ出てると思ってたからよ。いなけりゃ、摺り場の方へ行こうと――」

市助は幾分、ほっとした様子を見せたが、すぐに表情を硬くした。

「すまねえが、安次郎さん。これから押上まで来てくれねえか」

市助が疲れ切った様子で戸口に膝《ひざ》をついた。

「ちょっと待っておくんなさい。いま、水を」

「いや、いい」

そういいつつも、市助は空咳《からせき》をした。

安次郎は、三和土にある瓶《かめ》から、汲《く》み置きの水を柄杓《ひしやく》ですくって、差し出した。

「ああ、ありがとうよ、安次郎さん」と、市助は喉《のど》を鳴らして一息で飲み干す。

「で、なにがあったというんです」

市助はひと心地ついたのか、大きく呼吸を繰り返した。

「申し訳ねえことをしちまった。それで、いますぐ家に来てもらいてえんだ」

舟も待たせてあるという。

「ですから、なぜ？」

市助はただ慌てた様子で、まったく話の要領を得ない。

「信太のことだ」

信太――。

安次郎の脳裏を嫌な予感がよぎる。お初を亡くしたときと同じような得体の知れない不安だ。

「信太になにがあったんです」

安次郎は声を荒らげて、膝立ちの市助の襟を摑んだ。

市助は申し訳なさそうな眼《め》で安次郎を見た。と、唇を震わせ、首を左右に振る。

「おれが、眼を離したのがいけなかったんだ」

市助がぼそりといった。

「そんなことを訊《たず》ねているのじゃありません。信太になにがあったか、訊《き》いているんでさ」

ああ、と市助は幾度も頷《うなず》くと、生唾《なまつば》を飲み込んでから、口を利いた。

「うちの畑の草取りを信太はいつも手伝ってくれていたんだ。鎌《かま》を使うからよ、そのたびに気をつけるようにと、おれも女房も、信太の傍らで見守っていたんだが、うちの佐太郎《さたろう》が……」

佐太郎は、義兄の一番上の子だ。たしか八つだった。次男がまだ三つとあって、信太と遊ぶことのほうが多いと聞いていた。

「あいつが、信太を驚かそうと、後から覆《おお》い被《かぶ》さるように抱きついたんだ。信太はちょうど立ち上がろうとしていたときだったもんだから――」

佐太郎に抱きつかれ、信太は、どうと前のめりに倒れた。

「まさか、鎌が身体《からだ》に」

「そうじゃねえんだが、倒れた拍子に、右の手の親指を――」

市助は顔を歪《ゆが》めた。

「指が？　どうしたんです？」

安次郎は市助を見つめる。

「親指の骨をよ、折っちまった」

市助が顔を伏せたまま、首を横に振る。

「そんとき、信太は顔をしかめただけで、あとはなんにもなかったように遊び始めたんだが、あくる朝になって」

親指がぱんぱんに腫《は》れ、信太はようやく痛みを訴えた。きっと我慢していたのだろうと、市助はいった。急いで、医者を呼びにいき、診立ててもらうと、骨が折れていたという。今は膏薬《こうやく》を塗り、添え木をして動かないようにしてあるらしい。

医者がいうには、子どもの骨は大人より柔らかいせいか、ポキリと折れてはいないのだという。

「若い枝はしなるだろう。それと同じらしくてな、裂けたようになっちまっているらしい」

だから――。

「下手をすると、親指の骨が曲がってくっついちまうこともあるというんだ。どう骨がくっつくかはわからねえと」

市助は悔しさを滲ませながらいった。

安次郎は押し黙った。

親指の骨が元通りになるのか、曲がってしまうのか。曲がってしまったら、指は動くのか。よせ。悪いことばかり考えても仕方がない。

昨日は一日、安静にさせていた、と市助は辛《つら》そうに口を開いた。信太に、お父《と》っつぁんを呼ぼうといっても、かぶりを振り、

「父ちゃんには仕事があるから」

そういったのだという。

馬鹿野郎、ガキのくせに妙な気を回しやがってと、安次郎は心の内で思った。しかし今日になって熱まで出した。これはやはり安次郎を呼ぼうと、急いでやって来たのだという。

「すまねえ、安次郎さん。いや、謝って済むことじゃねえのも、わかっている。許してくれともいわねえが、佐太郎は責めねえでやってくれ。おれからきつくいって聞かせた。この通りだ、安次郎さん」

市助が地面にかしこまって、頭を下げた。

「義兄《にい》さん。そんな真似《まね》はおやめください。もっとひどいことかと思いましたが、折れたものがくっつくというのなら」

長屋の店子《たなこ》たちが、そろりと障子戸を開け、こちらを窺《うかが》っている。市助の声が聞こえたのだろう。

「おれの外聞も悪い。市助さん、どうかもう顔を上げてください。ともかく、信太の

処《ところ》へ行きます」

安次郎は表に出ると、そっと首を伸ばしてこちらを見ている隣の大工の女房に声を掛けた。

赤子をおぶった女房が険しい顔をして、市助を見やる。

「どうしたのさ、安次郎さん。なんかあったのかい？」

「押上の義兄さんです」

あら、と女房が眼をまん丸くした。

「じゃあ、お初さんの、兄さん？」

安次郎は頷く。

「なので、ちょいとこれから押上村まで行って参ります」

「まさか、あっちでなにかあったの。信坊かい？　それとも……」

義兄さんの厄介事かい？　と声をひそめて訊ねてきた。

大の男が額を地面にこすりつけていれば、何事か起きたであろうと察しはつく。

安次郎は、いや、ちょっとばかり信太が熱を出しちまったようで、と応《こた》えた。

「それを気付かなかったからと、申し訳ねえと詫《わ》びてくださったんで」

「あらま、土下座までして、律儀な義兄さんだこと」

女房が感心するように、再び首を伸ばして、うなだれている市助を見る。

「なので、今日は戻らず、押上村に泊まることになると思います。留守をよろしくお願いします。それと、摺り場にこのことを」

「うん、まかしときな」

多分、竹田さんがいるから大丈夫だよ、といった。竹田は用心棒まがいの事をして銭を得ているが、お呼びがかからないときは、ほとんど家にいる。

「おたきさんにも伝えておくよ。じゃ、早く行っておあげよ。信坊も心細いだろうしさ」

「ありがとうございます」

「ああ、そうだ。熱があるときは、大根と生姜《しょうが》をすりおろして、湯を注いだのを飲ませてあげなよ」

身体が温まって、汗が出るからといった。

「水をあげるときは、ちゃんと湯冷しにするんだよ。暑い時分の汲み置き水は腐っていることもあるからね。腹まで下しちゃ大変だ」

「わかりました、そうします」

安次郎は女房に礼をいうと、すぐに市助と連れ立ち、長屋を出た。

二

押上村に着くと、安次郎と息子の市助の姿をみとめたのか、杖《つえ》をついた舅《しゅうと》が迎えに出て来た。

お初の実家は、小作人を雇うほどの裕福な百姓だ。長男の市助が母屋で暮らし、舅《きゅう》姑《こ》は同じ敷地内にある別棟の隠居所にいる。信太の面倒は、舅姑が見ていた。

片足をわずかに引きずるようにしながら、安次郎の前に立ち、

「悪かったね、安次郎さん」

と、頭を下げた。

「どうなさったのです？」

安次郎が舅の左脚へ視線を向ける。

「なに、たいしたことはないのだよ。ちいっとばかし膝が痛んでしまってね。杖なんざ、大袈裟《おおげさ》なんだが、婆《ばあ》さんがうるさいものでね」

舅はそういって、腰を屈め、左脚の膝頭《ひざがしら》を叩いた。

「私への気遣いなど、いらないよ。それより信太に辛《つれ》え思いさせちまった」

「信太は、どうしておりますか」

「眠ってるよ。昨夜も一昨日《おととい》も、ひとりで痛みを堪《こら》えていたのかと思うと不憫《ふびん》でね」

「ご厄介をおかけいたします」

安次郎は腰を折った。

「なにをいうのだね。詫びるのは私たちのほうだ」

「いえ、誰のせいでもありません。もし責めがあるなら、皆さんに甘えている、おれでしょう」

市助が、なにをいうのだと、声を上げた。

「そんな言い方はよしてくれよ、安次郎さん。妹のお初と夫婦《めおと》になったときから、おれたちは、義兄弟《ぎきょうだい》だ。でもな、信太のことは、任されているおれたちのせいだ。お初にも申し訳ねえと思っているんだ」

舅が厳しい顔をした。

「こんなことをいうのはなんだが、命にかかわることではなかっただけでも、ほっとしているんだよ」

はい、と安次郎は頷く。

「市助から聞いたと思うが、医者の話では、親指の骨が妙な形にくっついちまうこともあるんだそうだ。それで不自由な思いをさせることにはなるかもしれない。それだけが心配でね」

ともかく中へお入りと、舅が安次郎を促した。

信太は、舅姑の寝間で、静かな寝息を立てていた。右手の親指と手首は、木を添え、布をぐるぐる巻きにして動かせないようになっている。

「安次郎さん」

姑《しゅうとめ》が桶《おけ》を持って入ってくると、安次郎の隣に座った。

「佐太郎も悪気があったわけじゃないんだ。ふざけただけで」

「わかっておりますよ。子ども同士、特に男の子は、乱暴なことが好きですからね。おれも兄とは喧嘩《けんか》まがいのふざけっこをしょっちゅうしていましたから」

元は武家だった安次郎は、ほとんど兄とは木の枝で剣術ごっこをしていた。いつも頭を打たれ、腹を立てては、取っ組み合いの喧嘩になった。むろん兄にはまったく歯が立たなかった。

けどねぇ、と姑が水を張った桶を置く。

「かわいそうなことをしてしまったよ。あたしたちに心配をかけまいと、信太は痛みを隠していたんだろうね」

骨が折れた原因が、地面に手をついた際の衝撃だろうと医者がいったとき、急に信太が必死な顔をして、佐太郎を叱《しか》らないでくれ、自分の手のつき方が悪かったのだといったという。

「ほんに、気の優しい子だよ」

姑は涙ぐみ、前垂れで目許《めもと》を拭《ぬぐ》った。

信太が寝返りを打った。額の手拭いが落ちる。安次郎はそれを拾い上げると、枕辺に置かれた水の張った桶《おけ》に浸して絞った。その水音に、信太が小さく呻《うめ》くような声を上げ、眉間《みけん》に皺を寄せる。

「信太」

安次郎が呼び掛けると、

「と、うちゃん？」

信太がゆっくりと目蓋《まぶた》を開け、かすれた声で応えた。

「まだ痛むか？」

ううんと、信太が首を動かした。

安次郎は信太の額に触れた。まだ少し熱い。

「おいら、男だからさ。我慢できるよ」

「無理はするな。痛いものは、痛いといっていいんだ。父ちゃんだって、同じだ。痛ければ、痛い。苦しければ、苦しいというさ」

　安次郎は、桶の中の手拭いを絞り上げて、信太の額に再び載せた。

　苦しみや喜びを分かち合い、泣き笑いしてくれる者は、お初が逝《い》ってしまってから、安次郎にはいない。だが、信太はべつだ。

　おれがすべてを受け止めてやればいい、そう思っている。

「信坊、お父ちゃんが来てくれて、よかったね。安心したろう？」

　姑がいうと、信太はきゅっと唇を結んで、安次郎を窺うようにした。

「父ちゃん、仕事はどうしたんだい？」

　そう安次郎に訊ねてきた。

「そんな心配はしねえでいい。ちゃんと長五郎の親方に休みをもらったんだ」

「それならいいけどさ」

　信太が突き放すような口調でいって、わずかに身体を動かした。その途端、歯を食いしばる。

「まだ、辛えんだろう？」

「ほんというと痛《いて》えよ。右手を動かすと、涙が勝手に出てきちまう。悔しいけど」

信太は眉尻《まゆじり》を垂らした。安次郎は、懸命に意地を張るのがどうにも可笑《おか》しくて、うっかり笑みを洩《も》らした。

「父ちゃん、なんで笑うんだよ」

「すまねえ、すまねえ。信太が頑張って辛抱しているのが、嬉《うれ》しくて、つい、な」

安次郎は、そっと信太の頭を撫《な》でた。

「なあ、父ちゃん。佐太郎兄ちゃんを叱らねえでくれよ、お願いだ」

どうしてだ、と安次郎は訊ねた。

「だって、佐太郎兄ちゃんは、ふざけていただけだからよ」

「そうだな。佐太郎は信太といつも遊んでくれるんだろう?」

「うん」

蛙《かえる》を取ったり、草笛を鳴らしながら歩いたり、独楽《こま》もふたりで回して、喧嘩をさせるのだ、と信太は楽しそうにいった。

「ちょっと前に、市助のおじさんと一緒に魚釣りにも行ったんだ」

「そうか。佐太郎のことが好きか?」

「大好きだよ」

「それなら、叱ることなんかできねえよ。信太の大切な兄ちゃんだものな」

安次郎の言葉を聞いて、信太は大きな荷をひとつ下ろしたような顔をして息をした。

「もう少し眠りな。まだ熱があるんだ」

信太は素直に頷いたが、急に心細げな顔を見せた。

「おいらが目を覚ましたとき、父ちゃん、まだ居てくれるかい?」

「当たり前だ。父ちゃん、今日は信太とずっといるからな」

信太は、安心したのか、再び目蓋を閉じた。

「安次郎さん、お茶でもどうだい」

姑がいった。

安次郎は腰を上げると、寝間をそっと後にした。

囲炉裏《いろり》を挟んで相向かいに市助と舅が座って話をしていた。安次郎が寝間から出て来たのを見て、

「どうだった? 様子は」

市助が身を乗り出す。

「思ったより落ち着いていたので、ほっとしました。やはり、佐太坊を叱らないでくれといわれましたよ」

安次郎が笑みを浮かべながら、囲炉裏の端に腰を下ろす。

「そうか……まだ小せえのに、変な気を遣いやがって」

市助は、ぐずりと鼻先をこすりあげる。

「まったく、信坊も我慢強い子だよ。妙なことをしていると思ったんだ。右手を袖《そで》の中に隠して、左手で飯を食ったりしてね」

舅がたしなめると、じゃあ、なぜ左手はあるのだと、返してきたのだという。

「両方使えたら便利じゃないかってね、おどけていたのさ」

信太は二人に気取られまいと、懸命だったのだろう。

「骨がつくまでに、どのくらいかかるものなんですか」

安次郎は茶を淹《い》れている姑を振り返る。

「お医者さまの話だと、ひと月くらいは見ないとって」

ひと月、か――。

大人でも、じっとしていなければならないのは辛く、不便もある。遊び盛りの信太がおとなしくしているのは、さぞ退屈だろう。

「痛みのほうは少しずつ引いていくだろうとはいっていたけど、ねぇ」

姑は、舅へ視線を向ける。

骨が元通りに治るかどうかの心配をしているのだ。

もし親指が曲がってしまったら、あの子の夢が叶わない、と姑がまたもや涙ぐむ。

信太の夢は彫師だ。自分が彫った版木を、安次郎に摺ってほしいのだという。彫師は様々な小刀を用いて、精緻《せいち》な彫りを施す。

小刀を持つには、親指が不可欠だ。指の変形の度合いによっては、かなり苦労を強いられるか、信太の希望通りにはならないかもしれない。

子が彫った版木を親が摺る――。

信太が彫師になりたいと聞いたときには、安次郎も嬉しく感じた。

だが、幼子の抱く夢だ。

これから成長するにつれ、さまざまに変化していくのは否めない。信太が思う道を選んでくれることが、安次郎の望みだ。

「しかし、指が妙な形になってしまうと決まったわけではありませんから。幼い骨は柔らかいのでしょう？　きっと大丈夫ですよ」

安次郎は努めて明るくいい、今夜はご厄介になります、と頭を下げる。

「信坊も、そのほうが安心するよ。どうかね、安次郎さん、少しの間、そばにいてやってくれないかねぇ」

姑が、おずおずという。

「なにをいっているんだい。安次郎さんには、仕事があるんだ、なあ」

はい、と安次郎は小さく頷く。

確かに、昨日の絵師の摺りがある。版元からも急がされていた。今日には、摺り始めることになっていた。

ああ、しまったと、安次郎は心の内で呟《つぶや》いた。

色差しが変わってしまっているのに加えて、摺りにも版元から要望があったのだ。背景の小さな部分ではあるが、下げぼかしを上げぼかしにしてほしいという。

範囲は狭いとはいえ、濃淡が上から下に薄くなるのか、上から下に濃くなっていくのかで、視覚の効果は異なる。

これは安次郎だけしか知らないことだ。

むろん、安次郎が試し摺りをしたといっても、すべての摺りをこなすわけではない。

錦絵《にしきえ》は、山桜の板に、絵師の描いた版下絵を張り、彫りを施し、そこに色を載せて摺る。彫りを施した版木は、色数によって幾枚にもなる。

技量に応じて、あるいはその時々で、請け負う版木の枚数が違う分業制だ。

摺師が一日に摺れるのは、せいぜい二百枚というところだ。

色が変わったことは、親方の長五郎も承知しているが、ぼかしを変えた部分は聞いていないはずだった。そのまま摺りを施してしまえば、二百枚が無駄になる。版元の意に沿わなくなる。

もっとも今日、明日でその部分まで摺れるかどうかはわからないにしろ、長五郎にだけはいっておくべきだった。

どうにかして伝えるすべはないだろうか、と安次郎は押し黙った。

「ねえ、安次郎さん、こんなときぐらい仕事を休んではいけないのかね」

姑が少し不服そうな眼を向けた。

ああ、と安次郎は我に返る。

「いえ、信太のことですから、親方も承知してくれると思いますが、じつはひとつだけ気になることがありまして」

安次郎は、新たに請け負っている役者絵のことで、気がかりがあると告げた。

市助が、ぽんと膝を打つ。

「そんなことかえ、水臭《みずくせ》え。おれが、いますぐ、摺り場に出向いてやるよ。文にしたためてくれれば間違いもねえし」

「助かります」

「安次郎さんは、信太の傍《そば》にいてやってくれよ。おれたちより、やっぱりお父っつぁんが一番だからよ」

市助は、そうと決まればと、早速《さっそく》立ち上がった。

三

お初の実家で、三日を過ごした。

たった三日ではあるが、仕事から離れたのは、久しぶりだった。

信太の熱は引いたが、まだ親指の痛みは残っている。痛みが出ると、隠れて泣きべそをかいていた。

佐太郎が、日に幾度もやってきては、玩具《おもちゃ》や菓子を置いていく。

そのたびに「早く元気になってくれよ。また独楽回ししような」と、申し訳なさそうに、肩から吊られた信太の右腕を見る。

信太は庭に出て、ちゃぼへ餌《えさ》をやり始めた。

安次郎は縁側に座り、姑が茹《ゆ》でてくれた、とうきびの実を、ひと粒ひと粒、ざるに剝《む》き落とす。

「信太、とうきび食べないか」

うん、と信太が持っていた餌をちゃぼにすべて撒《ま》き、安次郎の前に立った。

安次郎は、信太を抱き上げ、縁側に座らせた。

何羽ものちゃぼが地面に撒かれた餌をついばんでいる。生垣の先には畑が広がり、笠《かさ》を着けた小作人が青菜の収穫をしていた。

「今日は、青菜の辛子和《からしあ》えかな」

「ばあちゃんの作る辛子和えはうまいよ、父ちゃん」

「そうだな」

「それと、じいちゃんが鶏鍋《とりなべ》をするってさ」

「それは豪勢だ」

「母ちゃんも、お菜作りは上手だったのかい？」

ああ、と安次郎は笑みを浮かべた。お初の味噌汁は塩辛かったことを思い出す。

「あのな、信太。父ちゃん、おまえに話があるんだ」

信太が、とうきびの実を摘《つま》んだまま、顔を強張《こわば》らせる。

安次郎が昨夜から考えていたことだった。

「父ちゃん、神田に帰るんだろう？」

「そうじゃない。信太さえよければだが」

安次郎がいいさしたとき、生垣の先で、こちらに向かって誰かが手を振っているのが見えた。日差しの加減で顔は見えないが、安次郎の見慣れた影だ。

「兄ぃ、おまんまの兄ぃー」

直助だ。なぜ、ここにと訝《いぶか》る間もなく、直助が駆け出し、門を潜《くぐ》ると、

「ああ、信坊、久しぶりだなぁ。おれだよ、おまんまの兄ぃの一番弟子だ。覚えてるかい？」

縁側に座る信太に鼻先をつけるくらい、近寄った。

なにが一番弟子だ、調子のいい奴《やつ》だと、安次郎は苦笑する。

「覚えてらぁ。直助さんだろう。こまんまの直だ」

「おお、いい子だな」

直助は、信太の頭をそっと撫でる。腕を吊ったさらしが痛々しいのか、ぐずっと鼻を鳴らしたが、すぐに、

「なんでえ、思ったよりも元気じゃねえか。もっと、お父っつぁんにすがって、ぴいぴい泣いていやがるかと思ったが」

からかうようにいった。

「おいらは、そんな弱虫じゃねえよ。いまだって痛えのを我慢してるんだぜ」

信太が唇を尖《とが》らせて、生意気をいう。

「おう、てえしたもんだな。さすがは兄ぃの倅だな」

それ、信坊への土産《みやげ》だ、大福餅《だいふくもち》だぞ、と直助は懐から竹皮包みを取り出した。

「直助さん、ありがとう」

「なに、いいってことよ。えへへ」

直助がここまで来たのは、信太の見舞いではないはずだ。

「信太、ばあちゃんに直助が来たことを伝えてくれ。麦湯も頼むってな」

信太は頷くと、縁側から座敷へ入っていった。

直助が信太の背を見送りながら、息を吐いた。

「長五郎の親方から、信太が指の骨を折ったって聞かされたんで、どうしているかと思ってたんですが、ちょいとほっとしました」

「正直、おれもそうだ。で、どうしたんだ、直。摺り場で何かあったのか?」

ちっとばかり、と顔を歪めて直助は縁側に腰掛ける。

「兄ぃが試し摺りをした役者絵で揉《も》めていまして」

「絵師が文句をつけてきたのか?」

「いえ、役者のほうです」

聞けば、自分の顔はこんなに長くない、鼻は低くない、眼も吊り上がっていない、挙句《あげく》、こんな間抜け顔はしていないと、役者が憤慨しているらしい。

「座元がいうには、これから売り出そうとしている役者、というか、内緒ですけど、ある大物の妾腹《めかけばら》らしいんですよぉ」

そのため、態度もその大物役者並みに大きい。

「小さいことでもすぐに拗《す》ねちまう男だそうで。ちょっとばかり座元も持て余し気味ではあるそうです。ただ、芝居は父親譲りで、筋もいい。舞台映えもいいっていうんで、人気も出始めている。そこへ、あの錦絵はなんだと文句たらたら」

なるほど、と安次郎は腕を組んだ。

「肝心の絵師は何ていっているんだ？」

「絵師も若い奴なんで、膨れっ面です。あっしは、芝居を見て描《か》いたの一点張り」

なるほど、あいつならいいそうだと、安次郎は絵師の顔を浮かべ得心する。

直助が遠慮なしに、ざるのとうきびをつまんで口に放《ほう》り込む。ああ、うまい、と顔をほころばせた。

「けど、それなら、おれたちがかかわることではないな。その役者と絵師と版元で収めればいい話だ」

ところが、そうもいかないから困ってるんですよ、と直助が自棄《やけ》を起こして、さらに実をむんずと摑んで、むしゃむしゃ食べ始める。

「で、信太の見舞いがてらここに来たっていうのと、親方がいつ帰るのか訊いてこいというもんですから」

「ああ、それなんだがな」

明日、帰ろうと思っていると、直助に告げた。

直助が眼を真ん丸くする。

「信坊はほうっておくんですか？　あ、いや、おれも親方も、兄ぃが戻ってきてくれるのはありがたいですけど」

いいんですか、と探るような目つきをする。

「いつまでも、仕事をしないわけにもいかないからな。親方にも、そう伝えておいてくれ」

「ですから、信坊はどうすんですよ。怪我《けが》したってのに、いてやらねえんですか」

直助が本気で怒り出す。

「ああ、もう焦《じ》れったいな。おれもよくわかんなくなっちまった」

「お前が頭を抱えることはないさ。おれは明日戻る。午後には摺り場に顔を出す」

姑が、麦湯を盆に載せてきた。

「これは、直助さん。結構なお土産を頂戴《ちょうだい》しました」

「あ、おっ義母《か》さん。お邪魔しております。いつも安次郎の兄ぃには面倒をかけております」

と、直助は丁寧に頭を下げる。

「この、とうきびも美味《おい》しくいただいてます。食べ始めたら止まらなくなっちまって。茹で加減も塩加減もうまい具合で。いい塩梅《あんばい》ってやつです」

姑は嬉しそうに笑いながら、じゃあ帰りに、いくつか持ち帰ってくださいな、と直助へいった。

「そいつは、どうもごちそうさまです」

ぺらぺらと、よく言葉が出てくるものだと感心しながら直助を見やる。口数の少ない自分と不思議と馬が合うのは、そうしたところがあるからだろう。

これもいい塩梅かもしれない。

「でも、信坊が元気でよかった」

と、直助は姑と話を始めた。姑は直助のいうことなすことに笑い転げながら、「いい女《ひと》はいないの？」と、嫁取りのことを訊ねた。すると直助が、いきなり照れ出した。

「それがですね、おちかさんって、いい娘《こ》がいるんですよ」

気立てがよくて、優しくて、顔立ちも男親に似ず、愛らしくて、と臆面もなくいった。

「けど、その父親ってのが、おれのどこが気に食わねえんだか、文句ばかりいうんですよぉ」

あらあら、と姑が気の毒そうな顔をする。

おちかは、長五郎のひとり娘だ。いまの話を長五郎が聞いたら、拳固《げんこ》を落とされるだろう。

信太が、姑を呼びに来た。舅が鶏をさばくのを手伝ってくれといっているらしい。安次郎が膝を立てると、姑が止めた。

姑は、直助を夕餉に誘う。

「鶏の鍋ですかぁ。食べたいですけど、もう少ししたら戻らなきゃいけねえんで。今度、お呼ばれします、へい」

神妙な態度で応えた。

それじゃ、また今度といって、姑は笑みを浮かべると、腰を上げた。

安次郎は、座り直すと大きく息を吐いた。

「お前、だからよ、一体何をしに来たんだ」

「いい、おっ義母さんなんで、ついつい」

「ともかく、おれは戻ると決めたんだ。それより、絵師と役者のことを教えてくれ」

「ああ、そうでした。でね、版元が、わざわざ、料理屋にふたりを呼び出して、絵師と役者を対面させたんですよ」

役者は、下絵も見せないで錦絵にしたのがよくないといい、絵師のほうは、下っ端役者にいちいち版下絵を見せるかと突っぱねた。

それで、取っ組み合いの喧嘩になり、絵師が役者の顔を殴ったから、さらに騒ぎとなった。細面《ほそおもて》の頬《ほお》が腫れて、舞台に出られないという。

どっちもどっちという気がすると、安次郎は呆《あき》れ返った。

「版元も抑えられねえし、そうしたら、なんと」

直助は、安次郎に顔を寄せてきた。

「国貞の師匠まで出てきちまって」

安次郎も唸《うな》った。国貞は、兄弟弟子の国芳と並び立つ、当代きっての人気絵師だ。

さらに聞くと、国貞の後ろ盾になっている商家の主《あるじ》の娘が、その役者の贔屓《ひいき》だという。

「ややこしいな。しかし、勝手にやってくれということじゃないのか？　おれたち職人が入ったところで詮ないことだ」

「違います」

直助がきりりと眉を引きしぼった。

「もう一度、やり直すんだそうです。その役者が気に入るまで。彫りは、彫源、摺りは、うちです」

「で、絵師は、若い絵師か？」

「国貞の師匠が筆を執るそうです」

そいつは大事《おおごと》だ、と安次郎は思わず息を吐いた。摺りが変わったことなどどうでもよくなってしまった。

四

蜩《ひぐらし》が鳴いている。西日が庭を照らし、葉の隙間《すきま》からこぼれる陽射《ひざ》しが、一日の終わりを惜しむような光を放っている。

囲炉裏では、鶏肉と青菜、豆腐を入れた鍋がぐつぐつと煮えていた。

「安次郎さん、たんとおあがり」

姑が、湯気の上がる器を差し出した。

「ありがとうございます」

「直助さんも一緒に食べられればよかったのにねぇ」

「まだ仕事を残していたようで、直も残念がっておりました」

安次郎はそう応えながら早速、箸《はし》をつける。醬油《しょうゆ》と味醂《みりん》で味付けをした汁が青菜に染みて美味《うま》かった。安次郎の組んだ脚の中に信太はすっぽりと納まっている。

「暑い時期に、こうして熱い物を食うと身体が元気になる。ほれ、信坊。ふうふうしてやろう」

舅がつまんだ鶏肉に息を吹きかける。信太が口を開けた。

「まるで小鳥のひなみたいだね」

姑が笑う。

和やかな夕餉が進んだ。

夕餉が済んだ後、信太と姑はごまを擂《す》り始めた。信太は左手一本で、すりこぎを持ち器用に回している。

「うまいもんだねぇ、信坊」

姑が眼を細めた。

その様子を安次郎は眼で追う。茶を喫し、煙草盆《タバコ》を引き寄せた舅へ、安次郎は背筋を正した。

「お話があります」

「どうしたい、あらたまって」

「私は明日、神田へ戻ります」

姑が首を回し、眉根を寄せた。

「もう少しここにいられないのかね。じゃ、直助さんは、安次郎さんを呼び戻しに来たのかい？」

そうではない、と安次郎は首を振る。

「帰るのは、私が決めていたことです。もっとも、摺り場でもちょいと厄介事が持ち上がっているようですが」

「やっぱり仕事で帰るんだね」

わずかだが非難めいた口調で姑がいう。

「よさないか。安次郎さんだってそうそう仕事を休んではいられないだろう？　摺り場にも迷惑がかかる」

「でも、信坊のためにもう少しいてくれても」

「そのことですが、信太を連れて帰ろうと思っています」

信太がすりこぎを止め、目をまん丸くして安次郎の顔を見上げた。

「待っておくれ。信太は手が使えないのだよ。それに安次郎さんが仕事に出ている間、信太の面倒は誰がみるのだね？」

驚きのあまり舅が煙管《キセル》を置いた。

「摺り場に連れて行くこともできますし、長屋の者たちが世話をしてくれると思います」

「思いますって、ねえ」

姑が気遣わしげに舅を見やる。

「信坊がなんでもないなら、私たちだってそう心配はしない。が、なにも怪我を負った今でなくともいいのではないかね？」

このまま信太を亡くなった女房のお初の実家で預かってもらっていれば安心ではある。舅姑も孫の信太を心から可愛がっている。

義兄の市助もその息子も、家族のように接してくれているのだ。

その優しさにいつまでも甘えている呵責《かしやく》を、安次郎は常に感じていた。ふた月に一度、信太に会いに来ることで、それを埋めている気になっていた。

「いまだからこそ、信太と暮らそうと思ったんでさ。信太には不自由をかけるかもしれませんが、一緒にいてやりたいんです」

自分でいっていることが矛盾しているような気がした。

しかし、怪我を負ったことで、舅と姑にこれ以上責を感じて欲しくはなかった。自分の子になにかが起きたとき、責を感じるのは親でなければならない。信太が骨を折ったと聞かされたとき、どこか傍観している自分がいた。心配ではあるが、自分のせいではない。そう一瞬でも感じた自分が許せなかった。

親と子の距離が知らないうちに広がっていたような気がした。

だからといって、怪我をきっかけに離れた思いを詰めようというのも勝手な話だ。

それでも、いい機会だと思ったのだ。

「信坊はどうだい？　そりゃあ、父ちゃんといられるほうがいいよなぁ」

舅が信太へ訊ねた。

「……おいら、じいちゃんもばあちゃんも、市助のおじさん、おばさん、佐太郎兄ちゃんも大好きだ」

うんうん、と舅は優しい顔で頷いた。姑はどこか不安げに信太を見つめている。

信太は懸命に言葉を探し、

「ここにいるのも大好きだ。だけど、おいらさ……父ちゃんと暮らしたことがねえから——」

そういうと俯《うつむ》いて、唇を嚙《か》み締めた。

「私らに気を遣わないでいいんだよ。信太だって父ちゃんと暮らしたいよな」

舅の言葉に、信太が小さく頷いた。

姑が、急に立ち上がり座敷から出て行った。

嗚咽《おえつ》が聞こえてくる。

安次郎は舅に頭を下げながら、信太の身体をそっと抱きしめた。

信太が眠ってから、舅と酒を酌み交わした。煮詰まった鍋の残り物が肴代《さかな》わりだ。

「身勝手で申し訳ございません。いつかいつかと私も思っていましたので」

安次郎は膝を揃《そろ》え、身を硬くしていた。

ああ、本当だよ、と舅がじろりと安次郎を見て、湯呑《ゆの》みに注がれた酒を口にする。

と、囲炉裏の炭がはぜるのが合図だったように、舅の頰が緩んだ。

「親と子が一緒に暮らすことになんの不服があるものかね。そりゃあ、信坊がいなくなるのは寂しいが、かわいい盛りを私らが取っちまったようなもんだ」

舅が、痛む膝をさすりながら、穏やかな笑みを浮かべる。

「きっと、お初も安次郎さんと暮らすことを喜んでいると思うよ。私らがこんなことをいうのも妙な話だが、信太を頼むよ、あの子は本当にいい子だ」

それだけに、怪我を負ったのが不憫だが、と舅は額の皺をさらに深くした。

舅が安次郎の湯呑みに酒を注ぐ。安次郎は、湯呑みの中をじっと見つめた。歪《ゆが》んだ自分の顔が映り込む。

姑がなにかを思い切るように立ち上がり、少し風を入れましょう、と窓を開けた。

夜気が忍び込むように入ってくる。

燭台《しょくだい》の灯が揺れて、姑の影が壁で揺れる。

「信太の横に寝てもいいかね?」

姑が訊ねてきた。

「赤子の頃は夜泣きがすごくてね。でも抱っこしてやると、あたしの乳をまさぐって、寝ちまうんだよ。それが可愛いんだけど、不憫でねぇ」

信太は寝相が悪いから、いつも夜具を蹴飛《けと》ばしちまってね。幾度、あたしが掛け直してやったことか、と姑は少し涙ぐみながら話した。

これで添い寝をするのも最後かもしれないという思いがあるのだろう。赤子の頃から世話をして、信太を育てあげたのだ。急な話に姑の心を傷つけてしまったような気がした。

「よろしくお願いします」

安次郎は静かにいって、頭を下げた。

早朝、信太の手を引いて、義兄の市助と五郎蔵店へ戻ると、蜂《はち》の巣を突《つつ》いたような騒ぎになった。

市助が、籠いっぱいにした沢庵《たくあん》や青菜、茄子《なす》、とうきびなどを皆に配ると、女房たちが礼をしたりと一層騒がしくなる。

おたきは前垂れを目許に当てて、涙と洟《はな》を交互に拭った。

「大きくなったねぇ」

それればかりを繰り返した。

安次郎に子がいることを知っていても、信太の顔をみたことがない店子もいる。そうした者たちにも、信太は歓迎された。浪人者で独り身の竹田貫一が、のそのそと出てきて、羨《うらや》ましそうな顔で安次郎を見る。

「安さんと目許が似ているけれど、顔かたちはおかみさんかね」

「賢そうな顔をしているよ」

女房たちは口々にいい、信太はじろじろ見られたせいか、安次郎の背後に隠れた。

「ほら、信太、挨拶《あいさつ》しろ」

信太は、安次郎の後ろからぴょこりと顔だけ出して、頭を下げた。

まあ、かわいい、と女房たちの遠慮のない声が飛び、信太は顔を赤くして俯いた。

と、信太の手に気づいたおたきが安次郎へ訊ねてきた。

「じつは親指の骨が折れていまして、使えないんでさ」

おやまあ、と皆が目を丸くして、すぐに気の毒そうな顔をした。

「右手じゃ大変だ。箸も持てないじゃないか。あのとき、熱が出たっていうのはこのことだったのかい」

大工の女房が眉を寄せた。

まだ手習いに通っていない幼い子どもたちもわらわら寄り集まってくる。信太は安次郎の背に張り付いたまま、少しだけ顔を出した。

押上での暮らしでは、多くの子どもたちと接していない。遊び相手は市助の息子の佐太郎や、小作人の子とごく少数だった。急に幾人もの子どもに囲まれれば、驚きもするし、気後れもするだろう。

幼子たちはたどたどしく自分の名をいいながら、遊ぼう遊ぼうと信太に誘いをかける。信太と同じ歳《とし》の庄吉《しょうきち》が、竹馬はできるか、独楽は回せるかと、唾《つば》を飛ばした。庄吉は期待に満ちた目で信太へ笑いかけている。

おたきが子どもたちを止めに入った。

「これこれ、信坊はいま手が痛いんだよ。治ったらいくらでも遊べるからね」

なんだよ、つまんねえ、と庄吉が口を尖らせた。

「ほら、みんなで遊びに行っておいで」

庄吉の母親が雀《すずめ》の群れを追い立てるようにした。

「よし、明神《みょうじん》さままで行くぞ。誰が一番に着くか走るぞ」

庄吉が信太をちらりと見て、にっと笑うと走り出した。庄吉兄ちゃん、ずるいよ、と他の子も声を上げながらあわてて後を追いかける。

信太が安次郎を見上げた。

羨ましそうな顔をしている。安次郎は首を振る。神田明神まではだらだらした坂道が続き、人の往来も激しい。一面田畑の押上から出てきた信太は、戸惑うだろう。もしも転んで、うっかり右手をついてしまうことを考えると、やはり子どもらとまだ遊びには出せない。

「もう少し我慢できるな」

信太は小さく、頷いた。

おたきが信太を手招くと、そろそろと信太は安次郎の背後から出てきた。

「ほらほら、信坊、うちに来て団子でも食べないかい？　安さんは仕事に出掛けちまうからさ。そこの、ええと」

「市助です。お初の兄で」

「なんだい、道理で見覚えがあると思ったよう。ここまで籠を背負って大変だったろう？　こんな貧乏長屋だ。礼もできないけどさ、茶でも上がって休んでおいきよ」

「ありがとうございます」

市助が礼をいう。

信太が心細そうな眼を安次郎へ向けた。

「おたきさんは、おまえのおっ母さんにもよくしてくれたお人だ。父ちゃんは仕事へ行くから、おたきさんのところで厄介になんな」

いいでしょうか？　と安次郎が訊ねると、

「やだよぉ、いまさら遠慮する間柄かね」

おたきが小太りな胸をどんと叩いた。

「なあ、おたきさん、おれもご相伴《しょうばん》させてもらってよいかな。朝飾がまだでな。腹が減って」

と、竹田が図々しくいった。

そこへ、

「兄ぃ。おまんまの兄ぃ、大《て》ぇ変《へん》だ」

木戸を潜ってきたのは、直助だ。安次郎の隣に立つ信太を目ざとく見つけ、

「あれ、信坊じゃないか。こりゃ驚いた。兄ぃ今日戻るっていったのは、信坊と一緒のつもりでいたんですか」

そういった途端に直助が不貞腐《ふてくさ》れた。

「そんならそうと、いってくれりゃ、おれだって、兄ぃのことを責め立てたりしなかったのによ」

だいたい、兄ぃは言葉が少なすぎるんだ、と安次郎のせいにし始めた。

で、骨は大丈夫なのか、もう痛みはないのかと信太に矢継ぎ早に問い質《ただ》す。

信太は、ぎこちない笑みを返した。

「朝からうるせえな。なにが大変なんだよ」

あっと直助が顔を引き締めた。安次郎へ顔を向けた。

「来た。来たんですよぉ」

「なにが来たんだ」

「摺り場に、国貞の師匠が」

五

おたきと市助に信太を任せて、安次郎は直助とともに、摺り場へ急いだ。

早足で歩きながら、訊ねる。

「もう版下絵を描いてきたってのか」

「そうじゃありません。兄ぃが会った若い絵師と、小生意気な役者を引き連れて。あ
あ、版元と座元もだ」

「面倒臭え話だな。彫源もか」

「いま、喜八の奴が彫源さん家へ呼びに行ってます」

役者に自分の姿が気に食わないと文句をつけられた若い絵師は、舞台を見て描いた

との一点張りで、互いに譲ることがなかった。

結局、喧嘩騒ぎとなり、摺り直しと決まったのだが、出てきたのが、若い絵師の師匠歌川国貞。当代きっての人気絵師だ。役者のほうは、それで溜飲《りゅういん》が多少は下がったのか、

「はなから、国貞師匠が描いてくれればよかった。腕のねえ絵師なんぞに描かせるから、こんなことになった」

ああ、痛い痛いと、腫れた頰を撫でながらしなを作っていったらしい。

「なんだか、腹が立つでしょう」

直助が唇を尖らせる。

「そうはいっても、役者は顔だ。殴られて舞台に立てないとなれば、皮肉のひとつもいいたくなろうさ」

安次郎が応えると、

「そこが兄ぃの駄目なところだ」

直助が、むすっとした顔でいった。

「わかったようになんでもてめえで得心しちまう。世の中ってのは、もっとぐちゃぐちゃどろどろしてるもんです」

安次郎は、はっと目を見開いた。
「おめえに教えられるとは思わなかったな」
ところで、と直助がいきなりいった。
「友恵《ともえ》さまのことですが」
安次郎は不意に胸の奥が痛んだような気がした。
「うちの長屋でお元気にしておりますよ。手習い塾を開いて、なかなか繁盛していま
す。子どもどころか、女房たちには裁縫も教えてますよ。兄ぃ、しばらく会ってない
でしょう?」
ああ、と頷いた。
友恵は、まだ武家の頃の安次郎の幼馴染《おさななじ》みで、一橋家に仕える大橋新吾郎の妹だ。
一度嫁したが、離縁されて戻ってくると、実家にはもう居場所がないといって、家出
同然に飛び出した。武家の娘として、あるまじきことだ。兄の新吾郎はそのことにつ
いてなにもいわないが、大橋家では、友恵はもういないものだと憤慨しているという。
「その友恵さまに、縁談が持ち上がっているようです」
安次郎は、そうかと頷いた。以前、酔った友恵を背負ったときの温《ぬく》もりが甦《よみがえ》る。桜
の色に染まった頬は、紅色を置いて摺り上げたときの淡い色と似ていた。

「気立ての好《よ》い、明るい女子《おなご》だからな」

大橋家もよく家を出るのを許したものだと思う。おそらく兄の新吾郎がいろいろ手を尽くしてやったのだろう。

直助のいうとおり、友恵にはしばらく会っていなかった。

「友恵さんに、勝手をさせてはいるが、やはり屋敷では心配しているのだろう。いい話じゃないか」

むむ、と直助が唇をひん曲げて、苛々《いらいら》といった。

「どうして兄ぃはそう考えるんですかね。友恵さまは、お屋敷に自分の居場所などないといって飛び出したんですよ。男でいえばご浪人みたいなもんだ」

女の浪人者か、と安次郎は笑った。たしかに実家を主家とすれば、そこを飛び出した友恵だ。嫁ぐことを仕官にたとえれば、まだ仕官先を得られない浪人者という立場か。直助らしいことをいう。

「笑っている場合じゃないですよ」

「当人はどう思っているんだ。それのほうが大切じゃないか」

「新吾郎兄さんが、よく来てますけど、障子戸《しょうじど》をぴたりと閉めて、入れねえんです」

友恵も相変わらず気が強いと、安次郎は再び笑う。縁談か。友恵とていつまでも我を張ってはいられない。ましてや、武家の娘が長屋暮らしをしているなど、相手の家に知れたら、奇矯《ききよう》な女子《おなご》と受け取られかねない。

新吾郎としては、一旦家から出したものの縁談などが持ち上がっては、連れ戻したいのであろうし、説得したいに違いない。ただ――友恵がすんなりと頷くはずがない。

安次郎は、そう思う自分に、少しばかり驚いた。

「おれはさ、おまんまの兄ぃと友恵さまがいい仲になるといいなぁなんて思ってたんですけどね」

安次郎は、険しい眼を直助に向けた。

「そんなに怖え顔をしなくてもいいじゃないですか。おれとおちかさんと一緒に祝言《しゅうげん》なんて挙げちゃって」

軽口を叩く直助に妙に腹が立った。安次郎は、黙って直助の頭を引っぱたく。

「そんなことより、此度《こたび》の一件をどう収めるかじゃねえのか」

ちぇ、親方どころか兄ぃにまで叩かれた、と直助はぶつぶつ呟いた。

「で、国貞師匠は何かいってたか」

「べつにこれといって。ただ、おれが描くから文句はねえなと」

若い役者のほうは、始めからそうしてもらえれば、こんなことにはならなかったと、偉そうにいい、半ちく役者が生意気いうから、嫌々うちの師匠がお出ましになるんだと、絵師がいえば、半ちく者はどっちだい、といがみ合っているという。

「どこまでも、そういう態度か」

安次郎は腕を組んで、口元を引き結んだ。

さぞ、国貞師匠も呆《あき》れているだろう。

夏の陽射しが、ふたりの短い影を地面に落とし、植木屋が朝顔の鉢《はち》を揺らしながら、横を通り過ぎていった。

摺り場に着くと、長五郎が眼を向けた。遅かったじゃねえかといっているような目付きだ。

摺り場から続く座敷に、ひょろりとした役者と芝居小屋の座元、試し摺りのときに立ち会った若い絵師、版元、彫源からは、彫師の伊之助《いのすけ》、そして国貞がいた。

国貞とは初めて顔を合わせた。肩幅が広く身体も大きい。優しい顔つきをしているが、眼に鋭さがあった。

安次郎へ視線を向けると、ふと笑みを浮かべ、鋭い眼が急に柔らかくなった。

「おめえが、おまんまの安か。なかなかの優男だな。これまで仕事を頼んだこたぁなかったが、こいつもなにかの縁だ。こんだのことぁ面倒だが、よろしく頼まぁ」

へい、と安次郎は長五郎の後ろにかしこまった。伊之助が、安次郎の腕をこづいた。
やってられない、という顔つきをしている。伊之助は幾度も仕事をともにしている
腕っこきの彫師だが、校合《きようごう》摺りや試し摺りのときに顔を合わせるだけだ。伊之助も口
数が少なく、あまり表情も変えない男だった。
その伊之助が、珍しく嫌な顔を見せた。よほど、この一件が面倒なのだろう。
国貞の隣に座っていた若い絵師がいきなり安次郎を指差して、喚《わめ》いた。
「師匠、こいつですよ。試し摺りまでやっておいて結局はあっしの画には一切関わら
なかったんですからね」
そいつは、と安次郎が膝を乗り出した。
「どうしても外せない用事がございまして」
「用事？　職人が、仕事以外になにがあるっていうんだい。あっしは、ここの摺り場
で一番の腕を持つっていうあんただったから、得心して任せた。それがどうだい」
あがってみれば、色はひどい、役者もひどいといいたい放題だ。
「それについては、幾度も話をしたはずだ。彫りも摺りもひとりで全部こなすものじ
ゃねえ。安次郎ひとりがいねえからといって、摺りができなくなるわけはねえんだ。
うちには、いっぱしの職人が幾人もいる」

長五郎の言葉に若い絵師が噛み付いた。

「おれがあんな色差しをしたかよ。ええ？　おれのいう通りの色を出してねえじゃねえか。いっぱしの職人が聞いて呆れらぁ」

やめねえか、と国貞が若い絵師を制した。

いや、師匠いわせてくれと、若い絵師はなおも続けた。

「彫りだってそうだぜ、きっちりおれの版下絵を彫り起こしたのかよ。おれの画は完《かん》璧《ぺき》だった。それを彫りと摺りが駄目にしたんじゃねえのか」

伊之助が舌打ちして、大きく息を吐く。安次郎はなだめるように伊之助の腕を押さえて、首を横に振った。

「けど、好き勝手いわれちゃたまらねえんですよ。安次郎さんだってそうでしょう」

伊之助がぼそりといった。

役者が、しなを作りながら、ため息を吐いた。

「どうでもいいさ、そんなこと。あたしはね、あたしがきれえに描かれてりゃそれでいいの。だけど、あれはどうしたって許せやしない。よく見なさいよ。あたしの顔はあんなにひどくはないからね。狸《たぬき》が狐《きつね》に化けたような出来損ないじゃ、あたしの贔屓をがっかりさせちまう」

ふふ、と国貞が笑みを洩らした。

「師匠、なに笑っているんですか」

若い絵師が不貞腐れるようにいった。

「あっしはね、役者をきちんと描いた。彫師にも摺師にもちゃんとやってくれといったんだ。そいつは画を見ればわかるはずだ」

「だから、その顔が気に食わないって、あたしはいっているのさ」

役者が扇子《せんす》をとりだし、ぱんと怒りに任せて床に打ち付けた。

「ちょっと気を鎮《しず》めてくださいよ」

座元が間に入る。

「それにこの顔。役者にとって顔は命だよ。それを、それを」

役者は、若い絵師に殴られ、膏薬《こうやく》を塗った腫れた頬に触れた。

「あたしが出なかったおかげで、芝居小屋はお通夜みたいなものだったんだからね」

「け、よくいうぜ。端役の腰元役風情が」

絵師が吐き捨てるようにいうや、「何様のつもりだよ」と、役者が絵師に飛びかかる。

「うるせえ、馬鹿どもが」

国貞の一喝に、ふたりはびくんと身を震わせると、慌てて離れた。

「他所《よそ》様ン家で見苦しいったらありゃしねえ」

国貞が、煙草入れを取り出した。

役者は、皆に尻《しり》を向け、絵師も腕を組んでそっぽを向いた。まるで子どもの喧嘩だ。

おちかが茶を運んできたが、長五郎が、あっちへ行けと小さくいった。

摺り場の職人たちも仕事どころの騒ぎでなく、ことの成り行きを、固唾《かたず》を飲んで見守っている。

「すいやせん」

安次郎が版元へ呼び掛ける。

「回収した画を見せてくれませんかね」

「ああ、いいよ。これだよ」

版元は懐から、折り畳まれた一枚絵を出す。

安次郎はそれを受け取り、広げる。

彫師の伊之助も、横から覗き込んできた。

役者が騒ぐほど、顔が似ていないわけではない。女形《おんながた》の艶《つや》というか、凄《すご》みが画の中にはある。おそらくこの若い絵師はその一瞬の表情を切り取りたかったのだ。ただ、この役者は、こうした表情を描いてほしくはなかったのだろう。もっと、可憐《かれん》な愛らしいものを期待していたのだ。

安次郎は細面《ほそおもて》の役者を見る。この素顔から、画の顔を想像することはたしかにできない。しかし、悪い出来だとはいい難い。

彫りも、摺りも技術的には文句の付けようがない。ぼかしも、着物の柄ひとつとってても、どこに難があるというのか。ただ、安次郎は、試《すそ》し摺りのときから気になっていたことがあった。彫り線がまばらなことだ。着物の裾ひとつにしても妙に強調されている。輪郭線をことさら強くすることもしなくはないが、無駄に思える。それが全体を妙な画に見せてしまうようでもある。色も、幾度も変えた。あのとき絵師の自信のなさが窺えたのだ。まだ、頭の中に、この役者をどう描きたいのか、決め手がなかったふうにも思えた。彫りに手を加えても、摺り技をいくつも駆使しても、色数を増やしても効果的には映らない。

ただし、彫師も摺師も職人だ。絵師の頭の中まで覗くことは不可能だ。口から発する絵師の思いに近づけてやることだけしかできない。

「どうしたい、おまんまの。なにか、その画に気になるところがあるのかえ？」

じっと画を見ていた安次郎に、国貞が問い掛けてきた。

「いえ。気になるところはございません。色も摺りもよくできております」

「あっしも、彫りに文句はありません。そちらさんのいう通りに彫ったものですから」

横の伊之助が小声で応えた。

「なら、どうしてこいつは駄目な画だと思う？」

国貞が煙管から、ふうと煙を吐き出す。

「さあ、役者も絵師も気にいらねえからでしょう」

安次郎が応える。

国貞はくつくつ笑って、長火鉢《ながひばち》に灰を落とした。若い絵師がかっとして喚いた。

「師匠！　笑ってねえでこいつらになんかいってくだせえよ。てめえらにはなんの落ち度もねえっておかしいじゃねえですか。この役者だって同じだ。どこまで色男ぶっていやがるのか」

「ちょっと、いいたいことといってるんじゃないよ。あんたの技量だって、国貞師匠とじゃ雲泥《うんでい》の差があるでしょうに。師匠もお可哀想《かわいそう》に。こんな不甲斐《ふがい》ない弟子をもってさ。その尻拭いに顔を出さなきゃならないなんて」

ああ、お気の毒だねぇと、役者は小首を傾《かし》げて若い絵師を横目で見る。

「それにあたしはさ、国貞師匠がよっく知ってる大役者とは縁が深いもんでね。それに師匠だっておわかりだろう？　さる商家の娘さんがあたしの贔屓だ。嫌々でも出てこなけりゃならないものねぇ」

国貞の後ろ盾になっている商家のことをいっているのだ。錦絵は版元だけではなく、絵師を後押しする商家が版行のために銭を出す。続き物の豪華摺りとなれば、銭を出す後ろ盾は強い味方になる。国貞ほどの大師匠になれば、そうした後ろ盾の商家が必ずいる。できれば、商家のご機嫌は損ねたくはないのが人情だ。

「てめえ、師匠を虚仮《こけ》にしやがって」

「虚仮にしたつもりはないよ、世の中そういうもんじゃないか。持ちつ持たれつだろう？」

再び、役者と絵師が睨《にら》み合う。

よせよせ、と国貞が鬢を掻《か》いた。

「だから、おれが描くっていってんだろう？　それでいいじゃねえか。文句があるかよ。おめえたち」

役者と若い絵師をぎろりと睨《ね》めつけた。

役者はひっと身を引いて、若い絵師は唇を噛み締めた。

まことに失礼をいたしました、と座元と版元が深々と頭を下げた。

「こんどの舞台はぜひうちで」

「そのときには、いつものお席をご用意いたしますので」

版元も座元も、国貞におべんちゃらをいった。

国貞とその弟子である若い絵師、そして、芝居小屋の座元と役者が摺長を後にした。

帰りしな、国貞は首を回し、

「版下絵に色差しして明日届ける。あとは好きにやってくんな。こいつらが気に入るようにな」

長五郎があわてる。

「師匠、試し摺りもありますが、見ないというんで？」

「任せる。そこの彫師と摺師にな」

国貞は、安次郎を見つめた。

「おまんまよ、わかってんだろう？　おれぁ楽しみにしてるぜ」

若い絵師の首根っこを捕まえるようにして、国貞は笑いながら去って行った。

「どういうことだよ、安」

長五郎が不思議な顔を向ける。安次郎は、ふと笑った。

「伊之助さん、せっかくの機会だ。楽しみませんか」

「そうですね、あの国貞師匠のお墨付きだ」

長五郎は、わけもわからず、ふたりを見ていた。

六

伊之助は二十六歳だ。彫師としては、まだ年季が浅いが、手先が器用で、彫源ですっかり頼りにされている。顔の線や髪の生え際などの毛割りは本来、工房の親方か熟練の職人が扱うが、すでに伊之助が任されている。

彫師の道具には、小刀、すきのみ、まるのみ、平のみと、それぞれ四、五本ずつあり、顔、髪、胴など、あるいは遠景の小舟など画によって、刃を替え彫り分ける。

それ以外にも打ち鏨《たがね》や木槌《きづち》などがある。

彫りで大切なのは、むろん絵師の描いた版下絵を忠実に彫ることだ。絵師の筆の流れ、細さ、太さに至るまで、版木に彫り起こしていく。

また版木は、色によって彫り分けるため、幾枚にもなる。ときに、使う色が異なっても、版木の上下など離れている場合においては、摺り抜きといって一枚の版木に二色分を彫ることもある。

ただ、なにより多色摺りに重要なのは、見当《けんとう》と呼ばれるものだ。幾枚にもなる版木に紙を載せて摺るためには、きちりと印を決め、紙を置くようにしなければ、版ずれが起きる。

墨版で摺られた墨線に、色を正確に載せるための工夫が見当だ。

錦絵が錦の絵と呼ばれるようになったのは、この見当があってこそなのである。

「伊之助さん、どうですか。これから飯でも」

安次郎は伊之助を、行きつけのお利久の店に誘った。

直助が摺り場から、羨ましげな顔をして首を伸ばしていたが、長五郎に睨まれ、しぶしぶ馬連《ばれん》を握り直した。

「ま、国貞師匠の画を摺れるんだ。楽しみにしてるぜ」

長五郎は、長火鉢の上の薬缶《やかん》を手にした。

近頃、胃の腑《ふ》の具合がよくないらしく、酒も煙草も控え、煎《せん》じ薬を服《の》んでいる。

「おう、そうだ。直から聞いたが、安。信太の具合はどうだえ」

「おかげさまで、痛みはだいぶおさまったようです。おれのところで面倒を見ることにしまして」

長五郎が、ほっと眼を見開いた。

「押上のお父っつぁんたちの処から、長屋へつれてきたのか。それは信太も大ぇ変じゃねえのか。なんたって右手が使えねえんだろう?」

ふと、伊之助が安次郎を見た。

「なんというか、これ以上、義父母に責を負ってもらいたくないと思いまして」

長五郎は厚い唇を歪ませて、なるほどなと頷いた。

「おれもそう思う。てめえの孫だけどよ、おめえという父親がいるんだ。そいつはどうしたって、遠慮や気遣いは半端じゃねえからなぁ。そこへきて、怪我をさせたとなりゃ、年寄りにとっちゃ、辛えだろうしな。おめえにも申し訳なくて身が縮む思いだろうぜ」

はい、と安次郎は頷いた。

「なので親方。時折、信太を摺り場に連れてきてもいいでしょうか。仕事の邪魔はさせません」

「ああ、構わねえよ。親父の仕事を間近で見るのもいい経験になるぜ」

ああ、そうだ、と長五郎が伊之助を見る。

「安次郎の倅がな、彫師になりてえっていっているんだよ」

「そうですかい。子が彫師で親が摺師。いい取り合わせだ」

長五郎は信太の右手の親指が使えなくなるかもしれないということまでは知らないようだ。直助もそこまでは話せなかったのだろう。

伊之助は長五郎に丁寧な辞儀をして、

「こたびの一件は、精一杯務めさせていただきます」

安次郎とともに摺長を出た。


『りく』の縄のれんをさばいて顔を覗かせると、店は昼時を過ぎていたが、小上がりは職人たちでいっぱいで、すでに酒も入っている。他にも商家の隠居ふうの者、浪人者などで狭い店は混雑していた。

お利久の声が早速飛んできた。

「ごめんなさいね。腰掛《こしかけ》のほうでいいかしら」

「構いませんよ」

お利久は、安次郎の背後から入って来た伊之助に眼を留めた。

「おいでなさいまし」

伊之助は黙って首をちょこんと下げた。客で賑《にぎ》わう周りを見回し、腰掛に座る。お利久は、うふふと笑いながら板場へ入る。

「お任せにしてもらっていいかしら？　がんもどきの煮物と鰯《いわし》の塩焼、それから、あずき飯があるんですけど」

あずき飯、と安次郎は首を傾げた。

「なにか祝い事でもあったのですか？」

お利久が微笑《ほほえ》んだ。

「だって、信太さんが戻ってきたのでしょう」

安次郎が、眼をしばたたく。

「竹田さんから伺ったんですよ。そろそろ、信太さんといらっしゃると思いますよ」

竹田さんが――。竹田は気のいい浪人者だ。今日はずっと信太と付き合ってくれているのかもしれなかった。

お利久が伊之助に柔らかな眼を向ける。

「摺長さんの方ですか？」

「いえ、あっしは、彫源の者で」

「あら、安さんが彫師さんを連れてきたのは初めてじゃないかしら」

「同じ錦絵に携わっても、彫師と摺師はそうそう顔を合わせるもんじゃありませんのでね。時折、挨拶をするていどで」

伊之助はお利久の眼を見ずにぼそぼそいった。

「ごゆっくりどうぞ。そういえば直さんは」

「今日は、仕事がたまっているようで。いまごろ膨れっ面しているでしょう」

安次郎が背を向けたお利久に声を掛けると、お利久が、首を回し、まあ、と眼を細めた。

女将《おかみ》さん、酒くれるかいと小上がりの者が大声を出した。はいはい、とお利久は笑顔で応じる。

「いい店ですね。女将さんもいい人そうだ」

「近くに気の置けない店があると助かります。夕飯は、ほとんどここで済ませているので」

ああ、と伊之助は、安次郎の境遇を知っているかのように首を縦に振った。

「さっき、聞こえちまったんですが、息子さん、怪我をしちまったんですかい？」

ええ、と安次郎は頷く。隠すつもりもなかった。

指の骨が、と話した。伊之助は額に皺を寄せて、小さいのに可哀想だといった。

お利久が盆に載せた酒と小鉢を運んできた。小鉢は胡瓜《きゆうり》と茄子に生姜を加えた漬物だ。

お利久が飯台の上に置くと、伊之助が銚子《ちょうし》を手にした。

安次郎がおや、と思ったときだ、縄のれんを分けて、

「おおう、安さん。来ていたのか」

竹田が片方の手にはおひつを抱え、もう片方では信太の手を引いて、のそりと入ってきた。

「父ちゃん。仕事は終えたのかい」

と信太が生意気をいった。

「竹田さん。信太がご厄介をかけます」

「なんのなんの。信太のおかげで長屋の野暮用を頼まれずに済むから助かっている」

わはは、と竹田が豪快に笑う。

「本日は、信太の世話という大役があるからな。裏の家主から銭をもらってお利久さんのところにあずき飯を頼んだというわけだ」

「家主さんが銭を出してくれたんですか」

「おお。おたきさんが掛けあった」

皆で、信太が戻ってきた祝いをする、と竹田はまるで自分がいい出したように胸を

張る。

「そいつは恐れ入ります」

安次郎が礼をいうと、

「そうなんだよ、父ちゃん。長屋の皆がおいらが来たお祝いをしてくれるんだ」

信太はそういいながら首をぐるぐる回して店を見る。板場から出てきたお利久に、
信太が眼をぱちくりさせる。

「はじめまして。信太ちゃんね。こういうお店は珍しい？　押上にはなかったのかしら」

信太が顔を赤くして、竹田のよれよれの袴《はかま》を握った。

「おお、信太にもお利久さんがべっぴんなのがわかるか？　私もそう思っているのだよ、わはは」

竹田は気弱なところもあるが無遠慮なお調子者でもある。

「あずき飯は炊けておるかな」

「ええ、長屋中の皆さんにたっぷり行き渡るほど」

「それはありがたい。さっそく、もらって行こう。おう、安次郎さんはどうする？」

信太が一瞬、不安そうな眼を向けた。安次郎は申し訳なさそうに伊之助をちらと窺

う。

「どうぞ、あっしに遠慮はなしですよ。ここで飯を食べて帰りますから」

「いえ、おれが誘ったんです。信太、このおじさんと仕事の話があるんだ。くれぐれも行儀よくするんだぞ」

わかったよ、と信太は少しがっかりしたように呟いたが、あずき飯をたっぷり詰めたおひつを抱えた竹田の手を取った。

信太と竹田が店を出たあと、

「ところで、伊之助さん」

安次郎は銚子を手にしたときに気づいたことを口にした。

伊之助は、これですか、とかすかに笑みを浮かべた。

「あっしは、生まれつきの左利きでしてね。あたりまえに使ってます。その分、右手は使いづらいから、皆さんと逆だってだけです」

「では、彫りも」

そうです、と伊之助は笑う。初めのうちは妙な眼で見られたが、いまではそんなこともなくなったと、いった。

「もっとも、侍だったら大変でしたよ」

伊之助は自嘲《じちょう》気味に笑った。

武士は皆右利きだ。刀を右の腰に差せば奇異な眼で見られるどころか、万が一、右腰に差して町を歩き、鞘《さや》が当たれば無礼極まりないことになる。

ゆえに、武士に左利きはいない、というか、よしんば両手が使用できても、帯刀は必ず左腰だ。

「ま、おれは彫師ですからかかわりねえですけどね」

伊之助はぼそぼそと低い声でいって口角を上げた。

「それが、どうかいたしましたか」

伊之助の問いに安次郎は、少し間を置いてから応えた。

「じつは、信太のことで」

七

伊之助は安次郎の話を聞き終えると、ひとつ息を吐いた。

「やはりおまんまの安も親ですね。まあ、本気でお子が彫師になりたいというのなら、面倒をみましょう」

けど、あっしのように、はなから左手を使っていたわけじゃないですからね、少々難しいかもしれないといった。

「それにまだ、幼い。いつ自分のやりたいことが変わるかわかりませんよ。骨がきちんと付けば、そんな苦労もしないで済む。焦らないことですよ」

安次郎は伊之助の言葉を聞きながら、情けない気分になった。子を心配するのは親として当然ではあるが、なにも子の行き先を親が勝手に決めることはないのだ。

まずは、信太の親指の骨折が治ることだけを考えればいい。

「それと、安次郎さん、これはべつのお話ですが――」

伊之助が、身を乗り出して来た。

安次郎は伊之助の話を聞き、ふっと笑った。伊之助も「どうです、面白そうじゃねえですか？」

と、酒を口に運んだ。

約定《やくじよう》通り翌日には、国貞から版下絵が届き、伊之助がすぐに彫りにかかった。版下絵の色差し通りに、版木を幾枚か彫り、伊之助自ら安次郎の許《もと》に持参した。

彫師が摺った墨一色の校合摺りと、版木をたしかめ、安次郎は唸《うな》った。

「お利久さんの店でいっていたことですが、たしかにこれは」

安次郎は、伊之助へ眼を向けて、笑みをこぼした。こんな仕事は一度も受けたことがなかった。むしろ、ふつうはこのような版木が届けられたら熨斗《のし》でもつけて突き返してやるだろう。

「おまんまの兄ぃ、なに眺めているんですよ」

直助が版木を見つめている安次郎に声を掛けてきた。

「あれ？ ちょっとこれ。なんですか。ねえねえ、伊之助さん、こんなことしたら」

「いいんだよ、直」

「だって、国貞師匠の一枚絵ですよ。売り物にもなにもなりませんよぉ」

直助の声を聞きつけて、長五郎まで版木を見せろとやってきた。

「おいおい、これじゃ。伊之助さん」

「いえ、伊之助さんとおれとで決めたことです」

長五郎は、さて国貞の師匠がなんというか楽しみだ、と無精髭《ぶしょうひげ》を撫でた。

二日後、亀戸《かめいど》にある国貞の工房へ、伊之助とともに足を運んだ。

役者は座元とともに、すでに安次郎たちを待っていた。

「待ちくたびれたわよぉ。早く摺り上がったものを見せてくださいよ。国貞師匠の筆だもの、いい物に決まっているけどさ」

役者は突《つ》っ慳貪《けんどん》な物言いで、若い絵師を睨め付けた。

「では、ご披露させていただきます」

安次郎は、摺り上げた一枚を皆の前へ広げた。その場にいた者たちが皆、息を呑《の》んだ。

「これ、なに？」

最初に声を上げたのは役者だった。

「どういうこと？　なんなのよこれ。この前のよりもひどいじゃない。あたしの顔だって、ひどいったら。よくもまあ、恥ずかしげもなく、こんなものを」

きいきい声で喚いた。

若い絵師も血の気の引いた顔で自分の師匠を見る。国貞はむうと唸って、安次郎と伊之助を睨め付けた。

「これじゃ、師匠の画が台無しだ。てめえら、職人としての矜持はねえのかよ。なんだよ、この摺りはよ。技を使えばいいってもんじゃねえぞ」

若い絵師が裾を割って、片膝を立ててすごんだ。

「てめえは、すっこんでろ」

国貞に一喝され、若い絵師は、身を硬くして座り直した。

彫りも摺りも完璧にこなされている。しかし、画はひどい版ずれを起こしていた。

顔には背景の色が被《かぶ》り、結い上げた黒髪にもべつの色が入ってしまっている。

幾枚もの版木を使う多色摺りには、見当という印が彫師によって付けられる。見当は鉤《かぎ》形の鉤見当、直線の引き付け見当の二種類があり、横長に置いた紙の右下に鉤見当を入れ、その三分の二ほど離れた位置に引き付け見当を入れる。どの版木にも同じ位置に入れなければならない。その見当があるからこそ、色がずれることがない多色摺りの錦絵が可能となった。

「ご説明いただきとうございますな、安次郎さん、伊之助さん」

版元が怒りを抑えつつ、いった。

険しい顔をして画を睨んでいた国貞が、いきなり破顔した。

「ずいぶんとまた、豪勢にやりやがったな、おふたりさんよ」

「恐れ入ります」

安次郎は国貞に頭を下げた。国貞には、わかったのだ。伊之助が神妙な顔をしながら、国貞を見返した。

「版木ごとに見当をずらしやがって。ふふふ」

おかげで、おれの画がめちゃくちゃだ、と国貞がさもおかしげに笑う。

若い絵師と役者が、嬉しそうに笑う国貞の顔を不思議そうに見つめた。そのふたりの様子を見て、国貞が口を開いた。

「役者のあんたには、あんた自身の好きな顔があるんだろうさ。けどな、客からみればどんな表情でもあんたなんだよ、苦しい顔も、厳《いか》めしい面も恋焦がれる面もすべてがそうさ。わかるかえ」

役者が唇を嚙み締める。

「絵師が役者の悪いところなんぞ描くはずはねえのさ。だから、一瞬でも気を抜いたらいけねえ。芝居の中のあんたがいっち輝いている顔を描きてえんだからよ」

役者は悔しそうにぷいと顔をそむけた。

「それとよ、絵師が色に迷ってどうする？　摺り技だけに頼ってどうするんだよ。こいつは、こないだのあれと同じだけの色と摺り技だよな、おまんまの」

その通りです、と安次郎は応えた。

「彫りはどうだえ？」

「そちらさんのいう通りに彫らせていただきました」

あっと、絵師が身を縮める。

「おめえら、わかったか。見当違いの見当はずれなんだよ。絵師には絵師の、役者には役者の矜持ってものがあらあな。そいつを忘れて、誰のせいだと、誰が悪いのと、なすりつけあいやがって。しまいにゃ、彫師が悪い摺師が悪いと、みっともねえにもほどがある」

見当が違えば、おれの画でさえも、人様に見せられねえ物になるってことだと、国貞はふたりにかざして見せた。

「多色摺りってのはよ、画を描く者、彫る者、摺る者、そいつが三つ揃《そろ》わなきゃ、錦の絵にはならねえんだ」

「そんなことはわかってますよ」

若い絵師が嚙み付くと、わかっていないだろうと、国貞は怒鳴り、役者へも厳しい眼を向けた。

「役者が偉《えれ》えか？　絵師が偉えか？　馬鹿いうな。描く者描かれる者、そいつを形にする者、誰が偉えなんて思っちゃいけねえよ。懸命に仕事をする奴が一番偉えんだからよ」

安次郎は、すっと膝を進めて、もう一枚の画を差し出した。

ほう、誰もがため息を洩らした。

夕闇《ゆうやみ》の迫る橋の袂《たもと》に佇む女。想《おも》い人が来るのか来ないのか、焦《じ》れる女の苦悶《くもん》に満ちた表情。わずかに開いた女の唇は、想い人の名をそっと呟いているようだ。一本、ほつれた髪がその切なさをさらに表す。

「これ、同じ画よね。版ずれがないもの。こんなにきれえな画になるなんて」

役者が眼を瞠《みは》り、呟いた。若い絵師も唸ったまま、ひと言もない。

「こちらは、見当をきちりと合わせました」

伊之助が呟くようにいった。

「おれが描いたのと顔が一緒じゃねえですか、師匠」

国貞は懐手をして、

「気に食わねえか」

といった。

絵師が、両手を突いた。

安次郎と伊之助が工房を後にすると、

「おふたりさん、待ちねえ」

と、国貞が背後から呼び掛けてきた。

自分が贔屓にしている船頭に神田まで送らせるという。

「久しぶりに面白かったぜ。見当を違えると、どんな絵師も太刀打ちできねえのがよくわかった。あんなめちゃくちゃな画は初めて見た」

国貞は楽しそうだった。

「師匠の版下絵をあのようにしてしまい、失礼だとは思いつつも、あのおふたりには我慢ならなかったんで」

伊之助がぼそぼそといった。

「いいってことよ。錦の絵は、絵師だけが作るもんじゃねえってのが、あの鼻持ちならねえ役者にも、うちの馬鹿にもよくわかったはずだ」

国貞は、横十間川《よこじっけん》の船着き場で煙管を吹かしていた老船頭に声を掛けた。

「おまんまの、それと伊之助、これからも頼むぜ。おまえらがいるから、おれたち町絵師は飯が食えるんだ」

国貞は笑いながらそういって、安次郎と伊之助の肩を叩いた。

河岸に植えられた柳がしなやかに揺れる。

川面を静かにすべり出す舟の上で、伊之助が小声でいった。

「器の大きな人だ。版ずれの画を見たときのあの眼が忘れられませんよ」

国貞は、あの版ずれの錦絵を見た瞬間に、こちらの意図を見抜いていた。

「安次郎さん、ひとつ、これから」

伊之助が指先を曲げ、猪口を呷《あお》る仕草をした。

「いえ、申し訳ありませんが」

いいですよ、お子が待っているんでしたっけね、と伊之助は静かにいった。

信太が家で待っている。舟に揺られながら、もうひとりではないのだと、安次郎の胸はあたたかくなった。

第四話

独楽回し

一

「安さん、おはよう」

おたきの張り切った声に叩《たた》き起こされ、安次郎は目覚めた。

うーん、と細い腕が安次郎の身にかじりついてくる。

「おい、信太。起きろ」

おたきのあの大声で眠っていられるとは、肝が据わっているのか図々《ずうずう》しいのかのどちらかだ。

「ほら、信太。起きねえと、父ちゃん、仕事に行っちまうぞ」

安次郎が夜具から身を起こしてそういうと、信太が跳ね起きた。

「駄目だよう。朝餉《あさげ》はいつも一緒に取るって約束したろう」

眉《まゆ》を情けなく八の字にして信太が口先を尖《とが》らせた。

安次郎は、信太の頭を撫《な》でながら、「嘘《うそ》だよ」と笑いかけた。

「おたきさんが、飯を持ってきてくれたんだ。早く、障子戸を開けてくれ」

うん、と信太は三和土《たたき》に飛び降りると、心張り棒を外し、

「おたきさん、おはようございます」

と、声を張った。

「ああ、信坊の挨拶《あいさつ》は気持ちいいねぇ。ほら、炊きたての飯だよ。たんとおあがり」

うわあ、ほっかほかでいい匂《にお》いもする、と信太は丼鉢《どんぶりばち》を手にして、鼻先を近づける。

「すいやせん。信太の分まで増えちまって」

「安さんのその言葉はもう幾度も聞いているよう。聞き飽きて、ありがたみもないさ」

おたきは皮肉ではなくそういって、陽気に笑った。

安次郎は夜具をたたみながら苦笑した。部屋の隅に夜具を運び、目隠しの枕屏風《まくらびょうぶ》を立てた。

「こっちはお菜《かず》だ。青菜の煮浸《にびた》しだよ」

「おいら大好きだよ。押上のばあちゃんもよく作ってくれたんだ」

「そうかい、そいつはよかった」

おたきは嬉《うれ》しそうに眼《め》を細めた。

「今日はどうするんだい？　父ちゃんが仕事に出たら、あたしんところへ来るかい？」

信太は、うーんと考え込んだ。

「気が向いたらいつでもおいで。それじゃあね、安さん」

「ご厄介かけます」

おたきは、それそれ、と笑う。

「その言葉も聞き飽きたよ」

そういって、おたきは去って行った。

五郎蔵店に信太が来てから、ひと月近くが経《た》っていた。

だが、転んで折った右手の親指はやはり、元どおりにはつながらず、内側に曲がったままになってしまった。長屋でよく世話になっている医者に診せたが、こうなってはもう動かすことも難しいといわれた。

けれど、信太は気を落とすどころか、

「父ちゃん、世の中にはいろいろな人がいるんだよ。じいちゃんだってさ、膝《ひざ》が痛えっていって歩くのが難儀だし、じいちゃんちで働いていた人も、鍬《くわ》で足に大怪我《おおけが》しちまってるけど、ちゃんと畑仕事はしてるよ」

おいらだって平気さ、と笑った。

「こんなこと言いたかねえけど、父ちゃんも、背中と腕に火傷《やけど》の痕《あと》があるだろう？　湯屋に行くと恥ずかしいかい？」

両親と兄妹《きょうだい》を失った時の火事で受けたものだ。安次郎は、首を横に振る。

「そんなことはねえよ」

けれど、皮膚の火傷は見た目だけのものだ。信太は違う。利き手の親指が動かせないのだ。飯を食うにも、まだ左手ではおぼつかなく、信太自身も苛立《いらだ》つのか、握り箸《ばし》でかき込むこともしょっちゅうだった。

「信太、そろそろ、しじみ売りの弥吉《やきち》が来る頃だ」

うん、と信太は、つま先立ちをして三和土に設《しつら》えられた棚から、笊《ざる》を手に取って、出て行った。

安次郎は、信太の小さな背を見送りながら、気になっていたことがあった。

すっかり長屋の店子《たなこ》や子どもたちと馴染《なじ》んでいたが、ここ数日の間、子どもたちと遊んでいないという。

それまでは長屋の前で、隠れ鬼をしたり、竹馬に乗って、騒いでいたようだが、その輪の中に入らず、おたきの家で過ごしているらしい。

仕事に出ている安次郎はまったく気づきもしなかった。

今日は、かるた取りをやった、近くの明神さまへお参りに行ったと楽しげに話をしてくれていたが、それはおたきとやっていたことで、長屋の子どもたちと遊んでいるわけではなかったのだ。

信太と同じ歳《とし》の庄吉という子が、曲がった親指のことをからかっているようだ。信太にはできなくなった独楽《こま》回しをしようとしつこいらしい。独楽は親指を添えなければ回せない。信太が懸命になればなるほど、子どもらは笑った。

信坊はきっとそれに堪《た》えられなくなったのだろうと、おたきは、涙ぐみながら教えてくれたのだ。

だが、信太に直《じか》に訊《たず》ねてはいない。

父親に心配をかけまいと、信太はひた隠しにしているのだろう。それを不憫《ふびん》に感じるが、これればかりは、安次郎が子どもらの間に入ってどうこうできることではない。信太自身が、自分で納得して、向き合っていかなければならないと思っている。

「ただいま、父ちゃん。しじみ売りの兄ちゃんがおまけしてくれたよ」

笊から水をしたたらせながら、信太が嬉しそうにいった。

「それはよかったな。いま、しじみ汁を作るからな」

安次郎は火をおこす。

信太はしゃがんで、閉じた殻の間からぷつぷつと水を吐くしじみを突《つつ》いて遊んでいる。

「なあ、信太。今日も長屋のみんなと遊ぶのか？」

安次郎は、遊んでいないのを知りながらも背を向けたまま信太に問い掛けた。

うん、と信太が煮え切らない声を出す。

「あのさ、父ちゃん――」

「なんだ」

「友恵さんの家に行ってもいいかい？」

え、と安次郎は思わず振り返る。

友恵は、直助と同じ長屋にいる。兄の新吾郎の妻きくと、ささいな事でいい争いになったのが、実家を飛び出した発端だったようだ。子どもじみた態度だといってしまえば、そうなのだが、新吾郎も、一度嫁した妹の味方ばかりも出来ないと頭を抱えていた。

そのささいな事がなんであったのか、安次郎は知らないし、新吾郎もよくわからないらしい。

ただ、

「わたくしの居場所はもうここにはございません」

友恵はきっぱりといって、身の回りの物をまとめて出て行ったという。一方、きくも、

「友恵さまがそうおっしゃるならそうなのでございましょう」

と、にべもない。

「女子《おなご》の喧嘩《けんか》に男がしゃしゃりでてもよい結果にはならぬからな」

と、新吾郎は困り顔をしていた。

安次郎とて、新吾郎と同じく、女子の喧嘩に首を突っ込みたくはない。

いつか友恵から話すようなことがあれば聞く、それでいいと思っていた。

いまは、直助と同じ長屋で、子どもたちに読み書きなどを教えながら生計を立てている。

「勝手に飛び出したのですから、実家には頼りません」

と、新吾郎にいったらしい。

気が強いというか、意地っ張りなところは、幼い頃《ころ》から変わっていない。

信太が安次郎と暮らし始めてから、友恵が幾度か面倒を見に来てくれていた。安次

郎が仕事から戻ると、夕餉《ゆうげ》の支度を済ませ、友恵は帰って行く。一緒にどうかと引き止めたときもあったが、それには及びませんと、はっきりいって自分の長屋に戻る。二度ほど、信太を友恵の家で預かってもらったこともある。どうしても、摺り場の親方の長五郎と酒席にでなければならず、帰宅が遅くなるのがわかっていたからだ。そのときは、友恵の家まで信太を迎えに行った。直助と同じ長屋だが、まるで家の中が違っていた。直助の家には殺風景という言葉がぴったりはまるが、友恵の家はそうではなかった。同じく家財道具などほとんどない。小さな鏡台に、行李《こうり》がひとつ、手習いに使っている文机《ふづくえ》ぐらいだ。ただ、文机の上には、花が飾ってあり、夜具を隠す枕屏風《まくらびょうぶ》も、女子らしい華やかな模様で、なによりよい香りがした。

不意に、安次郎は直助から聞かされたことを思い出した。友恵に新たな縁談が持ち上がっているという話だ。それが、どうなったのか知らない。なにかあれば、直助が「大《て》え変《へん》だ」とすっ飛んで来るだろうが、いまは静かだ。いまだに長屋で暮らしているのならば、流れてしまったのかもしれない。

安次郎は、ちりっと胸の中が痛むような感じを覚えた。快いものではなかった。なあ、いいだろう、父ちゃん、と信太が安次郎を見上げる。安次郎は、はっとして信太へ視線を向けた。

「友恵さんに迷惑だろう？」

「いつ来てもいいっていってくれたよ」

だとしても、友恵にそうそう甘えるわけにもいかない。友恵は幼馴染みではあるが、それも昔のことだ。

もう安次郎は武士ではなく、長屋住まいの摺師《すりし》だ。幾年も会わず、互いに生きてきた。それが、たまたまはずみで再会したに過ぎない。

「おたきさんの処《ところ》でいいじゃないか。気が向いたらおいでといってくれているんだ。なら竹田さんの処はどうだ」

うん、と信太が言葉を濁す。

「それとも、長屋の子たちとなにかあったのか？」

安次郎がためしに訊《き》くと、

「そんなことはないよ」

いきなり立ち上がって、信太は首を横に振った。

「でも、おいらさ——」

安次郎は、ため息を吐《つ》いた。なるほど、信太もなかなかの強情っ張りだ。なんといっても、転んで親指の骨を折ったとき、誰《だれ》にも告げずに痛みを我慢し続けたくらいだ。

ふと、信太と友恵が重なった。

意地の張り具合が似ているかもしれない。安次郎は信太に気づかれないように、口《くち》許《もと》に手を添えて、微笑《ほほえ》む。

「よし、わかった」

安次郎はしゃがみ込んで、不安げな顔の信太と向き合った。

「友恵さんは子どもたち相手に手習い塾を開いているから、急に行くと迷惑がかかるかもしれない。訪ねるときには、前もって話してからにしよう」

「やっぱり、だめなんだね」

信太が唇を嚙《か》み締めた。

「その代わり、父ちゃんの摺り場に連れて行ってやるよ」

えっと、信太の眼が輝いた。

「ほんとかい？」

「ああ、摺り場なら信太よりちょっと上の小僧もいる。なにより長五郎のおじさんも、直も信太が顔を見せたら驚くぞ」

うん、と大きく信太は頷《うなず》いた。

「じゃあ、朝飯を早く食っちまうぞ」

信太は喉《のど》につかえるのでないかと思ったほど、飯を急いでかき込んだ。

安次郎は、握り箸で器用にしじみをつまむ信太の姿を、哀しく感じていた。

二

長五郎は、安次郎の背後に隠れていた信太を見つけるなり、

「信太じゃねえか。隠れ鬼のつもりか、親父の背中に張り付いているんじゃねえぞ。そら、こっちへ来い」

大きな声を上げて、手招いた。

「長五郎のおじさん。おはようございます」

信太がきちりと座って、頭を下げた。

「ははは、挨拶も出来るようになったか。赤ん坊だった、おめえがよ。久しぶりだぁ。でっかくなったな。すぐ父ちゃんを追い越しそうだ」

長五郎は機嫌よく笑いながら、もう一度手招くと、信太を抱き上げて、自分の胡座《あぐら》の中に座らせた。

「すいやせん、急に連れて来ちまって」

安次郎がいうと、

「なにいってやがる。いつ連れてくるかと待ってたくらいだ。なあ、信坊」

長五郎はご機嫌で、信太の頭をがしがしと撫ぜる。信太は肩をすぼめながらも、照れくさそうな顔をした。

「安さんの倅《せがれ》か。よろしくな」

「なんだか捷《はし》っこそうな顔をしてやがる」

摺り場の者たちが、馬連《ばれん》の手を止めて、信太へ笑顔を向ける。

信太はにこにこしながら、珍しそうに摺り場を見回した。もっとも、うんと幼い頃に来たきりだから、あまり覚えていないのだろう。なにもかも初めて見るというように、きょろきょろしている。

「おめえの父ちゃんはここで仕事をしているんだ。右側の空いてるところが父ちゃんの摺り台だ」

「ふたつ並んで空いているよ」

「ああ、手前はな、直助って野郎の摺り台だ」

長五郎はぶっきらぼうにいった。直助はまだ来ていないようだった。

「直さんと父ちゃんは並んで仕事してるんだね」

「ああ、信坊は直助を知っているんだったな。いつも遅れてくる、だらしのねえ奴《やつ》だから、あんな大人になっちゃいけねえぞ」

長五郎が真面目《まじめ》にいったのがおかしかったのか、信太がくすくす笑った。

「で、あすこに積んであるのが版木っていってな」

「知ってるよ。彫師が絵師の版下を彫った木だろう。それに紙を置いて、摺るんだろう」

長五郎は眼を細めた。

「ああ、そうか、信坊は彫師になりてえのだったな。どうりでくわしいはずだ」

信太が、うんと頷いた。

古参の摺師が、馬連を止めて、

「へえ、安さんの倅は彫師になりてぇのかい」

「おいらが彫った版木を、父ちゃんが摺るんだよ。それがおいらの望みなんだ」

信太が胸を張ったのを見て、摺り場が和やかな雰囲気に包まれる。

「そいつはいいな。父子《おやこ》で一枚の錦絵《にしきえ》を仕上げるなんざ、なかなか粋《いき》なもんだ」

「けど、信坊、おめえの父ちゃんは、腕っこきの摺師だぜ。彫師として一人前《いちにんめ》ぇじゃなけりゃ、父ちゃんに摺ってもらえねえぞ」

皆にからかわれても、信太はへっちゃらでいい返した。

「おいらが、一人前になったとき、父ちゃんの腕がなまっていたらいやだな」

生意気な言葉にどっと笑いが弾《はじ》けた。

「じゃあ早《はえ》えとこ、彫師んとこに奉公に出なきゃならねえぞ」

古参の摺師がいった。

しかし、その中で長五郎の顔だけがわずかに曇っていた。

信太の親指のことを安次郎から少し前に聞かされていた長五郎は、皆のように手放しで、笑えずにいたのだ。

それでも安次郎は、連れて来てよかったと安堵《あんど》した。信太も少しは気が紛れるだろう。

彫源の職人である伊之助が、彫師になりたいのなら、信太を預かってもいいといってくれた。伊之助の利き手は左だ。もともと右手が不自由だったという。

信太は六つだ。奉公に上がるまではまだ間がある。それまでに左手が自在に使えるようになっていればいいと考えている。

そのとき、

「兄ぃ、おまんまの兄ぃ、大ぇ変だ」

直助が転がるように摺り場に入って来た。

長五郎が、じろりと直助を睨《にら》みつけるやいなや、早速《さっそく》、雷《かみなり》が落ちた。

「直、てめえ、また仕事に遅れやがって。今度の大変は一体なんだ」

長五郎の脚の間に納まっていた信太が思わず両耳を塞《ふさ》いだ。その姿を見て、工房の皆がまた笑う。

あ、と直助は長五郎に抱かれている信太を見て、

「なんだよ、信坊。来るなら来るといってくれねえと」

「そんなの無理だい。直さんのほうが来るのが遅いんだから」

へへ、そりゃ違いねえ、と直助は素直に認めた。

「それで、こたびの大変はなんだ」

安次郎が訊ねると、直助は急にかしこまって、ごくりと生唾《なまつば》を飲み込んだ。

「と、友恵さまんとこにお武家と中間《ちゅうげん》が……」

安次郎の胸がまたちりっと痛んだ。信太が安次郎を見る。

「おい、友恵さまってのは、安の幼馴染みだろう？　お武家のお嬢さんなんだから、長屋に武家が訪ねて来てもおかしくはねえだろうよ」

長五郎が、呆《あき》れた口調でいった。

「それが、友恵さまを連れ出そうとしていなさるんで。だから大ぇ変だといってるんでさ。どうしたら、いいですかね、おまんまの兄ぃ」

「新吾郎の姿はあったのか？」

直助は、新吾郎の顔を知っている。

「いらっしゃいませんでした」

だとすれば、大橋家の若党か。

「このまんまじゃ、友恵さまが連れ去られちまいますよ」

信太が長五郎の胡座から抜け出して、

「父ちゃん、友恵さんを助けに行かないのかい」

と、いった。

「連れ出そうとか、連れ去られるなんていうのは大袈裟《おおげさ》だが、なにか訳があって訪ねてきたんだろう。べつに無体《むたい》な真似《まね》をするはずはねえし、おれが、出て行くわけにはいかねえよ」

「じゃあ、おいらが代わりに行くよ。おいらが行って、連れ戻さないでくれってお家の人に頼んでくる」

信太が駆け出そうとしたが、その手を安次郎は握って、止めた。

「友恵さんは、お武家だぞ。きちんとお屋敷があるのに、長屋住まいをしているほうがおかしいんだ」

信太は、安次郎に握られた手を振りほどこうと懸命にもがいた。

「でも、そのお屋敷にいられなくなったから出て来たって、友恵さんいってたんだ。そんなところに戻されたらかわいそうだ」

「そうですよ、兄ぃ。信坊のいう通りだ」

直助も身を乗り出した。

「友恵さまは、近所の子に読み書きを教えて、すごく楽しそうにしているんですよ。長屋の連中ともすっかり馴染んでいるし、若い女房たちにも頼りにされてる」

安次郎は押し黙ったまま動かない。信太の手をさらに強く摑《つか》んで、引き寄せた。

たぶん、縁談のことが進んだのではないかと思われた。新吾郎の妻との喧嘩というのも、もしかしたら、嫁ぎ先の件かもしれない。

「父ちゃん」

信太が安次郎に懇願するような目付きをする。

「仕事がある。直、おめえにも溜《た》まってる版木があるだろう?」

安次郎がいうと、直助がむすっとした顔をする。

「友恵さまを守ってあげないなんてよ、信坊を前にしていいたかねえけど、おれ、兄ぃを見損なった」

安次郎は信太の手を放した。

「行ってもいいのかい?」

信太が安次郎を見る。だが、安次郎は黙って立ち上がり、

「ああ、丁度よかった。信太と遊んでやってくれないか」

絵具皿を洗い終わって、摺り場に入って来た喜八に声を掛けた。喜八は少し戸惑っていたが、信太の顔を見るなり、にこりと笑い掛けた。

信太は悔しげに唇を引き結びながら、安次郎を眼で追っていた。

安次郎は、信太の視線を感じつつも、自分の摺り台の前に座った。

「兄ぃ!」

直助の声が飛んできた。

「直、いい加減にしろ。安だって、元は武家の生まれなんだ。お武家の事情ってのがあるのが、わかっているから行かねえんだ。いくら幼馴染みといっても、安はただの摺師だぞ」

そこんところをわきまえているんだよ、と長五郎はいった。

「やっぱり得心がいかねえ」

直助はでんと腰を据えて、腕組みをした。

「おめえな、そこに座ってねえで、摺り台へ行け」

長五郎に怒鳴られ、渋々直助は立ち上がった。

向かいに座る角蔵《かくぞう》が、安次郎を窺《うかが》うようにして見る。

「どうした？　おれの分があるんだろう？」

「あてなしぼかしを、お願《ねが》えしたいのですが」

角蔵がおずおずといいながら、喜八と一緒にいる信太をちらと見る。

「あれか。いいから寄越せよ」

安次郎は手を伸ばす。へい、と角蔵が立ち上がり版木を渡す。

役者の背景に、江戸の風景が広がっている絵組だった。ぽかりと浮いた月に、雲を薄くかけるのだ。その雲をあてなしぼかしで摺る。

あてなしぼかしは、彫りがない。摺師が版木に水を含ませ、そこに刷毛《はけ》で色を置いて写す。摺師が一日に摺る枚数は、二百ほどだといわれるが、ほぼ同じ調子で摺るのは、熟練した摺師でも、かなり難儀だ。

安次郎は、ぼかしを得意としているが、とくにあてなしぼかしは、周囲からも評価を得ている。

「じゃあ、これで仕上げなんで、よろしくお願いします。あ、すいやせん、ちょっと兄さんの摺りを見せていただいてもいいですかね？　お邪魔はいたしません」

角蔵がその場にかしこまった。

「構わないぜ。なにか教えられるわけじゃない。見て覚えるしかないからな」

版木を摺り台に乗せ、安次郎は笑い掛けた。

「ありがてえ。じっくり見させていただきます」

角蔵が頭《こうべ》を垂れた。

喜八が信太を促し、摺り場から出ようとしたとき、おちかが入ってきた。

「あ、ごめんなさい、喜八ちゃん。まだ早いけど、皆におやつを買ってきたから、渡しておくわね」

「ごちそうさまです」

喜八がおちかから包みを受け取った。

あら、とおちかが眼をしばたたいた。

「おう、おちか、その子はな、安次郎の倅だよ、信太だ」

「ま、信太ちゃん！」

おちかはすぐさましゃがみ込んで、信太の手を握った。

「あたしは、おちかっていうの。そこに座ってる怖いおじさんの娘よ」

信太は、ちょっとだけ首を回して、すぐおちかに戻すと、

「おいらには優しいよ。直さんには怖いけど」

信太がぼそりといった。おちかが眼をまん丸くして、すぐに噴き出した。

「ほんと、信太ちゃんのいう通りね」

「ひでえなぁ、おちかさん」

隣で直助がぶつぶついって、馬連を取り出した。

安次郎は、色をとき棒で作り始めた。明るい月に灰色の雲が、横に長くたなびくようにかかる。

絵師の版下絵はむろんない。版木に貼付《はりつ》けて、彫られてしまうからだ。その後、彫師が版下絵をそのまま墨一色で摺る校合《きようごう》摺りを絵師に渡す。絵師はその校合摺りに色差しをする。絵師は、ぼかしの位置を指定するが、あとは摺師の感性に任せられる。

安次郎は、灰色を含ませた刷毛を微妙に動かしながら、雲の形を描き、紙を見当に合わせ、摺り取る。

「すげえな。雲の形が変わらねえ」

角蔵が眼を丸くして、身を乗り出す。安次郎の手許《てもと》、刷毛の扱い方を懸命に見つめる。

直助が、ふんと鼻を鳴らした。

「おまんまの兄ぃに、当たり前のことをいうんじゃねえよ。うちの摺師、いや江戸中の摺師の中で、一番うめえんだ」

「そんなの、わかってまさ。けど、こうして目の当たりにすると、その凄《すご》さがもっとわかる」

角蔵は首を捻《ひね》りながら、嘆息した。

「まあ、おめえはまだまだだからな。凄さがわかるだけでいいとしてやらあ」

直助が、ふふんと顎《あご》を上げる。

「おれは兄ぃの一番弟子みてえなもんだからな」

「でも、直助兄さんもあてなしぼかしは出来ねえんでしょう？」

「うるせえ、そのうち出来るようにならあ」

「直、口動かしてねえで、馬連を動かせっていわせるんじゃねえぞ」

長五郎の怒鳴り声が飛んできた。

「もう、いってるじゃねえですか」

直助が文句を垂れた。

「悪いが、静かにしてくれ」

安次郎はぼそりという。

す、すいやせん、と角蔵が詫《わ》び、直助も盆の窪《くぼ》に手をあてて、ぴょこんと頭を下げた。

安次郎は、一度、大きく息を吸ってから、腹に力を込めた。それでなくても、友恵のことで気持ちが乱されている。

こんなときに、このぼかしを任されるのは、かなりしんどく感じる。

庭から、喜八と信太のはしゃぐ声が聞こえてきた。走って逃げる喜八を、信太が追いかけているようだ。

「兄ぃ、申し訳ねえ。ちょっとだけ」

安次郎は再び刷毛を持ち、じろりと直助を睨んだ。

「あ、いや、信坊の親指、やっぱり元には戻らなかったんだなって」

「ああ」

「じゃあ、やっぱり彫師は諦《あきら》めさせるんですかい？」

安次郎は首を横に振った。

「彫源の伊之助さんが預かってくれるといってくれた」

「え？　この間、ここに来た伊之助って彫師ですか？　彫源じゃ毛割りまでやってるっていうお人ですよね」

「そうだ。しかも伊之助さんは左利きだ」

「左利き！　ほんとですかい」

「もっとも、伊之助さんは生まれつきだったそうだ。信太は、右利きだ。その分、難しいかもしれないともいわれた」

「それでも、信太の望みが叶《かな》えられるってことじゃねえですか。よかった」

直助は涙ぐんでいる。

ただし、いまの信太の歳を考えれば、夢や望みなど変わることは当たり前にある。親が無理強いをしてもしかたがない。そのときになってから気持ちを確かめればいいとも思っている。

夕刻、仕事上がり間際に長五郎が、安次郎を呼んだ。信太は遊び疲れて、奥の別室で眠っていた。

「親方、今日は申し訳ございませんでした。喜八をすっかり借りちまって」

安次郎は長火鉢の横にかしこまる。

「気にするな。喜八も喜んでたぜ。久しぶりに一日中遊んでたんだからな。それより、あてなしぼかし、さっき見たぜ。あれなら版元どころか絵師も文句のいいようがねえ。いい仕事したな」

「とんでもねえことです。仕事ですから」

相変わらずだな、と長五郎は煙管《キセル》を手にして、刻みを詰めた。

「で、どうすんだよ。あっちのほうは」

「あっち？　ですか」

安次郎は、首を傾げる。

長五郎は安次郎に身を寄せてくると、小声でいった。

「お武家のお嬢さんだよ」

ああ、と安次郎は視線を落とした。

「おれはそのお嬢さんに会ったことはねえが、おめえはどう思っているんだ。幼馴染みなんだろう？」

「幼馴染みだというだけです。幾度か信太を預かってもらったことはありますが」

ふうん、と長五郎は頷きながら、煙を吐いた。

「ただよぉ、それなりのお武家のお嬢さんが長屋住まいをしてまで、屋敷を出たかったんだろう？　思う所があったんだろうな」

安次郎は長五郎の言葉を受け、口を開いた。

「意志の強い方です。それが、難点ともいえなくもありませんが。家に迷惑をかけているとすれば、それは、友恵さんの我《わ》が儘《まま》でしかありません。それは武家も町家も変わりないと思っています」

「我が儘かえ。おめえもきつい物言いをするな」

頼ってきたら、話を聞いてやればいいやな、と長五郎が苦笑して、長火鉢の縁《へり》に軽く煙管を打ちつけて灰を落とした。

三

摺り場の者たちが、各々の仕事を終えて、長五郎へ挨拶をして帰っていく。

ひとり、直助だけが、もたもたと片付けをしていた。安次郎と長五郎が話し終えるのを待っているのが、ありありとわかる。

「親方。信太を起こして、連れ帰ります」

安次郎が腰を上げかけた時、おちかがやって来た。

「今、信太ちゃん起きたわよ。もう夕食の支度を始めているから、ご飯食べていったら?」

「いや、そこまで甘えては……」

「どうせ、家に帰っても冷や飯に漬物ぐらいじゃねえのか? いいから食っていけよ。

喜八と他《ほか》の小僧たちで信太の飯の面倒を見るから、気にするな」

おい、おちか。酒肴《しゅこう》の用意をしてくれ、と長五郎がいった。

「はいはい、もうおっ母《か》さんが用意しているわよ」

「気が利くじゃねえか」

と、長五郎は機嫌よく笑った。

あら、とおちかが直助に目をとめる。

「ねえ、直助さんも一緒にどう? 賑《にぎ》やかなほうが楽しいから」

直助は、おちかに声をかけられたが、俯《うつむ》いたまま、「せっかくですけど、遠慮しま
す」といった。

「長屋に早く帰《け》ぇりたいんで」

「なんだ、直。なにを拗《す》ねてやがる」

「拗ねてなんかいませんよ」

直助は、あからさまに唇を尖らせた。

友恵の件で、話がしたかったのだろう。安次郎が友恵のために動かないことに腹を立てているに違いない。

長五郎が、大きく息を吐いた。

「面倒な奴だな。おちかが誘ったんだ。四の五のいわず食っていけ。それともなにか、おい、おちかの」

「食いますよ、いや、ご馳走《ちそう》になります」

直助が自棄《やけ》になっていった。

「お父《と》っつぁんったら、脅すようにいわなくても。直助さん、無理しなくてもいいわよ。用事があるのでしょう？」

おちかが呆れたようにちらりと自分の父親を見てから、直助に顔を向けた。

「べつに急ぐ用事じゃないんで」

と、直助は摺り台に座ったまま頭を下げた。

酒が入ると、案の定直助がぶつぶついい出した。

「おまんまの兄ぃ、友恵さまに冷てぇですよ。信坊を、預かってもらってたじゃねえですか。なのに、友恵さまが大変な時に、尻《しり》向けるなんて、恩を仇《あだ》で返すようなもんだ」

安次郎は黙って、酒を口に運ぶ。

「おれ、なにか間違ったこといってますかね？　なんとかいってくだせえよ」

おれ、悔しいですよ、と直助は眼許《めもと》を拭《ぬぐ》い始めた。

「おいおい、なにも泣くこたぁねえじゃねえか」

長五郎は困った顔をして、安次郎を見て顎をしゃくる。なんとかしろということだ。

安次郎は、ひとつ息を吐いた。

「直、友恵さんから、何か話を聞いていることがあれば教えてくれるか。気になったことでもいい」

直助が、上目遣《うわめづか》いで安次郎を見てきた。

「友恵さまは、お屋敷のことはほとんどお話しにはなりません――ただ、お武家は窮屈だって。勝手になんでも決められてしまって、息苦しいって。でも、ここで暮らし始めてから、息が楽になったたっていってました」

直助が、洟《はな》をすすりながらいった。

勝手になんでも決められてしまって、というのは、縁談のことだろう。

「だから、おれ、お武家なんかやめちゃえばいいっていいました。兄ぃだって、元はお武家だけど今は違うって」

安次郎は苦笑した。火事で親兄妹を失うことがなければ、迷いも疑問も持たず武士として暮らしていたはずだった。長兄がいた安次郎は、部屋住みの立場だ。

おそらく、別家に養子として望まれるか、兄の世話を受けて一生ぶらぶらするかだ。書画の才能に恵まれていれば、そうした道も開けるのかもしれないが、どう転んでも摺師にはなっていなかった。

もし人に決められた運命があるとしたら、ずいぶん突飛な運命だと思ったこともある。

安次郎の表情を見て取ったのか、長五郎が口を開いた。

「直よ。その友恵さまって女《ひと》と、安次郎は違うぜ。友恵さまにはちゃあんとした家があるんだ。そこを勝手に飛び出したお転婆《てんば》のお嬢さんだぜ。おっと、もうお嬢さんって歳じゃねえか」

その言葉に、直助が、そいつはと身を乗りだしたが、長五郎が制した。

「お武家ってのは、家に従わなくちゃならねえし、いろんなしがらみもあるんだろうぜ。そこへいくと、おれたちはたしかに窮屈じゃねえ。けど、町人には町人の苦労ってもんもある。生まれた場所に戻るのも、友恵さまにはいいのかもしれねえよ」

直助が口を噤《つぐ》んで、安次郎を恨めしそうに見やる。

「おれも親方のいう通りだと思うぜ。短い間でも好きに出来たんだ。いい思い出になるんじゃねえのか。たとえ、また嫁に行ったとしても」

兄ぃ、と直助が情けない声を出した。

「どうしても、兄ぃは友恵さまにお屋敷へ帰ってほしいんだな。楽しそうに笑ったり、若い女房を叱《しか》りつけたり、子どもたちに一所懸命、読み書きを教える友恵さまの姿を見たことがねえんじゃねえですか？」

直助がさらに身を乗り出したとき、猪口《ちょこ》に当たって、酒がこぼれた。

「見てはいない。それを見たら、おれになにか出来ることがあるってのか？　直」

「友恵さまの兄さんに頼むことが出来るんじゃねえかと」

直助が、ぼそりと言った。

新吾郎に、なにを頼めるというのか。安次郎は、首を横に振った。

おちかが、座敷に顔を覗《のぞ》かせ訝《いぶか》しげにいった。

「どうしたの？　隣の座敷にも声が聞こえてきたわよ」

「いや、なんでもねえよ」

「もう子どもたちだけは先に食べさせているけど、ご飯もこっちに運ぶ？」

その時、訪《おとな》いを入れる声がした。

「はーい」と、おちかが首を回す。

「もう夕餉の時刻だってのに、誰かしら？」

おちかは、怪訝《けげん》な表情をしながら、身を返す。

長五郎は黙って猪口を運ぶ。安次郎も直助も口を開かなかった。どことなく重苦しさが漂う。

すぐに、おちかが戻って来た。

「お父っつぁん、彫源の伊之助さんが訪ねてきたんだけど」

「伊之助が？」

長五郎が、おちかを見る。

その背後には、もうすでに伊之助が立っていた。

「長五郎の親方、こんな刻限にすいやせん。ちいっとばかし、お願いが——」

そういい差した伊之助が、安次郎を眼に留めて、

「こいつは、よかった」

ほっとしたような顔をした。

「どうしました、伊之助さん」

「じつは、込み入った話で――」

長五郎が手招いた。

「そんなところで立ち話もなんだ。こっちへ入《へ》ぇんな。おちか、伊之助さんの膳《ぜん》もしつらえてくれるか？」

伊之助は、とんでもねえ、と首を横に振る。

「あっしが急に押し掛けて来たんです。お嬢さん、ほんとに、なにもいりませんから」

伊之助が本気で遠慮する。

「そうはいかねえよ。仕事上がりで、おれたちは酒食らっているんだ。付き合ってくれとはいわねえが、口を湿らすぐれえはいいだろう？　それともなにかい、呑《の》んじゃ話せねえほどのことが彫源であったのかえ」

あったといえば、そうなんですが、と伊之助が戸惑ったように、長五郎へ視線を向ける。

「まあ、とにかくこっちへ座ってくれ。話はそれからだ。おちか、すぐ頼むぜ」

はい、とおちかが背を向け、ぱたぱたと廊下を走っていった。

「申し訳ねえ。じつは、うちで付き合いのある摺り場の親方から、版元さんを通して、摺長さんとこの摺師に会わせてくれねえかと話がありまして」

腰を下ろすなり伊之助がいった。長五郎は、猪口を膳に置く。

「ちょいと待ってくんな。藪《やぶ》から棒になんだえ。話がさっぱり見えねえんだが」

伊之助は、すいやせんと頭を垂れた。

「まあ、その親方が会いてえ摺師ってな、誰だい」

「それが、安次郎さんで」

はーんと、長五郎は無精髭《ぶしょうひげ》を撫で、さほど驚いた様子を見せなかった。安次郎は伊之助を見つめる。

「その摺り場ってのはどこだい？」

伊之助が、そいつはちょっと、と口籠《くちごも》る。

「だいたい、伊之助さんを使いに寄越して、肝心要の親方の源次の野郎はなにをしているんだ。知らねえ顔ならまだしも、幾度も仕事をしているのによ。水臭《みずくせ》え」

それが、と伊之助は居心地が悪そうに、もじもじしている。

「なにか訳がありそうですね？」

安次郎が訊ねると、伊之助は唇を噛んで、

「すまねえ。安次郎さん」

と、手を突いた。

「校合摺りを絵師と版元に見てもらったとき、ちっと前の国貞師匠とのことを、語っちまって」

国貞の弟子が描いた画《え》が気に入らない、と若い役者が難癖をつけ、弟子はちゃんと描いたと譲らない。それで、伊之助と安次郎が見当《けんとう》を違えて、喧嘩の仲裁に入った国貞の画を版ずれだらけのめちゃくちゃなものにした画の一件だ。

国貞は、安次郎と伊之助の意図をすぐに感じ取り、役者と自分の弟子を諭した。

「見当違いもいいところだ、と伸びた鼻っ柱を折ってやったと、面白可笑《おか》しく——」

安次郎はちょっと意外な気がした。伊之助はおしゃべりなほうではない。むしろ、口数が少ないくらいだ。そんなことを自慢げに吹聴するような男ではない。

「そいつは妙だ。弟子がしでかしたことの尻拭《しりぬぐ》いとはいえ、国貞師匠の恥にもなるような真似を伊之助さんがべらべら話すようには思えないんですが」

安次郎が伊之助を見つめると、ふっと伊之助が息を吐いた。

「べらべら話したのは、おれのしょうもねえ舎弟です。ですからこのことは親方にも内証のことでして」

うちにもしょうもねえ奴がひとりいやがるなぁ、と長五郎が舌打ちして、直助を見る。

直助は、素《す》っ頓狂《とんきょう》な顔をして、自分で自分を指差した。

そいつはひでえと、文句を垂れる。

「つまり、なにかい？　そこで話したことが、版元か絵師かは知れねえが、その摺場にも伝わったってことか」

長五郎が、むうと小難しい顔をする。

そこへ、おちかが伊之助の膳を運んできた。その後ろには、喜八と信太の姿もある。

「これは、お嬢さん、かたじけねえ」

伊之助が恐縮して頭を下げた。

信太はおひつを抱え、喜八は飯茶碗《めしぢゃわん》やお菜を乗せた盆を持っていた。

「親方、お先にいただきました。信坊、ご飯はよそえるかい？」

「うん、大丈夫だよ」

信太は、おひつを置くと蓋《ふた》を開け、しゃもじを取り出し握った。

伊之助がはっとした顔で安次郎を見る。

「信太です。おれの倅の」

伊之助は小さく頷き、信太の右手の親指へ視線を向けた。

信太は、しゃもじを四本の指で摑み、飯茶碗によそう。

「信太、彫師の伊之助さんだ」

え？　と信太が眼を丸くする。しゃもじを持つ手が止まった。

「おじさん、彫師なのかい？　おいらさ、彫師になりてえんだ」

信太が顔を上気させた。

伊之助が、頰《ほお》を緩める。

「ああ、父ちゃんから聞いているよ。おめえが彫った版木を、父ちゃんに摺ってもらいたいんだってな。でも、まだおめえは小せえから、今すぐ奉公ってわけにはいかねえ。もう少し待っていられるか？」

「待つよ」

「まあ、今はそう思っていても、気持ちが変わることもある。そんときは、無理強いはしねえけどな」

伊之助がからかうようにいうと、信太はいやいやをするように首を振る。

「大丈夫だ。おいらは変わらねえから。よろしくお願いします」

信太はしゃもじを持ったまま頭を下げた。

伊之助が、眼を細めて信太を見る。そっと手を伸ばして、その頭をぽんぽんと二度叩いた。

「おれも楽しみにしているぜ。そのうち、父ちゃんと一緒に、彫源にも遊びに来るといい」

信太は、はっと顔を上げて、安次郎へ眼を向けた。安次郎が頷くのを見て、笑みを浮かべた。

「おじさん、ありがとうございます」

「ははは。躾《しつけ》のいい子だな。安次郎さん」

「いや、亡くなった女房の実家に預けていたもので。義父母がきちんと信太の面倒をみてくれていたんです。おれじゃありませんよ」

離れて暮らしてたのか、と伊之助は表情を曇らせる。

おちかと喜八が配膳を終える。

「信坊、あとはご飯だけだよ」

喜八がいうと、信太は慌てて、飯茶碗をとってよそい始めた。

信太が、伊之助の膳に飯茶碗を置いた。

「おう、ありがとうよ」

伊之助がすぐに箸を取る。信太の視線が釘付《くぎづ》けになった。

「あ、あのさ、彫師のおじさん」

信太が思わず呼び掛けたとき、おちかが、

「はいご苦労さま。さ、行きましょう」

と、信太を促した。

「お父っつぁん。お酒が足りなくなったら呼んでね。じゃあ、ごゆっくり」

おちかは、喜八と信太を急かす。

信太は、伊之助と話がしたそうだったが、

「みんなですごろくをやろう」と、喜八に手を引かれた。

「まだ、父ちゃんたちは話があるから、みんなと遊んでな」

安次郎は、信太に顔を向けていった。信太は首を回してまだ伊之助の手許を見ていた。伊之助の左手に気づいたのだ。

信太は気落ちしたように頷くと、おちかと喜八とともに座敷をあとにした。

伊之助が、左手に持った箸で煮豆腐をはさみあげ、口に入れた。

「信坊、伊之助さんが左手を使っていることに気づいたんですね」

直助がいった。

「わざと見せてくれたんですか？」

安次郎が訊ねると、

「そんなことまでは、気を回してねえですよ。腹が減っていたからで。遠慮していたくせに、みっともねえ」

そういって笑う伊之助に安次郎は、頭を下げた。

四

長五郎は猪口を傾けながらいった。

「さてと、さっきの話の続きだ。摺り場が教えられねえってのは得心いかねえがよ、安、おめえはどうだ。会ってやるかよ」

「会うだけでしたら、構いませんかね？」

「そうだな、安を貸せっていうのなら、話はべつだが、ただ会いてえってだけなら、いいんじゃねえか」

直助が不安げな顔をした。

「それって、まさか兄ぃを引き抜こうって考えているんじゃねえですか？　おまんまの安っていえば、摺師の間じゃ、名が通っていますから」

長五郎が、ふっと肩を揺らした。

「なるほど。こまんまの直に比べればな」

「茶化さないでくださいよ、親方。だって、もしもですよ、給金だって摺長の倍出すといわれたら、兄ぃだってぐらつくかも」

安次郎は、直、と睨《ね》め付けた。

「お前、おれをそんなふうに見ていたのか？」

「そんなことねえですけど、やっぱり割りのいいほうが……これからは、信坊もいるんだし」

伊之助が箸を置き、居住まいを正した。

「いや、そういうつもりではないと思いますが、口振りから、安次郎さんに興味を持っていることはたしかです」

「やっぱり、そうだ。ねえ、伊之助さん、おれも行っちゃいけませんか？」

それは、と伊之助が首を傾《かし》げた。

「わかりました。直も一緒なら、会うといってください」

安次郎は直助をちらと見る。

伊之助は、承知しました、先方に伝えますと、頭を垂れた。

「なんだか、わからねえが、いまは仕事も一段落ついたところだ。安、ちゃんと戻ってこいよ、誘われてもよ」

長五郎が冗談めかして、安次郎の猪口に酒を注いだ。

安次郎は軽く笑って、酒を飲み干した。


翌日の夕方、伊之助がしょうもねえ舎弟といっていた若い男が、早速摺長にやって来た。

赤い花模様の小袖《こそで》に角帯、髷《まげ》は斜めに向いており、たしかに、しょうもねえ舎弟、と伊之助が呼んだのが、わかるような気がした。

面も優男ふうで、応対に出たおちかを見る眼が気に食わねえと、どこから覗いていたのか、直助が、ぷんぷん怒っていた。

そんなみかけではあるが、存外、丁寧な言葉使いで、

「この度は、あっしの余計なひと言で、ご迷惑をおかけいたしやす」

きちりと膝を揃《そろ》えて、長五郎に挨拶をすると、すぐに安次郎へ膝を回し、

「安次郎さんには、ご足労いただきおそれいりますが」

と、深々と頭を下げた。安次郎の隣にいた直助には、ちょっとばかり薄ら笑いを向けただけだった。

「だいたいあんなちゃらちゃらした若造に、彫りなんて出来るんですかね」

直助は、どうでもいいことで文句を垂れた。

場所は、浅草駒形町《あさくさこまがたちょう》の料理屋『立田屋《たつたや》』。明後日《あさって》の夕七ツ（午後四時頃）においでいただきたいと、用向きを告げるとすぐに帰った。

「兄ぃ、『立田屋』って、結構な料理屋じゃねえですか」

直助は、眼をぱちくりさせた。

結局、安次郎に会いたいという者の名も摺り場も明かさないままだった。

「なんだか、おれ、薄気味悪《わり》ぃんですけどね、おまんまの兄ぃ」

きつねか狸《たぬき》に化かされているんじゃないかと、直助は身を震わせた。

「まあ、夕方から化かしにはかからねえだろう？」

「いや、秋の陽《ひ》は夕方には弱くなりますよ。逢魔《おうま》が時《とき》っていうじゃねえですか」

あたりが薄暗くなり、人の顔がぼんやりとして判別しづらくなる刻《とき》のことだ。

直助の言葉は無視して、安次郎は摺り台に戻った。

「馬鹿いってねえで、お前も戻れ」と、長五郎に煙管で頭を小突かれ、しぶしぶ直助は摺り台の前に座った。

「そういや、兄ぃ、信坊はどうでした？」

「ああ、摺り場の小僧たちに遊んでもらって、楽しかったようだ」

それに、おちかが子どもたちに信太の親指のことを含めていてくれたらしい。

昨夜、信太は、喜八の兄さんが優しかったと嬉しそうにいった。

「喜八兄さんの父ちゃんは、摺師で、前はここにいたって。だから父ちゃんの兄さんに当たる人だっていってたけど」

ほんと？　と夜具にくるまりながら訊いてきた。一枚の布団で親子ふたり並んで寝るのは窮屈だったが、それはそれで互いの温《ぬく》もりが感じられる。

安次郎は信太へ、ああ、と応《こた》えた。

「いまは渡りの摺師だ。いい腕をしているからな、馬連一枚で渡っていけるのさ」

「喜八兄さんも摺師になりたいっていってた。やっぱり親子で同じ職人になるほうがいいのかなぁ。そのほうが父ちゃんも嬉しいかい？」

信太は煤《すす》けた天井を見上げていった。

「喜八は喜八。信太は信太だ」

そうだよね、と安次郎の腕にのしかかるように寝返りを打つ。

「重いな、信太。右腕が潰《つぶ》れちまう。馬連が握れなくなる」

信太はけたけた笑ったが、急に真顔を向けてきた。

「今日、会った彫師のおじさん、左手を使うんだね」

そうだ、と安次郎は首を横に向けた。信太は少し考え込んでから、安次郎を揺すった。

「彫りを見せてくれるかな、見てみたいよ。遊びに来いっていってくれたろう？　ねえ、父ちゃん、頼んどくれよ」

「そうだな。さあ、もう眼を閉じな。早く寝ないと、雀《すずめ》が鳴き出すぞ」

「まだ、夜は長いよ、父ちゃん」

生意気いいやがって、と安次郎は右腕を抜き、信太の身体《からだ》を引き寄せると、頭を撫でた。

その話を聞いた直助が、ぐずりと洟をすする。

「信坊はいい子ですよねぇ。早く伊之助さんに頼んであげてくださいよ」

「まあ、伊之助さんなら、いつでも見せてくれるだろうさ」

「今日は、長屋で留守番ですか？」

「ああ、竹田さんの処にいる」

えっ？　と直助が眼をしばたたく。

「長屋の子どもたちと遊んでいるんじゃ」

安次郎は、口を噤み、版木を手にする。

美人画だ。一足早いが雪中図だ。

直助が一色摺りの読本《よみほん》の版木を摺り台に置いて、安次郎を横目で見る。

「なにかあったんでしょ？　兄ぃ」

「なにもねえよ」

直助は一旦馬連を手にしたが、

「右手の親指のせいじゃねえんですか。小さい子ってのは時々残酷なことを平気でするでしょ。信太が出来そうもないことをさせて、からかっているんじゃないですか」

横から安次郎を窺う。

ふっと息を吐いた安次郎は立ち上がる。

「兄ぃ、応えてくださいよ。そんなガキがいるんなら、おれがいって叱り飛ばしてやりやすよ」

安次郎は、棚に並んだ絵具皿を一枚手にした。

「そいつは簡単だが、それで信太が納得するか、わからないな」

「兄ぃは信坊が六つだってこと忘れているんじゃねえですか。厳しすぎますよ。なにもいわねえなら聞き質《ただ》さねえと」

直助が首を後ろに回して安次郎を仰ぎ見た。

「子どもはしていいこととしちゃいけねえことの区別ができねえことがあるんだから、ときには、拳固《げんこ》のひとつでも落としてやればいいんですよ」

安次郎は、うっかり笑ってしまった。直助はいまも長五郎から、拳固を落とされている。

「あ、いま、おれのこと思って笑ったでしょ。あれは、親方がおれにしっかりしろ、と喝してくれているんです。親方は禅寺の和尚のようなもんです」

ただ叱られているわけじゃねえです、と唇を尖らせた。安次郎は直助を見る。

呆れながらも感心していた。

「お前には時々驚かされるよ」

長五郎は、怒りに任せて直助の脳天に拳《こぶし》を落としているのだが、それを、喝だと思えるのは、たいしたものだ。

「いいですよ。兄ぃ。ただ、信坊はひとりでなんでもできる歳じゃねえ。守ってやらなきゃいけねえときもありますよ」

安次郎は、頷いた。

「じつはな、信太自身が、なにがあったのか教えてくれねえ。我慢しているんだろう」

「きっと辛《つら》い思いをしながら、じっと堪えているんだろうなあ。強《つえ》えな信坊は。おれなら、ぺらぺら弱音吐いちまうのにな。やっぱりいい子すぎらぁ。おれも、おちかさんとの間にそんな子が欲しい」

そういって、目尻をだらんと下げる直助に、長五郎が手にしていた煙管を、かんと長火鉢の縁に当てた。

「なんか、聞こえたぜ。おちかとどうしたって？　ああ？」

周りの職人たちが、含み笑いを洩らす。

「あ、なんでもありません。聞き流してください」

直助は、いそいそと仕事を始めた。

直助のいっていることは痛いほどわかる。だが、本人からいってこなければ、本人が悔しいと泣きついてこなければ、と安次郎は思っている。それまで、信太は辛い思いをするだろう。小さな胸をきしきしとさせているだろう。手を差し延べるのは容易《たやす》い。

いまの信太は、おたきや竹田に頼っている。

庄吉や他の子どもたちから逃げているのだ。それを逃げるな、なんとかしてやるといっては、信太の心がもっとずたずたになるような気がするのだ。

もう少しだけ、待ってやろうと思っていた。

ただ――。

安次郎の気掛かりはもうひとつあった。それを言葉にするのを、ためらっている自分がいた。それでも、

「――なあ、直」

安次郎は、思い切って口に出した。

「友恵さんはどうした？」

直助が、あっという顔をした。馬連が止まる。

「連れ戻されはしませんでした。けど、やはり縁談が進んでいるようです。好きに暮らしていけるのも、あとわずかだと、寂しそうにしていました」

そうか、と安次郎はひと言いって、喜八を呼んだ。顔料を砕かせ、色作りを教えてやろうと思った。

「兄ぃ。気にしているんなら、友恵さまに会ってあげてくださいよ」

安次郎は再び腰を下ろすと、

「似ているんだよ」

と呟《つぶや》くようにいった。

直助が不思議そうな顔をして首を傾げた。

「信太と友恵さんだ。ひとりで意地を張って、見てるこっちが痛々しくなる」

「じゃあ、兄ぃは、待っているんですかい？」

「そうかもしれないな。こっちから出て行くばかりが、相手のためになるとは思えない」

直助が首を回し、怒ったように口を開いた。

「意地を張ったまま、なにもいわなかったら、どうするんです？　信坊だって長屋の子どもたちと遊べないまま。友恵さまも気に染まない縁談を受け入れるかもしれねえんですよ」

「そうなるな」

安次郎は、口の端《はし》を片方だけ上げる。

それだけ頼りがいがないのだと、自嘲《じちょう》するしかない。人の心は複雑に入り組んでいる。

墨一色ではない。幾つもの色が合わさって錦の絵ができるようなものなのだ。

そこに邪魔な色をいれたら、画は台無しになる。

「人がよくよく考えて出した答えに、おれはなにもいえない。けどな、直。絵師に、なにか色を添えてくれといわれたら、どうする？」

「そりゃあ、一番合いそうな色を考えますよ」

「それで、いいと思うんだがな」

兄ぃ、と直助は不服そうな顔をしたが、摺り台に向き直って、馬連を握った。

五

神田川から舟にのり、大川へ出る。川面《かわも》を風がすべってくる。夕刻の風は冷たく、前に座っていた直助は背を丸め、首元が寒いのか襟を掻《か》き合わせているようだ。

「兄ぃ、これから会う親方はどんな人なんでしょうね」

不安げに訊ねてきた直助へ、さあな、と安次郎は返した。

向こうが会いたいというのだ。こちらが構えることもない。直助の心配している引き抜きうんぬんにしても、受ける気はまったくない。

「やっぱり寒いなぁ」

直助がひとりごつと、若い船頭が、

「秋になりゃ当然ですよ。昼間は暑さが残っていても、夕刻になると途端に冷えてくる。川風はもっと冷てえですよ」

笑いながらいった。

「その通りなんだけどねぇ」

直助はげんなりしながら、川を眺める。

幕府の御蔵前を通り過ぎ、しばらく行けば、浅草に至る。吾妻橋《あずまばし》が見えてきた。

船頭が、「駒形堂《こまがたどう》のあたりでよござんすね」と岸に舟を寄せ始めた。

舟を降り、少し歩くと指定された『立田屋』はすぐにわかった。門構えも立派で、うっそうとした竹林が玄関まで続いていた。

「気後れしちまいますね」

直助は、きょろきょろしている。

安次郎は、石畳を歩き、玄関で訪いを入れた。

すぐに女将らしき大年増が出てきた。安次郎が名を告げると、

「お待ちでございますよ」

先に立って、座敷に案内した。

座敷には、伊之助と例の舎弟もいた。ふたりに向かい合って座っているのは、おそらく会いたいといってきた摺り場の者だろう。ひとりは五十がらみ、もうひとりは三十そこそこだ。不思議なことに上座が空いていた。

座敷に足を踏み入れた時、妙な気配を感じた。だが、素知らぬ振りをして、安次郎はかしこまると、挨拶をした。

「こちらから呼び出したんだ、気楽にしてくださいよ」

五十がらみの男は、惣右衛門《そうえもん》と名乗った。三十そこそこのほうは、安次郎を睨め付けながら、清八《せいはち》とぶっきらぼうにいった。眼の細い、陰にこもった目付きをしている。

「安次郎さんは、賑やかなことが好きでないと聞いておりましたので、芸者衆は呼ばず、男だけで」

「恐れ入ります」

惣右衛門が笑う。痩身《そうしん》だが自信に満ちた威圧感があった。

「うちは、摺物《すりもの》を多くやっていましてね」

摺物は、個人が特別に誂《あつら》える物だ。様々な祝い事や、贈答品などに用いる。

清八がすっと間に割り込むように口を開いた。

「そこらの摺り場とはちょいと格が違うってことだ。付き合ってる版元も大きいが、お武家さまから直々にうちでと頼まれる」

「そうですか、結構なことで」

安次郎は、笑みを浮かべた。伊之助が気遣ったのか、安次郎に酒を勧めてきた。

「それを自慢するために、わざわざ私を呼んだわけではないのでしょう？　ご用件を伺いましょう」

ぐっと顔を歪《ゆが》めた清八を惣右衛門がたしなめ、すぐに安次郎へ眼を向ける。

「おまんまの安、という摺師にお会いしたかったというのは、まことのことですよ。彫り場は版元と一緒に錦絵に記されますが、摺りは最後の工程ですので、ほとんど名は入らない」

それでも、その名が摺師だけでなく、版元の間でも話題になるほどのお人に興味が惹かれまして、と穏やかにいった。

「摺長にいらしていただければ、いつでもおりますよ」

安次郎の言葉に、惣右衛門が肩を揺らした。安次郎はいたって通常の物言いをしているつもりだったが、どこか険があるふうに感じたのだろう、隣に座る直助がはらはらした様子で見守っている。伊之助も同様だ。

「腹の探り合いをしても仕方ありません。じつは、さる旗本家《はたもとけ》より、摺物の依頼がございましてね。お孫さまの五歳の祝いです」

五歳の祝いの摺物ならば、鍾馗《しょうき》か鯉《こい》の滝昇《たきのぼ》り、あるいは菖蒲《しょうぶ》と兜《かぶと》、そんな図だろう。

「それを、伊之助さんのいる彫源さんと、うちで仕上げるつもりでおりましたが、さて、そこで」

安次郎さんの腕をお借りしたいと思いまして、と惣右衛門がいうと、

「親父、ちゃんといってもらわなきゃ困る」

清八が強い口調でいきなり口を挟んできた。清八は、惣右衛門の息子だったのか、とあらためて安次郎はふたりを見比べた。どことなく似ていなくもない。

「腕を借りるのではなく、おれとの腕競《うでくら》べだ。出来のいいほうをお買い上げ下さる」

直助が口に運ぼうとしていた酒をうっかりこぼしそうになった。

「腕競べって、そんなことしてなんになるんです」

「どっちが上か、それだけだろう」

安次郎は直助に応《こた》えた。

「まあ、お武家さまの戯れといいますか、せっかくの祝いの摺物だからこそ、とおっしゃいましてね」

「お断りいたします」

安次郎は即座に返答した。

「安次郎さん、ちょっと」

伊之助の顔が焦っている。

「そうか、自信がねえってことか。なあ、親父、もういいじゃねえか。おまんまの安は勝負の前から負けを認めたってことだ。版元にもそう伝えりゃいい」

清八が皮肉たっぷりにいって、笑った。

惣右衛門は、ふむと腕を組んだ。

「兄ぃ、ほんとにそれでいいんですか」

直助が小声でいった。

「どれだけ偉いお方だろうが、くだらない遊びに付き合わされるのはご免だ」

これでおいとまいたします、と安次郎は頭を下げると、腰を浮かせた。

「さっさと逃げるか。それでいい」

清八が笑った。

安次郎は、直助を促した。

「申し訳ありません。彫りも摺りもひとりじゃ出来ません。私は摺長の職人です。摺長の職人仲間がいてこそ、私の摺りが活《い》かされると思っておりますので」

「き、利いた風なことぬかしやがって。なら、摺り場同士の腕競べにするか。料理屋貸し切って、道具並べてよ。どうだい、親父」

清八は挑むような眼を安次郎へ向ける。

「もうよさないか。安次郎さんがいうことはもっともだ」

「失礼ですが、それほど私に食ってかかるのは、なにか訳があるのではないですか？

清八さん」

清八が、むっと口許《くちもと》を曲げる。

「そんなもん、ある訳ねえだろう」

そうですか、と安次郎は立ち上がり、背を向けた。

「お邪魔いたしました。直、帰るぞ」

安次郎は、襖《ふすま》の向こうに眼をやり、声を張った。

「どなたか存じませんが、これで余興はお開きです」

安次郎は、障子を開けて、座敷を後にした。

「なんだよ、あの野郎」

清八の怒鳴り声が聞こえてきた。


表に出ると、伊之助が「すまねえ」と追いかけて来た。

「あの息子は我が儘でよ。国貞師匠の話を聞いて、急にこの趣向を思いついたんだ。悔しかったんだろうぜ。それに乗っかったのが、版元と旗本の殿さまだ」

なるほど、と安次郎は得心した。最初から、仇《かたき》を見るような目付きをしていたのはそのせいだったのだ。

「国貞師匠も安次郎さんの摺りに惚《ほ》れ込んでるから、余計に腹を立てたんだ。あすこの摺り場は、国貞師匠の画も摺ってる」

摺りには、人柄が出る。安次郎は、優しいが恐ろしいほど冷たいところもある。そして強い。その冷たさと強さは、生い立ちからくるものだろうと、国貞が語ったのだという。

「すげえな、国貞師匠って。摺りで人の気質がわかっちまうのか」

直助は本気で感心している。

安次郎は、ふと笑みを浮かべる。

「冷たいというのは、あるような気がします。ですが、概《おおむ》ね買いかぶりすぎだと、師匠に会ったら、お伝えください」

我が子ひとり、友恵ひとり、迷いながらもどうにも出来ないのだから。

「で、隣の座敷にいたのは、旗本ですか？」

「気づいてたんですか？」

「上座が空いていれば、おかしいと思いますよ」

なるほど、と伊之助は驚きながらも首を横に振った。

「版元と広重師匠です」

げっと、直助が仰《の》け反《ぞ》り、もったいねえと呟いた。安次郎は、頬を緩め、

「そのうち摺らせていただけたなら、ありがたいと伝えてください」

伊之助へいい、身を翻した。

「嫌な思いをさせてすまなかった、安次郎さん」

伊之助が頭を下げた。

いや、と安次郎は踵《きびす》を返した。

「詫びはいりません。代わりといってはなんですが、信太に彫りを見せてやっちゃく

れませんか」

　顔を上げた伊之助が眼をしばたたく。

「信太が伊之助さんの彫りを見てえといってたもんで」

「そんなことはお安い御用だ。いつでも構いませんぜ。明日でも明後日でも」

　安次郎は、少し間をあけてから、口を開いた。

「いま、役者か美人画はありますか？　できれば毛割りを見せたいのですが」

「わかりました」

　伊之助は再び頭を下げる。

　安次郎は歩き出した。直助が納得のいかない顔をしていた。

「広重師匠の画を摺れたのに、惜しかったな」

「つまらねえことというんじゃねえ。親方にも内証にしておいてくれ」

　直助は、自信ねえけど、といいながらも承知した。

「けど、摺り場の職人仲間がいてこそって兄ぃの言葉には、おれ、涙が出そうになりました。清八って奴もちっとばかし、焦った顔してましたよ。まあ、跡取り息子で、腕にも覚えがあるようだから兄ぃを負かして威張りたかったんでしょうけど」

「だから、つまらねえ。広重師匠に申し訳ねえよ」

安次郎は空を見上げて、ひとつ伸びをした。

六

「こいつは毛割りっていってな」

伊之助は、先の鋭い小刀を使い、まるで測ったように、髪の生え際をすっと彫っていく。

『立田屋』の一件から、数日後のことだ。美人画の版下絵が来たからと、早速、伊之助が呼んでくれたのだ。

信太は伊之助の様子を、息をするのを忘れるほど、じっくり見ている。

絵師の版下絵は、髪型の輪郭だけで、毛髪は描かれていない。生え際はもちろん、鬢《びん》にも線は引かれていない。

彫師は、そこに一本一本、線を彫る。鬢も髷も丸みを帯びている。ひと息に、そして等間隔に彫り進めるのは並大抵の技術ではない。

そのうえ、彫る深さも均等である。

生え際は、まさに髪の毛一本の精緻《せいち》さだ。しかも、それだけ細いにもかかわらず、摺りを幾枚施しても、潰れることがない。

絵師の要求する画を、摺師は色で、彫師は線で苦心する。

信太は伊之助の手許を食い入るように見つめていた。子どもなら、無邪気にはしゃいでもおかしくはないが、あまりの見事さに言葉を失っていたのかもしれない。

伊之助は、小刀を置き、ふうと息を吐いた。

信太も同じように息を吐く。

相当、緊張していたのだろう。伊之助が信太の様子に目許を優しく細める。

「毛割りを施す職人のことを頭彫《かしらぼ》りっていってな、生え際だけじゃねえ、顔や頭、手足を彫るんだ」

彫師には、頭彫り、胴彫り、文字彫りがおり、摺師と同じで一枚の画をひとりで仕上げるのではなく分業制だ。

一番下っ端というか、彫りはせず、彫った後のささくれや木屑《きくず》などを処理する浚《さら》いだけをする者もいる。しかし、この浚いもしっかり出来ていなければ摺りに影響する。

その親指じゃ、右手で彫るのは難しいな、と伊之助が信太を見る。

信太は顔を伏せて、恨めしそうに右の親指に眼を向けた。

「でもおめえには左手がある。右手だってよ、親指がちょいと使いづらいだけだろう？　これで左手も使えるようになりゃ、得した気分にならねえか？」

「得した気分？」

　信太が顔を上げる。

「そうだ。なあ、安次郎さん、あんた右利きだから、左手じゃ摺れないだろう」

「左だと力の入れ具合に戸惑うと思いますよ。地潰《じつぶ》しも、難しいだろうな」

「そうなのかい？　だって、同じ色を広いところに摺るだけだろう、父ちゃん？」

「ただ力任せに摺ればいいってものではないからな。色が変わってしまう」

　信太は、へえと頷く。

「ま、信坊は小せえから、まだ先のことだ。本気で彫師になりたいなら、おれが親方に頼んで、面倒を見てやるよ」

　信太は、うんと考え込んだ。

「どうしたい？　もう仕事を替えようと思ってるのか？」

　伊之助がからかうようにいった。

　信太が小声で、違うよ、といった。

「どうした、信太」

　おいらさ、おいらさ、と悔しさを閉じ込めるように信太が伊之助の顔を見た。

「おいら、どうしても教えてもらいたいんだ」

「信太、まだ早いと伊之助さんがいってるだろう」

安次郎がたしなめる。だが、信太の眼は真剣だ。

伊之助が息を吐いた。

「もうちっと待ちな。まだ彫りは教えられねえよ」

伊之助が優しくいうと、信太が首を横に激しく振り、

「――彫りじゃないんだ」

ぼそりといった。

「彫りじゃねえ？　じゃあ、なんだい」

伊之助は信太を不思議そうに眺めた。信太の真剣な眼差しは変わらない。

「伊之助さんに教えてもらいたいのは――」

信太が、おもむろに懐に手を入れた。

取り出したのは、独楽だ――。

安次郎も伊之助も、眼を見開いた。

信太は独楽を載せた両手を伊之助へ差し出した。

「伊之助さん、回せるだろう？　左手で回して見せておくれよ。おいら、いくらやっ

てもうまく回せないんだ」

それで、長屋の子に馬鹿にされて、笑い者になっている、と唇を嚙み締めた。

「わかった。信坊の修業は、まずは独楽回しからだ」

伊之助が膝を打って、立ち上がった。

「表に出るぞ。信坊。早速、修練だ。おれは彫りにも厳しいが、独楽回しも容赦しねえぞ」

信太に顔を寄せて、にっと笑った。信太も歯を見せて、笑い返した。

「安次郎さんも、一緒にやろうぜ。うちの小僧から独楽を借りてくるからよ」

伊之助は、小僧たちに呼び掛けながら、その場を離れた。

「おいら、悔しかったんだ。だけど、笑い者にされて、怖くなっちゃったんだ。父ちゃんにもいえなかった。だってよ、泣き顔みせるのは、もっと嫌だったから」

信太が安次郎を見上げる。

「そうか。よく頑張ったな。でも、そういう意地っ張りな信太も、父ちゃんは――」

大好きだ、と安次郎は信太の頭に優しく手を置いた。

信太が、くすぐったそうな、照れくさいような顔をした。

数日後の夜、直助に呼び出され『りく』へ足を運んだ。信太は、おたきの家で寝かせてもらうことにした。直助は一足先に行っている。

縄のれんを潜《くぐ》ると、女将《おかみ》のお利久が、

「安さん、お久しぶりですね」

と、声を掛けてきた。

「すいません、なかなか顔を出せなくなってしまって」

「顔を忘れるわけじゃないから、いいですよ。信太ちゃんがいるんだもの。でも、ご飯に困ったら、いつでも来てくださいな」

お利久はそういって、小上がりの奥へ眼を向けた。

友恵だ。直助と一緒だった。

すぐさま駆け寄り「直、どういうことだ」と、声を荒らげた。

「安次郎さま、わたくしが直助さまにお願いしたのです」

安次郎は、息を吐いて、小上がりに腰を下ろした。

「大橋から、使いが来たことはご存じでしょう?」

友恵が安次郎を見る。

「縁談が進んでいます。受けるも受けないもないと、お義姉《ねえ》さまからきつくいわれて」

お利久が、小鉢と酒を運んできた。

心配そうな顔をして、あたりを見回す。飯台にも客がちらほらいる。

「込み入ったお話なら、上に行きますか？」

お利久が寝間に使っている二階のことだ。

「いいえ、こちらで結構です。お利久さん、甘い玉子焼きをください」

「承知しました」

甘い玉子焼きは、友恵がここに初めて来た時、口にして以来、好物になっている。

「安次郎さま、わたくし、いまの暮らしを続けて行きたいと思っています」

友恵が身を乗り出した。

長屋の人たちと触れ合い、子どもたちに読み書きを教える生活が楽しく、愛《いと》おしいのだという。こんな気持ちになったのは初めてだと続けた。

「大橋と縁を切っても構わないと思っています。どうか、兄に安次郎さまから、伝えてくれませんか？」

友恵の眼差しが痛い。それが、友恵が出した答えなのだろう。しかし——。

「もし、縁談を断れば大橋家にも、相手先にも恥をかかせます。それでも」

「死んだことにしてしまえばいいのです」

さらっとした調子で友恵がいった。

友恵さま、そんなことといっちゃ駄目です、と直助が慌てる。

「軽々しくいってはいけません、直助のいう通りです。どこにいても友恵さんは友恵さんではないのですか?」

「それは――」

直助が、俯く友恵を見ながら、口を開いた。

「兄ぃ。友恵さまの嫁ぎ先は、子持ちの旗本です。義姉上《あねうえ》さんがいうには、もう友恵さんもいい歳だから、子を望むのは難しいこともある」

先に嫁した家でも子は出来なかった。もしかしたら、石女《うまずめ》ではないかと、そういわれたのだと、直助がいいつつ、はっとして友恵を窺った。

それが、喧嘩の種か、と安次郎は思った。

武家の女子にとって、子を生《な》す生さないは、嫌でもついて回る。

友恵は一瞬表情を曇らせたが、すぐに「まことのことですから」と微笑み、小上がりを下り、板場へと向かう。

「利久さま、玉子焼きを作るところを見せて下さい」

あら、お恥ずかしいとお利久が応えた。

じつは、と直助が安次郎を上目遣いに見て来た。

友恵が板場を覗き始めると、直助が声を落としていった。

「おれ、調べたんです。友恵さまのお相手」

安次郎は眼を見開いた。直助は、さらに小声になる。

いつもの仙吉親分の伝手《つて》を使ったのだろう。

「驚いちゃいけませんよ。その旗本には五歳になる息子がいます。その上、隠居したじいさまが、祝いに摺物を出すそうです。広重師匠の筆で」

まさか、と安次郎は嘆息した。

「まさかのまことです」

だから、兄ぃ、と直助が身を寄せてきた。

清八との勝負を受けて、勝ったら友恵の縁談を反古《ほご》にしろと迫る――直助の描いている絵図はそんなところだろう。

安次郎は、首を横に振る。

「あれを受ければ、その旗本と話が出来るかもしれないんですよ」

と、興奮気味に直助はいった。

「馬鹿か。そんなことできるか」と、思わず安次郎が声を張る。

「まぁ、ふたりとも顔が怖いですよ」と、小上がりに友恵が戻ってきた。

「ほんとに。安次郎さんが大きな声出すなんて」

お利久が、驚きながら、玉子焼きを運んできた。

「お待ちどおさま」

膳に置かれた玉子焼きは黄金色に輝いていた。

友恵が早速、箸をつけ、口に運んだ。

「やっぱり美味《おい》しい」

にこりと笑った。

深刻な話をしている最中であるのに、女子《おなご》は、強いなと思う。

おたおたしているのは、男ふたりだ。友恵の中ではもう決めている、そう感じた。

「友恵さん」

安次郎が声を掛けた。玉子焼きに満足している友恵が、小首を傾げた。

「信太が、左手で独楽を回せるようになりました。わずか数日で。長屋の子どもたちが、眼を瞠《みは》ったと、大威張りで話してくれました」

「信太ちゃんが左手で、独楽を……」

友恵が箸を持ったまま、呟いた。

「もしも、いまの暮らしを心の底から守りたいとおっしゃるなら、必ずその思いは叶《かな》うかと」

安次郎は、新吾郎に会うことを決めた。

「友恵さん自身が大橋家を捨てる覚悟でいてください」

「もとより承知のうえです」

「楽しい、愛おしいでは、暮らしが立たないこともあります。それでも」

はい、と友恵は頷き、真《ま》っ直《す》ぐに安次郎を見る。思いの深い瞳《ひとみ》をしていた。

安次郎は、直助に向き直り、

「もう一度、清八に会ってみるか」

そういって微笑んだ。

「あ、兄ぃ。それならすぐにでも」

直助が色めき立った。

直助の描いたであろう絵図のように、うまくいくとは限らないが、この女《ひと》のためになにかひとつ出来るなら、試してみるのもいいかもしれない。安次郎は、友恵を見つめつつ、そう思った。

第五話
腕競べ

一

五郎蔵店で、一番の早起きのおたきの声と障子戸を叩《たた》く音が同時に響いた。

「安さん、安さん、お客さんだよ」

客――? こんな朝から一体誰《だれ》だ、と安次郎は覚めきらない頭を左右に振りながら、身を起こした。隣で眠っている信太を揺さぶりながら、声を掛ける。

「おい、信太。起きろ」

うーん、と信太は眼《め》をこすりながら、口先を尖《とが》らせた。

安次郎が夜具をはぐと、腹掛け一枚で眠っていた信太は、

「なんだよ、父ちゃん。おいら、まだ眠いよ」

文句を垂れた。

「客だ、客が来たんだ」

信太は、お客さん？　と目蓋《まぶた》を閉じたまま問い掛けてきた。

「そうだ。だから早く起きろ。夜具を片付けなけりゃなんねえ」

「安さん、まだかえ」

そういったおたきが、誰かとぼそぼそ話を始めた。男の声だ。なにやら相談がまとまったのか、おたきがいった。

「あのさ、うちに来てもらうことになったから。顔を洗って、さっさとおいで」

安次郎は返答をして、信太にまだ寝ていろといい、立ち上がった。

着替えを済ませ、軽く鬢《びん》と髷《まげ》をなでつけた。手拭《てぬぐ》いを首にかけ、心張り棒をはずして、表に出る。

井戸端には、まだ誰もいなかった。空を見上げると、東が薄明るくなってはいたが、消えかかっている明けの明星が見えた。

水を汲《く》み上げた桶《おけ》に指を差し入れると、その冷たさが心地よかった。顔を洗い、ようやく眼がしっかり覚めた。

おたきの家に向かうと、笑い声が聞こえてくる。

「おたきさん、安次郎です」

「ああ、ようやく来たよ。いいから、開けて入んなよ。お待ちかねだよ」

まったく陽《ひ》の上がりかけから叩き起こされたのだ。少しくらい待たせても、こちらに非はない、と安次郎は憮然《ぶぜん》としながら、障子戸を開けた。

「安次郎、すまなかったな」

おたきと相向かいで座っていたのは、大橋新吾郎だ。友恵の兄で、一橋家に仕えている。安次郎の実家である田辺家も一橋家の勘定方であったことから、家同士で行き来をする間柄だった。

「出仕前に、というわけか」

安次郎は、おたきの家に上がる。おたきが、「じゃあ、あたしは、信坊の様子をみているからね」と、腰を上げ、出て行った。

新吾郎と向かい合う。

「信太との暮らしはどうだ？」

「馴《な》れた、というのも妙な言い方だが、やはり信太がいると、いままで以上に張りが出る。これも妙か」

「いや、そうではなかろう。これまでも銭は女房どのの実家へ渡していたのだろうが、いまは我が子が眼の前にいるのだ。そう感じるのは当然だ」

新吾郎が、おたきの淹《い》れた茶を口にした。

「わざわざ様子伺いに、おれを叩き起こしにきたわけじゃないのだろう。新吾郎、実はおれもお前に会いに行くつもりだった」

安次郎の言葉に、新吾郎が、むっと口許《くちもと》を歪《ゆが》めた。

長屋が騒がしくなってきた。信太は朝餉《あさげ》を急いでかき込んだのか、「じゃあ、父ちゃん、遊んでくるよ」と、おたきの家に顔を出し、すぐに身を翻《ひるがえ》した。

「おい、信太待て。挨拶《あいさつ》をしていけ」

信太は振り返ると新吾郎を見て、きょとんとした表情をした。

「ずいぶん前に会ったことがあるが、もう忘れておるだろう。私は大橋新吾郎だ」

あっと、信太が大声をあげた。

「友恵さんの兄ちゃんか」

安次郎は、苦笑した。

「ああ、そうだ。兄ちゃんだよ」

「父ちゃんとおいらが、お世話になっております。狭い所ですがごゆっくり」

信太はぺこりと頭を下げた。

「おい、信太！」

安次郎が大声をあげると、

「よせよせ。小生意気なのが昔のおまえによく似ている」

新吾郎が破顔した。安次郎は、おれはあんなではなかった、と新吾郎を睨《ね》めつける。

「あ、信太」

「信太兄ちゃん」

通りに出た信太を、次々に子どもたちが呼ぶ。

独楽《こま》回しの一件から、信太は長屋の子どもらに一目置かれる存在になった。

左利きの彫師、伊之助に、不自由な右手でなく左手で独楽を回すこつを教えてもらい、長屋の子どもたちの前で堂々と披露したのだ。

曲がってしまった親指のせいで独楽が回せず、子どもらに馬鹿にされ、信太はしばらくの間、心を閉ざしていたが、同じ歳《とし》の庄吉は、いまは信太と一番の仲良しになった。庄吉は他《ほか》の子には内緒にしている神社の縁の下に連れて行ってくれたという。そこで庄吉は、自分で集めたきれいな石や蟬《せみ》の脱《ぬ》け殻《がら》、木の実などを自慢げに見せてくれたらしい。

新吾郎とは四《し》半刻《はんとき》(約三十分)ほど話をした。

新吾郎は帰り際、

「今日はおれが相談に来たのだが。まさか、こんな話になろうとはな。まあ、承知した。ただし、選択するのはあくまでも友恵だ」

そういって帰って行った。

安次郎は新吾郎が去った後、一旦家に戻った。おたきが安次郎の朝餉を用意してくれていた。すぐに食べ終え、家の障子を閉じて外に出ると、

「信坊も、もう大丈夫だね」

長屋の掃除をしていたおたきが声を掛けてきた。

「で、安さん、友恵さんの兄さんはなんの用だったんだい？」

それが、と安次郎がいい淀《よど》んでいると、

「いいんだよ。余計なこと訊《き》いちまった。ほら、あんたの叔父さんが、友恵さんの兄さんに何か頼んできたのかと思ってさ」

「叔父の用事ではありません。友恵さんの様子を窺《うかが》いに来たようです」

「なんだい。兄さんのくせに。妹の処《ところ》へ直《じか》に行けばいいじゃないか」

おたきが呆《あき》れた声を出した。

「行きづらいのでしょう。友恵さんは新吾郎の奥方と反《そ》りが合わずに飛び出したようですから」

「あらま」

と、おたきが眼を丸くした。

「それは、兄さんの奥方が悪いんだね。友恵さんは明るくて優しいお方だもの」

以前、おたきは病で倒れたとき、友恵に看病をしてもらっている。

「あんなにいい人はいないよ、安さん。お初さんだって、信坊のおっ母《か》さんになることを、あのお人なら許してくれるさ」

友恵の話が出ると、おたきの話は必ずこうなる。安次郎は苦笑しながら、「じゃあ、仕事へ行ってきます」と、おたきがまだ話し足りなそうな表情をしているのを遮って、木戸を潜《くぐ》った。

夏も過ぎ、秋に入った。今日も青い空が広がっていたが、これから先の時季も、摺《す》り場《ば》は厳しい。まだまだ残暑が残っているせいだ。暑さはなんとか我慢できても、梅《つ》雨時《ゆどき》とは違う湿気があるのだ。版木にも紙にも影響を及ぼす。

木も紙も水分を含むと伸びる。それが乾けば縮む。伸びを考えて、摺りを施さなければならない。夏から秋は気を遣う時季だ。

「おはようございます」

「あら、安次郎さん、どうしたの？」

長五郎の娘、おちかがたすき掛けをして摺り場を掃除していた。

「今朝は早く起きてしまいましてね」

「そうなの。あ、そっちも雑巾掛《ぞうきんが》けをしておいてね」

住み込みの小僧が、絵具皿の棚を拭《ふ》き始めた。

安次郎は自分の摺り台の前に腰を下ろす。

引出しから、馬連《ばれん》を出し、腿《もも》の上をこする。ん？　と首を傾《かし》げた。いつもと感触が異なっていた。

そろそろこいつも替え時かと、安次郎は思った。馬連は自分で作る。竹皮の撚《よ》り紐《ひも》を円座の形に渦状に巻く。それを芯《しん》として、和紙を幾枚も糊《のり》で貼付《はりつ》け、皿状に作った当て皮で押さえる。それを、竹の皮で包み、端を結んで出来上がる。幾日もかかるが、自分の手にしっくりくる物を作るのは、摺師として当然だ。安次郎は十枚ほどの馬連を常に用意している。色を置く範囲によって、あるいは摺り技によって馬連を使い分けているからだ。中には、三枚ほどで十分だ、という職人もいる。

「安、いやに早《はえ》ぇじゃねぇか」

朝餉を終えたのだろう、楊枝《ようじ》を咥《くわ》えながら長五郎が摺り場に入って来た。

「朝から色々ありまして」

ふうん、と長五郎はいつものように長火鉢の前に座った。

「まだ他の職人も来ていねえ。丁度いい。安、おれに隠していることたぁねえか?」

長五郎が、ぎろりと安次郎を睨《にら》んだ。

二

安次郎は、「なんのことですかい? 藪《やぶ》から棒に」と、長五郎の視線をそらせた。

「ったく、おめえも嘘《うそ》のつけねえ男だな。摺惣《すりそう》っていやあ、思い当たることがあるんじゃねえのか、ああん?」

安次郎は、息を洩《も》らした。

「え? どうした、安よ。昨夜、摺惣の惣右衛門がおれんとこに来やがったんだよ」

長五郎が楊枝を長火鉢の灰の中に、捨てた。

「あすこの息子、清八っていったか。そいつと摺り勝負やるって聞かされた」

「そうですか。惣右衛門さんが、いらしたのですね――」

「おめえ、いい歳して、なにを考えていやがる。昨日今日、摺師になったばかりのケツの青い奴《やつ》ならまだしも、腕競べなんてくだらねえことに乗せられやがって」

「すいやせん、親方。勝手をいたしました。今日にでも、お話ししようと思っていたのですが」

安次郎は、べつの馬連を取り出した。

もちろん、長五郎に黙っているつもりはなかった。まさか、惣右衛門から長五郎を訪ねてくるとは。向こうは向こうで、筋を通しておきたいという気持ちもあったのだろう。

たしかに、親方のいう通りだ、と安次郎は自嘲《じちょう》した。昨日今日、摺師になったわけじゃない。腕競べなど、くだらないことだ。

だが——。

「どうした、安。とはいえ、おめえのことだ。なんか訳があって、受けたんだろうとは思うがな」

長五郎は、ふんと鼻を鳴らして、

「聞けば、お旗本の嫡男の祝いの摺物《すりもの》だっていうじゃねえか。しかも、絵師は広重師匠だってなぁ。彫りは、彫源の伊之助なんだろう？　ちっと前に、あいつがここに来やがったが、伊之助との間になにかあったのか？　あいつの顔を立てなきゃならねえとかよ」

探るような眼を向けた。

「そうではありません。伊之助さんは摺惣さんとの仲立ちをしただけで。ただ……」

安次郎はいい淀んだ。

「お父《と》っつぁん、そんなに安次郎さんを責めるようにいわなくても」

雑巾掛けをしながら、ちらちらこちらの様子を窺っていたおちかが、堪《たま》らず声をかけてきた。

「おちかちゃん、いいんですよ。私が勝手をしたんですから」

「べつに責めているわけじゃねえよ。どうせ、摺り勝負するなら、皆を唸《うな》らせてくれねえとな。おまんまの安の名が泣くぜ」

と、長五郎は笑った。

「親方、すいやせん」

安次郎は頭を下げた。

「よっしゃ」

と、長五郎が手を叩いた。

「まだ霜月《しもつき》の袴着までは間があるが、安、おめえ、うちから誰を連れていくんだい？　惣右衛門のとこは、息子の清八の他に摺師をふたり入れるって話だ。そうなるとよ、摺惣と摺長の勝負になるかもしれねえな」

安次郎もそのことは、先日、惣右衛門の摺り場へ赴いた際に聞かされていた。

安次郎が摺惣を訪ねたのは、一昨日《おととい》の夜だった。

惣右衛門に呼ばれて居間に入って来た清八は、まさかという顔をしたが、安次郎が「摺り勝負の中身を聞きたい」というや、にやにやと口許に笑みを浮かべ、父親の惣右衛門の横に腰を下ろした。

「広重師匠の画《え》があがるのは、五、六日後。すぐに彫源さんとこの伊之助さんが彫る。伊之助さんには骨を折ってもらわなきゃならねえが、おれたちふたり分を彫ることになる」

彫りの技量に差があれば、摺りにも影響が出てくるからだろう。

「それと、こっからが面白えから、よく聞いてくんな」

清八が、小鼻を膨らませた。安次郎は清八を見つめる。

「せっかくの摺り勝負だ。ただ摺って、出来を比べたんじゃ面白味がねえ。そこでだ」

勝負の日まで、広重の版下絵《はんしたえ》はおろか、校合摺《きょうごうず》りも見ない。当日、渡された版木と色差しだけで摺る、といった。

安次郎はそれを聞いて驚いたが、たいしたことではない。

錦絵《にしきえ》は、まず絵師が版下絵を描く。その版下絵は版木に貼られ、彫りを施す際に消えてしまう。そのため摺師が版下絵を眼にすることはほとんどないからだ。

摺師は、色差しされた校合摺りを見、色版を確かめ、摺りの順番を決める。通常は薄い色から濃い色を摺っていく。通常と異なるのは、校合摺りが見られないというぐらいだ。

絵師と版元の前で試し摺りをするのと大差はない。

表情を変えない安次郎が気に染まなかったのか、清八は、

「それと、摺り技は摺師の裁量に任せると広重師匠がいいなさった」

といって、にやっと笑った。

なるほど。安次郎は得心がいった。

摺師は、絵師が指定する摺り技にも応《こた》えなければならない。

絵師からの摺り技の指定がないということになれば、錦絵を活《い》かすも殺すも、摺師に託されるということだ。

広重師匠は、それでどちらの錦絵の出来がよいか判断するということだ。絵師として、それは納得できるのだろうか。

「どうだい面白い趣向だと思わねえか？　安次郎さんよ。あんたも、おまんまの安と二つ名があるお人だ。いまさら、引くなんて野暮はしねえだろう？」

清八が、不敵な笑みを浮かべている。

相手が望むことをきっちりこなす。ああだこうだと言い訳をするのは自分に腕がない証《あかし》をさらけだすようなものだ。与えられた仕事に四の五のいわない。それが職人としての矜持《きょうじ》だ。

校合摺りは見られなくても、主版があれば、全体の画はわかる。色版の色も決まっているのであれば、さほどの苦労はない。

頭の中で、画を組上げていけばいいことだ。

ただし、どう摺り技を使うかで、画は大きく変わる。美人画や役者絵であれば、色の比重が大きい。もちろん、雲母《うんも》を使った雲母《きら》摺《ず》りなどもあるが、あくまでも人物を引き立たせる摺りだ。しかし、広重師匠は、風景画を得意とする。

彫りの段階で版木をわずかに削る板ぼかしというものがある。それは、指定された色を版木に置いて、決め込めば、ぼかしになる。けれど、地《じ》潰《つぶ》しのように、彫りが施されていないものは、どうするか。

青い空でも、上から下に色を薄くしていく、下げぼかし、その逆の上げぼかし。どちらを用いるかで、画の雰囲気ががらりと変わる。

あるいは、広重師匠の『東海道五拾三次』で見られた一文字ぼかしだ。上部をわずかに残し、その下部に刷毛で横に色を引く。それを馬連で摺りあげる。刷毛の使い方が肝心要《かんじんかなめ》な摺りだ。

これまで版行された錦絵でも、多くの摺り技を用いている。

名所の広重を唸らせるものが摺れるか、安次郎は考えこんだ。一文字ぼかしを多用している広重師匠のご機嫌取りのように、それを用いるのは愚《ぐ》の骨頂だ。下手をすれば、画に添わない摺りになるからだ。しかも、広重師匠がどのような画を描《か》いてくるかもわからない。

色差しも、その時になってからでないとわからないのであれば、絵の具もどれだけ必要か。

一旦、べつの色を摺り、その上からまたべつの色を摺るかけ合わせなら、なんとか対処もできる。ただ、それもかけ合わせが必要な画であることが前提だ。色がないから作ったような、ちぐはぐな物にしては台無しになる。

やはり摺り技は、校合摺りを見てからでないと決められない。

なるほど、厄介な勝負だ。だが面白いと安次郎は心の中で思った。

「どうしたい？　ちっとばかし顔色が変わってませんかね。さ、返答をしてくだせえよ。まさか、話を聞いて臆病風《おくびょうかぜ》に吹かれたんじゃねえでしょうね？　広重師匠も楽しみにしていなさるんだ」

清八が安次郎を強く見つめながら、詰め寄ってきた。

安次郎は清八を見返しながら、口を開いた。

「ひとつ、訊きてえことがあります」

清八は、ああ？　なんだよ、と面倒くさげに返事をした。

「おれとの腕競べのまことの訳を知りたいんですがね。おまえさんの口から」

清八が、むっと口許を歪めた。

「伊之助さんから伺ったのは、国貞師匠がおれを褒《ほ》めたからだと」

清八は、ふんと鼻を鳴らし、裾《すそ》を捲《まく》りあげ、あぐらを組んだ。

「ああ、そうだといえば、満足かい」

「それだけではないでしょう？」

安次郎は静かな声でいった。

清八が、ぎりっと歯を嚙《か》み締めた。

「そういう取り澄ましたところが気に食わねえんだよ。おまんまの安なんて名を持ちやがって、偉ぶるんじゃねえ。職人はただの職人だからな」

「よさないか、清八」

父親の惣右衛門がたしなめた。

「おれは、偉ぶるつもりもありませんし、おまんまの安も、自分からいい出したものじゃありませんのでね。べつに誰がそう名乗ろうが、構うことじゃありません」

清八がさらにいきり立つ。

「だいたい、おまんまの安が、どういう意味かご存じでしょう?」

安次郎はいまにも飛びかかってきそうな勢いの清八を見つめる。

「飯のくいっぱぐれがねえ、職人の意ですよ。それだけのことだ」

「てめえ、ぬけぬけと。その物言いに腹が立つんだよ」

なにがそんなにも清八という男を憤らせているのか、安次郎には見当もつかない。

ただ、安次郎のうちからふつふつと涌《わ》き上がるものを感じた。これまで、摺師として多くの錦絵を摺ってきた。

おまんまの安と呼ばれてはいるが、摺師はあくまでも絵師の黒子《くろこ》。賞賛を受けるのは、絵師なのだ。

国貞師匠は、絵師と彫師、摺師があってこその錦絵だという考えを持っている。

だが、それも絵師という圧倒的な存在があってこその、職人でしかない。

名も残らない、残せないただの職人なのだ。

しかし――。

たった一度だけでもいい。絵師の眼を引ん剝《む》かせるような摺りを施してみたい。その機会が、この腕競べなのだとしたら、挑んでみる価値がある。清八との勝負ではなく、自分との勝負だ。

安次郎は、清八をさらに強く見つめた。

清八がわずかに怯《ひる》んだように口許を引き結んだ。

「わかりました。訳をお訊《たず》ねするのは、よしましょう」

清八が、訝しげな顔をしたが、

「受けるんだな」

念押ししてきた。

「お受けいたします」

清八が安次郎を睨めつけてきた。

「あともうひとつある。広重師匠と注文主の旗本《はたもと》のご隠居には、おまえさんとおれと、どちらが摺ったものかは知らせねえで決めてもらう。もし分かれた時には、版元が勝敗を下す」

「わかりました」

摺師のおれが、広重の画を、広重自身も想像できなかった画にしたい。

そんな感情が生まれるとは、思ってもみなかった。

おれは、摺師だ——。

「では、惣右衛門の親方。お手配よろしくお願いいたします」

安次郎は、惣右衛門へ頭を下げた。

三

直助が、口に飯を頬張《ほおば》りながら、文句を垂れる。

「あんの、くそ生意気な清八って野郎を、けちょんけちょんにして、ごめんなさい、と詫《わ》びを入れさせなきゃおさまらねえ。おまんまの兄ぃを見くびってやがる」

飯台の上に、お利久が銚子《ちょうし》を置いた。

「あらあら、直さん、頭から湯気が出ているわよ」

「あったりめえですよ。おまんまの兄ぃに摺り勝負を挑んできた馬鹿がいるんですから」

「摺り勝負？」

お利久が眼を丸くした。

「そ、どっちの摺りがいいか競うんです」

「それは大変。でも、安次郎さんがそんな勝負を受けるなんて」

安次郎は猪口《ちょこ》を手にして、わずかに口の端を上げた。

「さあて、どうして受けたのか、私にもわからないんですよ」

お利久が小さく、嘘つき、といった。

「なにかお考えがあるのでしょう？　たとえば」

お利久が微笑《ほほえ》んだ。

「友恵さまですよ、友恵さま」

直助が、口から飯粒を飛ばした。

「汚ねえな」

「あ、すいやせん」

飯台に飛んだ飯粒を指でつまみ上げて、直助が口に入れる。

お利久が、ほらやっぱりと盆を胸に抱えた。

「ご縁談の件でしょう？」

「それが、今朝方、新吾郎が訪ねてきましてね」

「友恵さまの兄上？」

「げっ」

直助が焦ったように口許を手で覆い、

「そんで、どんな話をしたんですかい？」

身を乗り出してきた。

「新吾郎は、縁談を受けるよう私から説得してもらえないかといってきました。先日、こちらで友恵さんを交えてお話をしましたが、友恵さんは、あの調子です」

友恵は、大橋の家と縁を切っても構わないといい出し、それを止めるや、

「死んだことにしてしまえばいいのです」

と、いった。

さすがにそれは駄目だと直助がたしなめたほどだった。

「友恵さまから、縁談を断って欲しいと、安次郎さん、頼まれていたのじゃないです

か？」

　お利久がいった。

　ええ、と安次郎は頷《うなず》いた。

　直助が、面倒くせぇと首をぶるんと振った。

「つまり、兄ぃは、友恵さまからは縁談を断るよう頼まれ、兄上さんからは、説得してもらえないかといわれたってことじゃねえですか？」

「そういうことになるな」

「けど、頼んできたのは友恵さまのほうが先なんですから、新吾郎の兄上さんには断りを入れたんでしょうね？　友恵さまには、その気はねえって」

「それで済んだなら苦労はないさ」

　安次郎は、煮豆腐に箸《はし》をつけた。

「家格も申し分ない。人物も温厚。お役にも就いている。先妻に先立たれ、嫡男は五歳」

「けど、そんなこと聞かされたって、顔も知らねえ男に嫁ぐなんて。それに五歳の子がいるんでしょ？　せめて互いに会ってから決めてもらうとかできねえんですか」

　それはないな、と安次郎はいった。

「縁談が決まれば、向こうの使者が結納だのなんだの話を進めて行くだけだ」

直助が一瞬押し黙った。

「ああ、もう焦《じ》れってえな。友恵さまの縁談の相手は、摺り勝負の摺物を注文してきた旗本でしょ。だから、その勝負に兄ぃが勝ったら、友恵さまを好きにさせてやってくれと、いったんじゃねえんですか？」

まあな、と安次郎は小さく応えた。

「ああ、よかった。じゃなきゃ、兄ぃの代わりに、おれが新吾郎の兄上さんに伝えようと思いましたよ」

「ただな、武家にも立場ってもんがある。たかが町人の、しかも摺師の腕競べで、縁談を反古《ほご》にできるほど、容易じゃねえよ」

直助が、眼をしばたたく。

「たとえ、新吾郎が同意しても相手先を説得するのは難しかろうな。なにせ、新吾郎のご妻女の縁戚《えんせき》だ」

ああ、と直助が頭を抱えた。

「んじゃ、勝負なんかしてもなんにもならねえってことじゃないですか」

だな、と安次郎は笑みを浮かべる。

「笑うとこじゃねえでしょう。兄ぃは、友恵さまのこと、ほんとにどう思っているんですか？　おれは、友恵さま、兄ぃのことが」

「直。馬鹿いってるんじゃねえよ」

「だいたい、縁談相手の旗本は、五歳の子の母親代わりをさせようって魂胆《こんたん》ですよ。そんなの可哀想《かわいそう》だ」

「直、それならおれにだって、信太って子がいる」

あっと、直助が俯《うつむ》く。

「でも、兄ぃとそっちの旗本じゃ、付き合いが違うじゃねえですか。信坊だって、友恵さまになついているし」

「いや変わらねえ。信太の母親はお初ひとりだ。旗本の嫡男だって、先の奥方が母親なんだ。代わりなんていねえよ」

でも、と直助が肩をすぼませた。

「おれは逆ですよ。今の親父は本当の親父じゃねえ」

安次郎は、はっとした。

直助の実の父親は自分の弱さのはけ口として母親を足蹴《あしげ》にし、殴《なぐ》っていた。結局、酔って川に落ちて死んだが、その後、母親は今の小間物屋の主人の後妻になったのだ。

「けど、母親もおれも大事にしてくれる親父には感謝してます。血のつながりはなくても、あすこが、おれの家だって思えるから」

「じゃあよ、直。その旗本だって友恵さんを大切にしてくれるかもしれねえじゃねえか」

「それはそうですけど。じゃあ、兄ぃは友恵さまが嫁に行ってもいいと思っているんですかい？」

安次郎は応えなかった。

お利久が、小首を傾《かし》げた。

「でも不思議ね。安次郎さん、どこか楽しそうに見える」

「はあ？　お利久さんまでなにをいってんです？　楽しくなんかありませんよ。これは友恵さまの人生がかかっているんですよ」

安次郎は、直助を見つめて、口を開いた。

「ならなおさらだ。こんなくだらねえ腕競べで友恵さんの人生を左右しちゃいけねえだろうよ」

そうかもしれねえですけど、と直助が気に入らない顔をする。

「たしかにはじめはそう思った。友恵さんが頑《かたくな》に拒《こば》んでいる縁談をなんとか反古にしてやりたかった。この勝負でそれができるならな。その気持ちに嘘はねえ」

けどな、と安次郎は箸を置いた。

「決めるのは、友恵さんだ。縁談が嫌ならば、きちんと新吾郎ともご妻女とも向き合うべきなんだ。隠れていたらなにもできねえ。おれに頼ってもなんにもならねえんだよ」

直助が唇を噛み締めた。

「やっぱり、兄ぃは冷てえよ。友恵さまは兄ぃを頼りにしていたんだぜ。なんで、頼りにしてぇか、わかってるでしょう?」

ぐすっと泣きべそをかき始めた。

「まあまあ、直助さん。人に頼るのも、頼られるのも難しいことですよ。友恵さまはお強い方です。ご自身のことはご自身で決められるのではないですか?」

直助は眉尻《まゆじり》を下げた。

「だってさ、お利久さん、お武家ですよ。お武家は体裁とか気にするから、それこそ、友恵さまをバッサリ」

「するわけねえだろう」

安次郎が呆れた。

と、縄のれんを潜って、若い男が店に入って来た。

「おいでなさいま、せ……あら、新吉さん、でしたっけ？」

お利久の声に直助が振り返る。

新吉は弾むような勢いで、お利久に近寄ると、

「覚えていてくださいましたか？　やあ、これは嬉《うれ》しいなぁ」

さりげなく、お利久の手を握った。

お利久はわずかに腰を引きながら、

「ほんに、お久しぶりでございますね。いまはどちらの摺り場にいらっしゃるの？」

と、訊ねた。

「ああ、芝の方に行ってましてね。そっちの仕事を終えたんで、また摺長さんにお世話になることになりまして」

新吉は渡りの摺師だ。彫師とは違い、摺師は馬連一枚で仕事ができる。新吉はまだ若いが、様々な摺り場で仕事をしている。それだけ腕を見込まれているからだ。

「入ってくるなり調子のいいことをしてやがる。お利久さんの手を放せ、こん畜生！」

おや、と新吉が喚《わめ》く直助に眼を向けた。

「こまんまの直さん、久しいね。元気そうでなによりだ」

「うるせえ」

直助が腰を上げかける。

「おっと、いけねえよ。ほら、女将《おかみ》さんから手を放したから許してくんな」

新吉は、どこの摺り場でも腕を買われているが、少しばかり女癖が悪いという評判が立っている。けれど、騙《だま》したり、たらし込んだりすることはない。口が上手《うま》くて、女をいい気分にするのが好きなのだ。

「新吉さん、悪いな、呼び出しちまって」

「いいってことよ、おまんまの兄ぃの頼みとあれば、どこだって」

えっと、直助が眼を剝いた。

新吉は、草履《ぞうり》を脱ぎ、直助を横に押しのけながら、小上がりに腰を下ろした。

「新吉を呼んだのは、兄ぃなんですか？」

ああ、と安次郎は頷いた。

「なんでこんな奴」

むっとした顔で直助は横に座った新吉を睨めつける。

「おれが、親方に頼んだんだ。新吉さんの身体《からだ》が空いていたら、摺長に来て欲しいってな」

摺惣でもふたりの摺師をつけることになっている。摺長ではそのひとりを新吉にしたかったのだ。

もちろん、摺長の職人の技量が劣っているわけではない。仕事をかっちりとこなす者ばかりだ。しかし、急場をしのげる職人なら、新吉以外には考えられなかった。渡りの職人は、急ぎだろうと、どんな色版を任されようと仕事をこなす。様々な摺り場を渡っているだけに、絵師や彫師の癖も数多く見ている。

それが新吉の強みだ。

新吉は、早速猪口を取った。

「あ、それおれのだ」

「いいじゃないですか、一時は一緒に飯を食った仲だ」

直助の猪口に手酌で酒を注《つ》いで、一息に飲み干した。

「長五郎の親方からは？」

安次郎が銚子を掲げる。新吉が嬉しそうに空になった猪口を差し出した。

「へえ、大まかなことは聞かされて参りました。それにしてもあの野郎、相変わらず横柄な奴だと呆れましたよ」

直助が、驚き顔をして訊ねた。

「清八って奴のこと、知ってるのか？」

「ああ、あっしが渡りの摺師になってすぐだったかな。摺惣で世話してもらったんですがね」

鼻っ柱が強く、摺り場の職人が版ずれでもしようものなら、半ちく者でも許さない。

「確かに、あすこの摺り場は、お武家や大店《おおだな》の摺物がほとんどですからね。絵師も皆一流どころを扱ってますし、彫師もほとんど変えません。いまも伊之助さんがかかわっていると聞きましたが」

「でも、伊之助さんは、彫源の職人じゃねえか」

直助がぶっきらぼうに訊ねる。

「摺物の時は、版元が指定するんだよ。彫源にとっても悪い話じゃねえから、そういう時は伊之助さんを貸すんだ」

伊之助の腕なら、間違いはない。髪の生え際などの毛割りも、いくら摺っても潰《つぶ》れたことがない。

「しかし、安さんに勝負を挑むなんて、よほど何かあったんでしょうね。噂《うわさ》じゃ、国貞師匠の一件だと聞きましたが」

直助が慌てた。

「そんなことが、噂になってるのか？」

新吉がきょとんとした顔をした。

「あれ、知らぬは当人ばかりなりって奴か。版元や絵師の間でも流れてますよ。おまんまの安と伊之助に、仕事を頼みてえって絵師が増えてるようで」

お利久が猪口と銚子を持って来た。

「新吉さん、夕餉《ゆうげ》は？」

「ああ、女将さんが見繕ってくだせえ。ここの飯は、みんな美味《うま》いから」

「あらあら、恐れ入ります」

お利久はにこりと笑って、板場に戻った。

けっ、また調子いいこといいやがって、と直助が小声でいった。

しかし、それだけではなさそうだと、安次郎は思っている。摺惣に出掛けたとき、勝負を持ちかけてきた訳を国貞師匠がおれを褒めたからかと訊ねたが、

「ああ、そうだといえば、満足かい」

清八は応えた。

その物言いは、どちらにも取れるような感じを受けた。多分、国貞師匠のことが引っかかっているのも確かではあるのだろうが、それ以外にも清八の中に澱《よど》んでいるも

のがあるような気がしてならなかった。

「ところで、こちらは安さんとあっしと、後もう一人は誰を連れて行くんです？」

新吉の言葉に直助が俯いた。

「差し出口かと思いますが、あっしは、直さんがいいと思っておりますよ」

直助が、新吉を穴の空くほど見つめた。

「摺長で厄介になってた頃、直さんが、安さんの摺りをいつも熱心に眺めているのを感心して見ておりました。仕事仕舞いの後に、一人で修練を重ねていたのも知っております」

ちょ、ちょっと待った、と直助が叫んだ。

「あんた、いつだって仕事終わりにゃ、一番早く帰っていたじゃねえか、なんでおれのそんなところ見てたんだよ。いい加減なこというんじゃねえよ」

新吉がにやっと笑った。

「仕事は終わっても、おちかちゃんとよく話をしていたからなぁ。で、その帰り際に、よく直さんの姿を見たってわけさ」

しれっと新吉がいったが、

「お、おちかさんと話をしてただと。てめえ、やっぱりおちかさんに」

直助はいきなり新吉の襟首を絞り上げた。

他の客がなんだなんだと、安次郎たちのほうを見る。

「やめねえか、みっともねえ」

安次郎が止めると、直助はむすっとした顔で手を放し、しゅんとした。

新吉は息を吐いて、襟を整えた。

「ったく、おちかちゃんのことになると、直さんはすぐ頭に血が上っちまうらしい。だって、いい娘《こ》だものなぁ。あの親方の子だとは思えねえくらい愛らしいし」

「そうだよ。おれだってそう思ってるんだ」

ぶつぶつ呟《つぶや》く直助の肩に新吉がいきなり手を回した。

「おちかちゃんによ、どんな男が好きかと訊いたら、真《ま》っ直《す》ぐで正直で、あわてん坊だけど、頼り甲斐《がい》があって、面白い人だとよ。なかなか贅沢《ぜいたく》な好みだなって笑ったら、おちかちゃん、いないこともないけどって頰《ほお》染めてたぜ」

真っ直ぐで正直で、あわてん坊だけど、頼り甲斐があって、面白い人――と、直助が繰り返した。見れば、いつの間にか表情がほころんでいる。

「よくぞ訊いてくださった、新吉さん」

直助は、妙に照れながら新吉の猪口に酒を注いだ。

安次郎は、ため息を吐《つ》く。誠か嘘かはわからないが、直助はすっかり自分のことだと思っているようだ。なんとも幸せな奴だと、苦笑しつつ、安次郎は口を開いた。

「もうひとり連れて行くのは、直に決めていたので、ここに連れてきたんですよ、新吉さん」

本当ですかい？　と直助が惚《ほう》けた顔をする。

「おれはてっきり、古参の職人だと思ってたんで、そんな。いや、兄ぃ」

「広重師匠は一文字ぼかしを用いるものが多い。おまえは得意だからな」

うわっと、直助が泣き出した。

「よかったなぁ、直さん。三人で頑張ろうな」

新吉が直助の肩を揺する。

「当たり前《め》ぇだ。おめえにいわれなくたって、わかってら」

直助が顔を伏せたままいい放った。

板場から、こちらを覗《のぞ》いていたお利久が微笑んだ。

「女将、酒と茄子の煮浸しだ」

「はい、ただいま」

他の客の注文にお利久は忙しげに動き始めた。

四

新吉は飯を食べ終えると、再び酒を口に運んだ。

直助は、酒が過ぎたのか身体を丸めて寝息を立てている。

「よく寝てらぁ。摺り勝負に連れていってもらえるのが、よほど嬉しかったんでしょうかね」

ああ、と安次郎は頷いたが、むしろ、おちかが自分に気があるかもしれないと有頂天になって、呑《の》み過ぎたのだと思っている。

「で、安さん、摺惣の摺師は聞いてますか?」

長五郎から、今朝聞かされた。こちらも決まったら、摺惣へ伝えることになっている。

「たしか、寛太郎《かんたろう》というそこそこ若い摺師と、古参の職人で佐治《さじ》、それと清八の三人だ」

「そうですか」

「ただ、それを聞いても、こちらとしては何をするわけじゃねえ」

新吉がじっと安次郎を見た。

「古参の佐治を選ぶのは当たり前のことです。なんたって、摺惣の職人頭で、大師匠連の錦絵、摺物をいくつも手掛けていますから。おそらく広重師匠の好みや趣向もよく知っているはずです。ただ」

安次郎は猪口を傾けた。

もう客の姿はない。板場からお利久が器を洗っている音がするだけだ。すでに縄のれんは店の中に入れてあった。

新吉が声をひそめるようにいった。

「もしそれが本当なら、寛太郎がわかりません。寛太郎は摺惣の親方の娘婿《むすめむこ》です」

「わからなくはないだろう、娘婿なら」

新吉が首を横に振った。

「違うんです。清八と寛太郎は、仲が悪い。そのふたりが組んで、この勝負に出てくるのは、少々おかしい」

安次郎は銚子を取る。

「長五郎の親方もいっていたが、これは摺長と摺惣の勝負にもなるだろうってな。それを考えれば、娘婿にしたぐらいの者なら腕は確かなんだろう」

「もちろんです」

ものによっては、清八よりも上かもしれません、と新吉がいった。

「清八よりも上？」

「得意としているのが、ごま摺りです。馬連の力加減で、ごまを散らしたような、ざらついた風合いを出す技法です。一色なのに不思議な色合いになる。馬連を使いこなせなきゃできねえ技です」

安次郎もその摺りは施したことがない。馬連にかける圧の違いで色の濃淡は出せる。それとも違った色が出せるということか。

「それに、摺物は、武家や大店の仕事が多いだけに、摺り技も凝ったものが多い。摺物は私家版ですから、お上からの咎《とが》めもありません。色も技もふんだんに使えます。豪華絢爛《けんらん》、贅沢三昧《ざんまい》の画が作れるってわけです。後摺《あとずり》で色数を減らすなんて野暮はしねえ、ベロ藍《あい》も雲母も使いたい放題です」

その代わり、版ずれなんかは絶対にできない、と新吉は笑った。

「それだけに摺物は、この勝負に誰が出てきてもおかしくねえんです。なのに、仲違《なかたが》いしている寛太郎を出してくるのが、引っかかりますね。清八が父親の言いつけに、はいそうですか、と頷くようなタマじゃねえのは、お分かりでしょう？」

安次郎は、息を洩らした。

新吉のいう通りだ。初めて顔を合わせた時でさえ、突っかかってくるような血の気の多い男だ。

清八の憎悪にも似た感情は、安次郎でなく寛太郎に向けられているものではないかと思った。

だとすれば、この勝負――。

おれたちは、ただの兄弟喧嘩《げんか》に引きずり出されただけなのか。

いや、そんなことはどうでもいい。おれは、当代一の名所絵の描き手を唸らせる摺りを施すだけだ。

お利久はさすがだ。

おれが、この勝負に何かべつの意義を感じていたことに勘付いていた。

「ひと悶着《もんちやく》起きなきゃいいがなぁ」

新吉がぼやいた。

「なあ、新吉さん。広重師匠がどんな画を描いてくるのかはわからねえが、摺師が創る画を見せてやりてえと思っている」

新吉が、へえと驚いた顔をした。

「安さんが、そんなお人だとは思わなかったな。面白ぇ。こんな勝負に一枚噛ませてくれたことに礼をいいますぜ」

新吉と安次郎は、わずかに残った酒を注ぎ、互いに呑み干した。

眠ってしまった直助を揺り起こしたが、おちかさん、と寝言をいい、抱きついてきた。お利久が笑いをこらえている。

「しょうがねえなぁ、直さんは。あっしが送りましょうか」

新吉がいった。

「いや、おれが連れて行く。新吉さん、悪いが直助を背に乗せてくれるか」

安次郎は直助の草履を懐《ふところ》に入れ、腰を屈《かが》めた。

「あーあ、男の身体はゴツゴツしてて、嫌だな」

新吉はそういいながら、安次郎の背に直助を乗せた。

「じゃ、女将さん、また来ますよぉ」

「お利久さん、遅くまですまなかったな」

お利久は、首を振って、

「いいですよ。お気になさらないでくださいまし。おやすみなさい」

表に出てきた安次郎たちに提灯《ちょうちん》を渡し、店に戻った。

「あんないい女なのに、惚れた男はいねえのかな。もったいねえな」

新吉が店を振り返る。もう、明かりは消えていた。

お利久が愛した男は死んだ。それから浮いた噂のひとつもない。いつか来る幸せを待っているのか。それとも、幸せだった日々を抱えたままでいるのか。

安次郎とて、同じだ。

死んだ女房のお初と暮らしたわずかな時を、未だ忘れられずにいる。ただ、何気なく続く暮らしのわずかな隙間《すきま》に、ふとべつの思いが入り込んでくることがある。それに戸惑う自分がいるのは確かだ。

「安さん、提灯大丈夫ですか？　やっぱり一緒に行きますよ」

「いや、大丈夫だ」

安次郎は、片手で提灯を持ち、もう片方の腕で直助を支えていた。

「じゃあ、あっしはこっちなんで。摺長には、明後日《あさって》から顔を出しやす」

「ああ、頼む」

新吉は、御成道《おなりみち》の方へと去って行く。ほのぐらい提灯の明かりが次第に遠のいていった。

温《ぬる》い風が、安次郎の頰をかすめていく。柳の葉が音を立てて揺れていた。草むらから聞こえてくる虫の音と、直助の鼾《いびき》が妙に合っているのが、おかしかった。

「しかし、重いな、こいつ」

直助を背負い直したとき、不意に鬢付け油の香りがしたような気がした。直助のものじゃない。友恵を負《お》ぶい大橋家まで送った夜のときだ。

酒を呑み、桜色に染まった頰を思い出す。あの頃《ころ》から友恵は大橋の家を出て、市井で暮らすことを考えていたのだろうか。

けれど、それはただの身勝手に過ぎない。どんな訳があろうとも、武家の娘は家長に従わなければならない。女子といえども、直参《じきさん》であるならば、それは主家に仕えていることと同じだ。

好きなように生きるなどしてはならないことなのだ。

ただ——。

直助の住む長屋の木戸を潜る。

安次郎の視線が、自分でも気付かぬうちに友恵の家に向けられた。まだ明かりがついていた。安次郎は足音を忍ばせながら歩いた。友恵と顔を合わせるのは、はばかられた。いまはなにを話していいのかわからない。直助の家の前で提灯を置き、腰高障子に手をかける。

さっさと、直助を家に転がして、戻ろう。

開かない。立て付けが悪いのか、力を込めてもびくともしない。がたがたと音がするだけだ。

「一旦、奥に押しやってから引くんです」

背の直助が小声でいった。

「てめえ、いつから起きていやがった」

安次郎が直助を振り落とそうとすると、

「直助さま、おかえりなさい」

向かいの障子が開き、友恵が顔を出した。

「安次郎さま？」

友恵の眼が見開かれた。

「こいつが、お利久さんのところで酔っ払って眠っちまったものですから。おい、直。起きているんなら、降りろ」

「兄ぃの背があったかくて気持ちいいもんだから、つい」

「気持ちの悪《わり》ぃことというんじゃねえ。このまま落とすぞ」

「ああ、待ってくださいよぉ。酔っ払いは丁寧に扱ってくれないと」

安次郎は舌打ちして、腰を屈めた。直助が酒臭い息を吐いた。酔っているのは本当なのだろう。足下がおぼつかなく、家の壁に背を預けた。

「ほらほら、直助さま。あ、安次郎さま、提灯をかざしてくださいませんか」

「あ、ああ」

安次郎は、地面に置いた提灯を再び手にとった。友恵が直助の家に上がり込むと、夜具を敷き始める。

「直助さま、お布団敷きましたから」

「へえい、かたじけのうございますぅ」

身をぐらぐら揺らしながら家に入ると、夜具の上に倒れ込み、すぐさま鼾をかき始めた。

「まったく、しょうのねぇ奴だ」

「あの、信太ちゃんは?」

「今夜は、おたきさんのところで面倒を見てもらっております」

そうですか、と友恵が顔を伏せた。

「では、私はこれで」

安次郎が身を返すと、

「安次郎さま」

友恵の抑えた声が背に届いた。

安次郎は足を止めたが振り返らなかった。

「夕刻、兄から文が参りました」

友恵がいった。

「おまえの暮らしを見せろと記してありました。長屋暮らしのおまえの姿が見たい。その代わり、いつ参るかは知らせぬゆえ、取り繕うことなどできぬからそのつもりでいろ、と」

なんとも新吾郎らしい文言だ。

「兄上になにか、おっしゃってくださったのですか？」

「たいしたことはいっておりません」

「でも、摺りの腕競べをするとか。その摺物の注文主が、わたくしの縁談相手の家だそうですね。先日、利久さまの処で話されていたのはそのことでしょう？」

新吾郎め、そこまで書いたのか。安次郎は、軽く首を回した。友恵の顔が少しばかり張り詰めているように見えた。

「気になさらないでください。これは、摺師同士の技の喧嘩です。職人として挑んでみてえと思ったまでです」

「ご武運《ぶうん》をというのもおかしなものでしょうけれど」

友恵が薄く微笑んだ。

「いまさら武士の意地なんてものはありませんが、ありがとうございます」

安次郎は礼をいい、そのまま木戸に向かった。

「安次郎さま」

「まだ、なにか？」

安次郎は軽く笑みを浮かべて、振り返った。

「わたくしは、ただ己の我《わ》が儘《まま》で家を飛び出しました。武家など窮屈で、その上、出戻りのわたくしの居場所も大橋にはなく。義姉《あね》上からは、早く次に嫁がなければ女としての価値が下がると言われ、悔しくて――」

友恵は一旦、唇を嚙み締めてから、思いの丈《たけ》を安次郎にぶつけるように話した。

「けれど、今は違います。読み書きを学ぶ子どもたちの嬉しそうな顔を見ることが楽しくて仕方がないのです。子どもたちは懸命です。多くの疑問を持ち、知識を得ることに貪欲《どんよく》です。わたくしは、その姿を見ながら、自分を省《かえり》みることもできました」

わたくしもまだ学ぶべきことがある、多くの疑問を持ってもいいのだと、そう友恵はいった。

「それが新吾郎に伝わるといいですね」

「はい」

友恵が力強く頷いた。

安次郎は歩き出し、木戸を潜った。

振り返ると、まだ友恵の姿があった。

五

葉月《はづき》初旬、小雨の中、名残《なごり》の蟬が鳴いていた。摺り場はどことなく湿っぽい。

「ごめんくだせえ。彫源の伊之助です」

表で大きな声が響いた。

「兄ぃ、伊之助さんが来た」

直助が色めき立った。新吉も安次郎を見つめ、頷きかけてきた。

「失礼いたします。長五郎の親方、此度《こたび》はありがとうございました」

摺り場から続く座敷に座る長五郎へ伊之助が頭を下げた。

「おいおい、伊之助さんが頭を下げるこっちゃねえ。おい、安、新吉、直。こっちへ来い」

三人は、長五郎と伊之助を前に腰を下ろした。

「早速ですが、広重師匠の版下絵はすべて彫り上げました。以前、お伝えのとおり、絵組、色版の枚数はお教えできません。ただし、色は十三。どのような色をお持ちくださっても構いません。高価な顔料でも、版元がお支払いいたします」

紙は公正を期すため、奉書と決めているという。

「此度の勝負は、前にお出《い》で頂いた浅草駒形町の料理屋『立田屋』で行います。時は、昼九ツ（正午）」

それから、と伊之助がいい辛そうに、鬢を掻《か》いた。

「客を入れることになりました」

「客？」

思わず直助が身を乗り出す。伊之助は申し訳なさそうに、息を吐いた。

「版元と旗本のご隠居の意向です。摺り勝負の見物料を取ろうと」

「書画会みてえに、その場で売り買いができるわけじゃねえのに、客なんか入るんですかね」

　直助が呆れたようにいう。

「錦絵は見ていても、それがどのように摺られているのか、見る機会はありませんから、興味本位で集まるだろうと。実際、立田屋の店先に、摺師腕競べと銘打った張り紙がされておりました」

　すでに、五十名ほどが銭を払ったといい、まだまだ人は増えそうだと、立田屋も版元も睨んでいるそうだ。

「見世物になっちまいましたか」

　安次郎が皮肉ると、伊之助が、

「すまねえ、安次郎さん」

　と、頭《こうべ》を垂れた。

「伊之助さんのせいじゃありませんよ。なかなか摺り勝負など見られるものでもありませんから、客の反応も考慮するということも考えているのでしょう」

「妙なことに巻き込んじまって」

「面白いじゃねぇか。まあ、いいってことよ。人前で摺るなんざ滅多にねえこった。楽しんでこいや、なあ」

長五郎は、がははと笑い、

「直、てめえ、安と新吉の足を引っ張るんじゃねえぞ」

険しい顔でいった。

「わかってますよぅ。おれだってこまんまの直ですから」

直助が、どんと胸を叩いた。

「そういう調子いいのがあぶねえんだよ」

長五郎がいった。

摺り勝負は、葉月の十五日に決まった。中秋《ちゅうしゅう》の名月だ。勝負が終わった後、ゆっくりと月見をしながら宴席を開くらしい。勝った負けたの恨みっこなしという、広重の意向のようだ。料理屋では、きっと摺り勝負のあとの客も当て込んでいるのだろう。

「昼からやって、摺り上がんのだって、一刻（約二時間）ぐらいなもんでしょう。んで、広重師匠と旗本がどっちの摺りがいいか決めるのに、そうそう長くはかからねえ。なのに月が出るまで、双方顔をつき合わせてるのも、嫌だなぁ」

「まあ、しょうがねえさ。付き合うしかねえだろう」

賑やかな席が得意ではない上に、勝負のあとの宴席など余計に気乗りがしない。それでも、広重師匠の意向であれば、断るわけにもいかない。

この摺り勝負には版元や絵師たちも興味津々のようで、客にまぎれて見にくるようだ、と伊之助は帰りしないっていた。

「これで兄ぃが勝てば、摺長の仕事も増えるってことか」

「そうなるといいな」

直助が妙な顔をする。

「兄ぃ、なんかおかしいですよ。あんまり乗り気がねえっていうか、清八の野郎にほえ面かかせようって感じがしねえ」

そうでもないさ、と安次郎は笑った。

「あれ？　また馬連を作るんですかい？」

安次郎は横に幾枚もの竹皮を置いていた。これを細く裂いて紐状にしたものを編み、円形にするのだ。

「小振りの物をと思ってな。もう当て皮は作ってあるから、中身だけだ」

「今度の勝負に間に合わせるには、ちっと」

「まだこなれねえから無理かも知れねえが、馬連はあってもいいだろう。あまり仕事が立て込んでないときに、作っておかねえと、いざというとき困るからな」

「はあ、やっぱり兄ぃはすげえな」

「なにいってるんだい、直さん。職人としちゃ当たり前だろう。摺師にとっちゃ馬連はなにより大事な道具だ」

向かいに座っていた新吉がいった。

「へいへい、ご高説恐れ入りやす」

直助は口先を尖らせた。

「ところで、安さん。画はなんだと考えてやす？」

安次郎は新吉を見る。

「嫡男の祝いとなりゃ、鍾馗《しょうき》とかですかね」

直助が横から応えた。

「さてな。男児の祝いとなれば、鍾馗像や昇龍、鷹《たか》、兜《かぶと》、蜻蛉《とんぼ》、金時《きんとき》もあろうが、名所の広重師匠の画となると」

「菖蒲《しょうぶ》もありますね」

新吉がいう。

「菖蒲か。端午《たんご》の節句で描く物とそうそう変わらねえと思うが」

「富士のお山に昇龍なんてよさそうじゃねえですか」

直助が小鼻を膨らませる。

「あれこれ考えても、当日にならなきゃわからねえさ」

安次郎が笑う。

「鯉《こい》の滝登りなんてよさそうだなぁ。滝を上った鯉は龍になるんですよね」

「ああ」

滝、か。なくはないな、と安次郎は直助の肩をぽんと叩いた。

「え？　おれなんかいいました？」

「滝はいいな。藍を余分に用意しよう。それに祝いの画に夕空はねえだろうし、たぶん藍は使える」

「早速《さっそく》、絵具屋に行って来ます」

直助が弾けるように飛び出した。

秋の月が徐々に円《まる》くなってくる。明るさが夜の闇《やみ》の中で輝きを増してきた。井戸端で顔を洗い、夜空を見上げていた安次郎は、あと三日か、と呟いた。

友恵の長屋を新吾郎は覗きに行ったのだろうか。だとしたら、友恵の姿は、奴の眼にどう映っただろう。子どもたちに読み書きを教え、長屋の者たちと談笑しながら、洗濯や炊事をする。

その活き活きした友恵の姿に新吾郎なら勘付いてくれるかもしれない。

家に戻ると、信太は、薄掛けを蹴《け》り飛ばして、腹掛け一枚で眠っていた。安次郎は夜具を掛けなおしてやる。

と、障子戸を叩く音がした。

こんな夜更けに——。新吾郎か？

安次郎は、三和土《たたき》に下りて、声をひそめた。

「どちらさまでしょう」

提灯の明かりが表でぼうっと光っていた。

「夜分に恐れ入ります」

この声は、摺惣の惣右衛門だ。

安次郎は、心張り棒を外して、障子戸を開けた。

果たして惣右衛門が、供に連れた小僧と立っていた。

「一体、どうなさいました」

「恥ずかしながら、お願いがあって参りました」

惣右衛門が頭を下げた。

六

十五日――。

「おいおい、おれたちも見物料を払うのかえ。しっかりしてやがる」

長五郎と女房のお里、娘のおちか、そして摺り場の面々もやってきた。摺惣側も同じだ。職人同士が睨みあっている。

「やめねえか、勝負は奴らがやるんだ。こっちがいがみ合ってもしょうがねえだろう」

長五郎がいい、摺惣の惣右衛門に会釈をした。

客の入りは思った以上だ。百人は下らない。その中に国貞とその弟子たちがいた。こちらに手を振っている。見知った版元の顔もある。もちろん、摺りなどを見たことがない町人たちも大勢、集まっている。

友恵は来ているだろうか。安次郎は、ちらりと客を見回した。

姿がない。

ゆうべのうちに運び入れた摺り台の前にすでに六人は座っている。

安次郎たちは、相対する三人へ眼を向けた。

「おまんまの安さん。お初にお目にかかりやす。どうぞお手柔らかに」

摺惣の職人頭という佐治が頭を下げた。

「こちらこそ」

清八は口の端を上げて、顎《あご》を上げる。隣は痩《や》せた若い男だった。こいつが寛太郎だろう。

「頼むぜ、義兄《あに》さん、おれのいう通りにしてくれよ」

清八の言葉に寛太郎は頷くだけで、返事はしなかった。

三日前、惣右衛門が訪ねてきた時には、驚いた。

「この勝負、勝ちを譲ってはくれませんか」

惣右衛門は突然、地面に膝をついて、頭を下げたのだ。

「お手をお上げください。どういうことか訳を聞かねえことには、返答のしようもございません」

ああ、と惣右衛門はよろよろと立ち上がる。

「お恥ずかしい話ですが」

と、惣右衛門は話を始めた。

清八が娘婿の寛太郎と競っているが、いまや寛太郎の株があがるばかりで、清八は地潰しや、彫りぼかしなどをやっているという。

「それまでは、ほとんど清八の裁量で摺り場を任せておりましたが、いかんせんきつい性質《たち》をしておりますので、ちょっとのしくじりも許さねぇ」

ところが、寛太郎の方は小僧にも丁寧に礬水《どうさ》引きを教え、刷毛の使い方、摺り技なども惜しみなく、皆に伝えている。

どちらに職人たちが寄っていくか、おわかりでしょう、と惣右衛門は苦しげにいった。

「あたしは、もちろん実の息子が可愛《かわい》い。婿がうちを大きくしてくれるのもありがたい。けれど、清八がこのまま自信をなくして、自棄《やけ》になる姿は見たくないのですよ」

その上、安次郎の噂が耳に入り、ますます依怙地《いこじ》になっていったのだという。

摺り勝負を、版元に持ちかけたのも、自分だといった。

「それには、おまんまの安さんに清八が勝つことだと思いましてね。そうすれば、あいつはまた自信を取り戻すことも出来ましょう。寛太郎の陰でいじいじすることもないと。馬鹿な親だとお思いでしょうが」

「もしや、ご隠居と版元には、摺惣さんが勝つよう、すでに含みを入れているんですかい？」

惣右衛門の顔色が変わった。

「承知しました」

「ではでは」

惣右衛門の眼が見開かれた。

「おれも、精一杯摺らせていただきます」

えっと、惣右衛門が口を開ける。

「それじゃ困るといっているんです」

安次郎は惣右衛門を睨めつけた。

「親方。あんたも摺師だったはずだ。手を抜いた物か、そうじゃねえ物か、一目でわかるだろう。いくら版元とご隠居が含みを持たされていようと、広重師匠がおりまさ。その眼は誤魔化《ごまか》せねえとはお思いにならなかったんで？」

ああ、と惣右衛門が俯いた。

「師匠に恥をかかせることになりますよ」

「父ちゃん、誰かいるの？」

信太が、眼をこすりながら、顔を向けた。

「お客さんだが、もうお帰りだ」

惣右衛門は項垂《うなだ》れたまま何もいわずに背を向けた。

「皆さま。本日は中秋の名月。月見の前にかつてない珍しい勝負。当代きっての名所絵絵師歌川広重師匠の摺物を、皆さまの眼の前で、摺師が摺ってご覧にいれます。さあ、どちらの摺師の腕が上か、どうぞごろうじろ」

版元が朗々《ろうろう》と声を上げ、深々と頭を下げた。

「芝居の呼び込みができそうな版元ですね」

と、直助がこそっといった。

「摺師は、まだ師匠の画も見ておりません。色版の枚数も知りません。ただ、十三の色とだけ伝えてございます。つまり、ここで初めて、校合摺りを見、色差しを見、色版を数えるのでございます」

ほおお、と観客がざわめく。

「その上、隣室に控えております広重師匠は、摺り技は各摺師の裁量に任せると、太っ腹。さてさて、どのような摺物が摺り上がるのか、お楽しみあれ」

それでは、と版元は小僧を呼んだ。ふたりの小僧が、色版を包んだ風呂敷《ふろしき》包みを清八と安次郎の前に置いた。

版元は、塗り箱の蓋《ふた》をうやうやしく開いて、中の物を手に取った。

「さあ、こちらが、校合摺りでございます」

客にも見られるよう、身をひねりながら、校合摺りをかざした。

おお、と客がざわめく。

「兄ぃ。鯉の滝登りだ！」

直助が眼をひん剝いた。

版元が、「よろしくお願いしますよ」と、清八と安次郎へ差し出した。

こいつは——。

激しく流れ落ちる瀑布《ばくふ》が一面に描かれていた。その中心に巨大な鯉。滝の流れの間に岩や、木がわずかに描かれていた。

大胆な絵組だった。新吉がにっと笑った。

「安さん、藍は当たりだったな」

ただ、これで十三色。色版は、六枚。表と裏に彫りがある。うち一枚は、摺り抜きだ。一枚の版木に二色分の彫りが施されていた。

「色差しはどうなっている」

新吉が、校合摺りを睨む。

「なるほど、鯉の鱗《うろこ》、滝の水、岩に木。どうします？　岩はかけ合わせにしますかね」

「その方が深みは出るな」

「鱗は、雲母摺りでしょう。華やかになる」

新吉が次々と案を出していく。

直助が、うんと腕を組む。

「滝の一色ってのは、芸がねえです。色差しは藍ですけど。滝は水がわっと流れているものでしょう？　奥行きがあるっていうか。水って浅いところと深いところと色が変わるじゃねえですか」

どうにか、できねえもんかな、とぶつぶついう。

「直、滝に一文字ぼかし、できるか。左右は薄く中心にいくにつれてぼかすんだ」

安次郎がいうと、

「え？　だって鯉がいるじゃねえですか。それに横一文字じゃねえですよ」

「なら、紙を横にすればいい」

新吉がこともなげにいう。

「おまえの一文字ぼかしを入れたら、おれがまたべつの摺りを施す」

「そんなぁ」

「別の、摺り？」

摺惣の三人も校合摺りを見ながら、摺りを懸命に考えているようだった。

まずは色から作り始める。

「藍は多めにしねえと、足りなくなったらことだ。色みが変わっちまう」

とき棒で直助と新吉が色を作り始める。安次郎は、小ぶりの新しい馬連を取り出し、腿に擦《こす》りつける。馴染《なじ》んでくりゃいいが。摺師によっては、馬連が馴染むように、顔を擦る者もいる。

客たちは、固唾《かたず》を呑んで六人を見守っている。勝負といっても静かなものだ。

それでも馬連の音がし始め、一色摺り上がるごとに、ほうとか、おおとか息が洩れる。一色摺るごとに紙を乾かす。といってもすっかり水気が飛ぶわけではない。それも加味して次の版木に色を載せる。それを見物人たちが身を乗り出して眺める。妙な感じだった。摺りが見世物になるとは思わなかった。

一刻ほどが経った。昼八ツ（午後二時頃）の鐘が響いた。

「そろそろ、双方、出来上がりでございますかね」

　版元が様子を窺う。

　安次郎は、滝の色版を取った。

「おまんまの兄ぃ、なにを。おれのぼかしじゃいけねえんですかい？」

　直助が情けない顔をした。

「いや、いい出来だ。最後の仕上げをするだけだ。もっと濃い藍はあるか」

「は、はい」

　安次郎は滝の色版の中心に刷毛で一気に色を引き、すでに摺った表面に薄紙を乗せ、色版の上に置き、小ぶりの馬連で左右に色を広げるように、色を決め込んだ。

「安さん！」

　新吉が思わず声を上げた。

「仕上げってのは、これか。参ったなぁ」

　くくっと、新吉が笑みをこぼす。直助はただ、眼を瞠《みは》っていた。

七

版元がまずは清八から、そして後から、安次郎たちが摺った画を受け取った。

見た瞬間に、版元が唸った。

「これは、甲乙つけがたい。しかも」

そう言って、口を噤《つぐ》んだ。

「おう、見せろよ、早く」と、客が騒ぐ。

「皆さま、お静かに。さ、こちらでございます」と、版元が画をかざした。

おお、と客たちがどよめく。

「鯉が生きてるみてえじゃねえか」

「水がほんとに流れているようだ」

「水音まで聞こえてくるぜ」

口々に声が上がる。

摺惣の三人の摺った画も安次郎たちの画もどちらにも賞賛の声が尽きなかった。

わずかに描かれていた岩には、寛太郎得意のごま摺りが施され、岩のゴツゴツした重厚感が見事にでていた。安次郎たちは、新吉のかけ合わせで岩の微妙な奥行きと色を醸し出した。鯉は互いに雲母摺りだ。うろこが光っている。

「それでは、注文主と広重師匠に吟味いただきましょう」

旗本の隠居と広重が、隣室から現れた。

摺り上がった画は、摺惣が右に、摺長が左に並べられた。画を前に、二人とも、ため息を吐《つ》く。

「さすがだな。二枚ともに見事な出来栄えじゃな」

最初に声を出したのは隠居だった。広重は黙って画を見つめていた。版元が隠居に目配せした。

「この岩肌も見事なもの。滝の流れも勇壮だ。鯉も躍動しておる。どうだね、師匠、右の画の勝ちとしてはいかがかな」

むむ、と広重が呻《うめ》き、

「滝、がのう」

と、ぼそりといった。

「この色はなんだね。私の思い描いていた藍より深い。滝の厚みが出ているのはなぜだ。左はどちらが摺ったのかな」

版元は一瞬顔を歪めたが、仕方がないとばかりに安次郎に眼を向けた。

安次郎は、頭を下げると、裏へ返していただければお分かりに、と応えた。

広重が裏を返し、にやりと笑った。

「なるほどのう。鯉が登るのは激しい瀑布でなければならん」

あの、広重師匠、と版元があたふたしている。隠居も版元もはなから清八たちの勝ちとしているのだ。

双方の意見が分かれた場合には、版元が決めると清八はいっていた。すでに鼻薬を利かされているのだ。安次郎たちに勝ち目はない。

すると、隠居が広重に訊ねた。

「広重どの、裏にも滝がありますな。一体、どのような摺りでございますかな」

「安次郎、聞かせてくれるか」

広重が安次郎を見やる。

「両面摺りと申します。本来は表面にそれとなく文様が出るものでございますが、此度は大瀑布。この摺りを施すことによって、より滝の奥行き、色の濃淡を出したいと思いました。鯉が登る、その苦難が出せるかと」

ううむ、と隠居が唸る。

「なるほど、見ればみるほど奥深い摺りだ」

「で、では、勝ちは安次郎で」と、版元が惣右衛門を見ながらいった。

「おお、孫の祝いの摺物は摺長に頼む」

隠居が首肯《しゅこう》した。

その途端、見物席がわっと沸いた。落胆の息を洩らしたのは摺惣の面々だろう。

よし、と新吉が安次郎を見た。安次郎は新吉へ頷く。

「やった、勝った」

直助が両の拳《こぶし》を握りしめ、おちかの方を見る。おちかが嬉しそうに手を叩いていた。

「いいところ見せちまったなぁ」

直助が、でれんとしていると、

「ふざけるな、おれの摺りのどこが気にくわねえってんだ」

清八が、裾をまくりどんと片膝を立てた。

「負けた奴が騒ぐな」

新吉が怒鳴った。

「まあまあ、誰も気にくわぬとはいっておらんよ。両方ともに、いい出来栄えであるのは変わらぬと思うのでな」

広重がいった。

「おまえの義兄のごま摺り、鯉の雲母摺り、引けをとらぬ。私は摺り技は好きにしてよいといった。負けず劣らずの技対決だ。もし、差があったとすれば、画の意味を理解して摺り技を施した安次郎に軍配が上がったということだけだ」

清八が、くっと歯を食いしばった。

「さてなぁ、両面摺りとは面白い。表と裏、裏と表がひとつになって、見事な色となる。なあ、清八、そうは思わんか？」

「表と裏がひとつになって――」と、寛太郎が広重の言葉を繰り返すように呟いた。

清八が悔しげに呻き声をあげる。寛太郎がその肩をしっかりと抱いた。

広重は二人の様子に眼を細めながら、

「さてさて、勝敗はついたが、月が出るまで宴としようか」

さあさあ、綺麗《きれい》どころも呼んであるかね、と版元にいった。

安次郎は惣右衛門へ眼を向けた。惣右衛門は顔を伏せて、懸命に涙をぬぐっていた。

宴の途中、厠《かわや》へ立った安次郎は、廊下でばったり広重と会った。

「なにやら雲が出てきてしまったの。夜までに晴れてくれればよいが」

「そうですね。では」

安次郎が通り過ぎようとすると、

「おまんまの安。清八と寛太郎のことを知っていて、あの摺りを施したのかね？」

広重が夕空を見上げながら、訊ねてきた。

「とんでもないことです。私は、広重師匠を唸らせたかっただけでございますよ。そのために勝負を受けました。摺師は黒子。結句、なにも遺《のこ》せねえ。それを悔しく思いまして」

「なるほど。それはきっちり果たした。錦絵は絵師だけで作るものではない。国貞がいうことはよくわかる。おまえのような摺師がいれば絵師も安心して画が描ける」

「身にあまるお言葉です。ところで、広重師匠こそ、摺惣の義兄弟のことをご存じであのようなお話をなさったのではないですか」

私の両面摺りを用いて、と、安次郎は軽く笑みを浮かべる。

うーん、と広重が顔を傾向けた。

「そういうお前こそ、あの摺りを施したのは、やはりふたりの義兄弟のためであろう？　ああ、いやいや互いにそれをいったら詮無《せんな》いことだ。ははは。さて、座敷に戻るとするか」

安次郎は、広重の背を見送った。

摺り勝負から五日経ち、その影響で摺長には仕事が次々舞い込んできた。

「て、大《て》ぇ変《へん》だぁー」

直助が転ぶように摺り場に入ってきた。

「てめえ、この忙しい最中に遅れてくるたぁ、いい度胸してやがるな」

早速、長五郎のどら声が飛んだ。

「これは、まっこと大事です。摺惣の清八さんが渡りになった」

「はあ？　あの野郎が渡りに？」

最初に声をあげたのは新吉だった。

「あんな鼻っ柱の強いとんがった奴が、他でうまくやっていけるわけがねえよ。おれみたいな世渡り上手でなきゃ」

新吉がうそぶいた。

「けど、渡りになるって出て行ったんだからしょうがねえよ」

「親方はなんと？」

安次郎が直助に訊ねた。

「少しぐらい厳しい思いをしてもいいんじゃねえかって。まあ、義兄の寛太郎さんには、おれが戻ってくるまで、ここを預けとくぜっていったそうだけど」

「はん、やっぱり横柄なのは変わらねえや」

新吉が呆れるようにいった。


その日、仕事仕舞いの後、長屋へ戻ると友恵と信太がすごろくで遊んでいた。

「申し訳ありません、急に押しかけて」

「何かございましたか」

安次郎は友恵の表情を見て、不安を感じた。

「ここじゃなんです。明神さまにでも行きませんか？」

ほんとうかいと、信太は早速友恵の手を取った。

社殿に詣でると、信太はおいらちょっくら回ってくらあと駆け出していった。

「明神さまからは出るんじゃねえぞ」

「わかってるよ」

返事をしたが、あっというまに姿が遠くなっていく。

もう茶店は閉まっていたが、縁台だけは出ている。安次郎と友恵は隣り合って腰を下ろした。

「先日の摺り勝負。おめでとうございます」

ふと安次郎は笑った。

「もう二度とごめんですがね」

でも、お顔はそんなでもなさそうですよ、と友恵がくすりと笑う。

広重師匠に認めてもらえたのかどうかはわからないが、ともかく「お前のような摺師がいれば絵師も安心して画が描ける」といわれたことは、嬉しかった。摺師として
ほんのわずかだが誇らしく思えた。

友恵は黙りこくったまま前を見ていた。

夕日が背を照らし、少し汗ばむ気がした。

友恵がふうと息を吐き、空を見上げながらいった。

「わたくし、大橋家から縁を切られました」

えっと、安次郎は友恵に顔を向けた。友恵は上を見上げたままだ。

「なにゆえ、そのようなことに」

「下々の者たちと交わるような女子は大橋家にはふさわしくない、と」

友恵は、口許をほころばせ、安次郎へ顔を向けた。

「そうですか。新吾郎がそういいましたか」

実の妹にそのような言葉を投げつけるのは辛《つら》かったはずだ。

「わたくし、義姉上ともお話をいたしました。兄に安次郎さまがとりなしてくださったのですね。摺り勝負に勝ったら、義姉上と対面させてくれと」

「そうはいったものの、勝てるかどうかなどわかりませんでしたが」

「でも、おかげさまで、義姉上とふたりきりで話ができました。義姉上も義姉上なりにわたくしの身を案じてくださったようです」

かつて嫁いだ先から友恵が石女《うまずめ》といわれたことが悔しく悲しかったと、語ったという。それで、すでに子のある家ならば、そうした気苦労もせずに済むと、縁戚に話をしたのだと。

「そのお気持ちがとても嬉しゅうございました」

「それならばなにゆえ受け入れたのですか？　得心していると？」

ええ、と友恵は頷いた。肩の荷が下りたように爽《さわ》やかです、と笑った。

「どこに行っても女子は窮屈です。けれど、武家であるより、いまの暮らしが愛《いと》おしい。やはり我が儘でしょうが」

ちらほらと社殿に詣でる人の姿があった。

がらがらと鈴を鳴らす音がする。

安次郎は友恵から眼を移す。茶店からは、眼下に江戸の町を見下ろすことが出来た。

新吾郎は友恵にとって一番よい選択をしたのだと思った。

「時々、ここに来るんです。ここから見れば、人などちっぽけなものです。いつもは、自分もあの中にいるのだと気付かされる」

ただ、と安次郎は言葉を切った。

「あの往来の中で、どれだけの人と出会えるのか。すれ違うだけの大勢の人ばかりで、心通わせられる人はほんの一握りしかおりません」

狭い世界で生きているのだ、と安次郎は思う。だが、ひと握りの出逢《であ》いでしかないからこそ、大切にしなければならないと思う。

「うかがってもよろしいですか？　安次郎さま」

「なんでしょう」

「初さまという方は、どんな女《ひと》だったのですか？」

友恵の瞳《ひとみ》に戸惑いがあった。

「気が優しく、物静かでしたね。それでも、なにか可笑《おか》しいことがあると楽しそうに笑っていました。それと味噌汁《みそしる》がいつも塩辛くて、魚も焦がしてばかりで」

安次郎は眼を細めて、赤く染まる空を見る。

友恵は、肩で大きく息を吐く。

「わたくしとは正反対かもしれません。気が強くて、強情っぱりで。初さまにお会いしとうございました」

「でも、もうお初はおりません。ただ、忘れないでいてやることしか、私には出来ない」

友恵が眼を伏せる。

「信太は、お初が命をかけて遺《のこ》してくれた、かけがえのない子です。信太の母親はお初しかいねえと思っております」

「はい」

友恵の手が小刻みに震えている。

「うまくいえねえですが、信太の母親ではなく、ともに歩んでくれる女《ひと》が傍《そば》にいたら――」

安次郎は、友恵の震える手にそっと自分の手を重ねた。

「父ちゃん、父ちゃん。ほら、蟬《せみ》だよ。蟬を捕まえた」

信太がこちらに向かって走ってくる。

安次郎は振り返って、友恵から手を離した。

「信太、逃がしてやれ。こんな時季の蟬だ」

ちぇっと、信太が舌打ちする。

「ほら、飛んでいけ！」

信太の指から放たれた蟬は、じじっと鳴き声をあげながら、懸命に羽を広げて飛び去った。

「わたくしは、ようやく土の中から出てきた蟬なのかもしれませんね」

友恵が再び空を見上げる。

「父ちゃん、友恵さん、なあ、お利久さんの店に行きてえよ。お利久さんの玉子焼きが食いたいんだ」

「わたくしも、あの甘い玉子焼きは大好き」

友恵が微笑んで、安次郎を見る。

「じゃあ、行こうよ」

信太が友恵の手を取った。

「ほら、父ちゃんも」

安次郎の手を信太が握る。

傾きかけた陽が、信太を挟んだ三人の影を地面に落とした。

解説

菊池仁《めぐみ》

最近、これほど文庫化を待ち望んだ作品もない。本を読んでいる時間が愛おしい、と思っている読者に一日も早く手に取ってもらいたい。梶よう子ファンの方ならなおさらだ。本書、「摺師《すりし》安次郎人情暦」の第二弾『父子《おやこ》ゆえ』がそれにあたる。答を先に書く。前作をさらに深耕した素晴らしい内容を持った作品に仕上がっている。作者が第二弾を手掛けるのにかけた八年間の成熟の重みが伝わってくる。具体的な理由は後述するとして、まず、前作について触れておく。

二〇一〇年に第一弾『いろあわせ』が刊行された時、大きな反響を呼んだ。理由の第一は、二〇〇五年「い草の花」で九州さが大衆文学賞を受賞。二作目の「一朝の夢」（二〇〇八年）で松本清張賞を受賞するという成長ぶりを見せたからである。翌年には『みちのく忠臣蔵』を発表。『いろあわせ』は長編第三作目となる。キャリアは浅いにもかかわらず、題材のユニークさと幅の広さには驚くべきものがあった。埋もれた歴史からユニークな題材を掘り起こしてくる着眼の鋭さが、一際光っていた。大成する予感を覚えたのを記憶している。事実、この後に発表された『迷子石』、「御薬園同心　水上草介」シリーズ、『ふくろう』、『ヨイ豊』、『北斎まんだら』、『葵の月』、最近の『赤い風』、『お茶壺道中』、『三年長屋』などの力作がそれを証明している。

　第二の理由は、秀抜な職人小説に仕上がっていたからである。正直、これには驚いた。私事になるが一九九〇年代半ばから、ひたすら文庫書下ろし時代小説を読み漁《あさ》ってきた。時代小説の面白さは江戸期の職業小説にあるといい続けてきた。何故なら最適な題材であり、江戸情緒豊かな舞台として効果的であるからだ。なかでも時代小説ならではの味わい深さを持っているのは〈職人もの〉であるのは間違いない。数多くの作品が刊行されたが、同質化し傑作と呼べるものは少ないのが現実であった。つまり、〈職人もの〉は時代を映す鏡であり、そのユニークさをフィルターとすることで、独特な小説空間を創出することが可能になる。

　別な表現をすれば、主人公の人物造形に志と哲学を刻み込み、そこに〈技〉を融合させ、濃密な人間ドラマに仕立てる小説作法がなければ可能とならない。

『いろあわせ』は凝った造りになっていて、各話のタイトルに「かけあわせ」、「ぼかしずり」といった摺師の〈技〉の名を付け、それと登場人物の人生を二重写しにするといった手法を開発している。力量の高さを証明した。

話を先に進める。「ランティエ」二〇一八年三月号に「梶よう子の世界」という特集が組まれていて、そのインタビューの中で次のようなことを語っている。

「前作『いろあわせ』は、摺師という職人を前面に押し出した一種の職業小説だったと思いますが、今回は、摺師という職業を持つ男の話、いわば〝人間・安次郎〟を描きたかったんですね。前作から一年ほど経ったあたりの設定で書いていますが、その一年で安さんも変わりました（笑）。」

ここで語られているモチーフが本書の核である。この核が各話を追うごとに核分裂反応を起こし、より深化した人間ドラマを現出させる原動力となっている。絶妙な構成がそれを証明している。是非、読者には構成に込めた作者の意図を読み取って欲しい。

まず、前作のおさらいをしておく。主人公・安次郎は、女房のお初に先立たれて五年、子の信太をお初の実家に預け、一流の職人として様々な浮世絵を摺ってきた。その仕事の秀逸さと正確さから、喰《く》いっぱぐれの心配がないほどの腕の持ち主としてついた渾名は〝おまんまの安〟。寡黙ながら、実直で練達という職人像が彫り込まれている。

この職人像にさらに磨きをかけたのが、『父子ゆえ』である。第一話「あとずり」は、摺師の師匠格である伊蔵との交誼《こうぎ》を、技の修練を通して描いている。注目したいのは、伊蔵の子・喜八を登場させたことである。喜八は「色を作りてぇ」から摺師になりたいという。伊蔵と喜八も父と子であり、加えて摺師になるという夢を持っている。ここで作者は、安次郎・信太父子の関係を描くための巧妙な布石を打ったのである。

第二話「色落ち」は、版木の色落ちと家族から女房のお初が落ちたことを重ねることで、安次郎の内面に肉迫している。ラスト場面は本書の白眉といっていい。
〈足りないものを数えてもなにも変わらない。／お初もふた親も兄妹も、ちゃんとおれの彩りの中にいる。たぶん、叔父もだ。／なぜ、そんな簡単なことを忘れていたのだろう。／一番明るく温かい色をしているのが信太であれば、それで十分だ。〉

第三話「見当ちがい」の主筋は、役者絵を巡って起こる役者、絵師、摺師の葛藤を描いたもので、見当とは版画や印刷などで、摺る紙の位置を決める目印のことを指す。騒動は安次郎の絵を見る目の確かさと機転、加えて絵師国貞の名裁決で無事に収まる。留意すべきは、もう一つ重要な物語が仕込まれていることである。

安次郎は信太を手元に置いて育てる決意をし、信太は彫師が夢で、自分の彫った版木を安次郎に摺って欲しいと思っている。これが二人の見当で、見当がぴたりと重なりつつあることを示している。うまい造りである。

要するに第一話から第三話は、作者の言葉を借りれば、職業小説という前作同様の手法がとられている。第四話「独楽回し」では、二人の同居生活の模様を描いている。安次郎の悩みは深い。理由は信太の折った右手の親指が、元どおりにはつながらず、内側に曲がったままになってしまったためである。ここで重要な役割をするのが、彫師の伊之助と独楽回しである。信太が興じる独楽回しには作者の仕掛けが施されている。それは何か。ここで作者は職人の持つ哲学と志の連続性の重要さを指摘。つまり技の伝承という最も今日的なテーマをメッセージとして発信しているのである。微笑ましいのは、安次郎と友恵の交情が始まったことである。

第五話「腕競べ」は、「見当ちがい」で起きた余波に、友恵との交情を絡み合わせることで、男と職人としての矜持《きょうじ》が伝わってくる、格好のエピソードとなっている。一流のプロの腕競べをディテールに富んだ筆致で描き、沸騰点へもっていく展開は見事である。特に腕競べは絵師広重が立ち会う事で迫真に満ちたドラマに仕上がっている。国貞、広重など実在の人物を登場させ、彼らの個性と、虚構の人物の持つ個性が、同じ空間と時間を共有することで、実在と虚構の境目が見えにくくなる。読者も歴史に立ち会っている実感が湧いてくる。時代小説の神髄がこの作品にはある。

（きくち・めぐみ／文芸評論家）

本書は、二〇一八年一月に小社より単行本として刊行されました。

時代小説文庫
か 12-2

父子《おやこ》ゆえ 摺師安次郎人情暦《すりしやすじろうにんじょうごよみ》

著者 梶《かじ》 よう子《こ》

2021年7月18日第一刷発行
2021年8月28日第二刷発行

発行者 角川春樹

発行所 株式会社 角川春樹事務所
〒102-0074 東京都千代田区九段南2-1-30 イタリア文化会館

電話 03(3263)5247[編集] 03(3263)5881[営業]

印刷・製本 中央精版印刷株式会社

フォーマット・デザイン＆シンボルマーク 芦澤泰偉

本書の無断複製(コピー、スキャン、デジタル化等)並びに無断複製物の譲渡及び配信は、著作権法上での例外を除き禁じられています。

また、本書を代行業者等の第三者に依頼して複製する行為は、たとえ個人や家庭内の利用であっても一切認められておりません。

定価はカバーに表示してあります。落丁・乱丁はお取り替えいたします。


ISBN978-4-7584-4419-4 C0193 ©2021 Kaji Yoko Printed in Japan

http://www.kadokawaharuki.co.jp/[営業]
fanmail@kadokawaharuki.co.jp[編集] ご意見・ご感想をお寄せください。

いろあわせ

摺師安次郎人情暦

梶よう子

人々が抱え込む淀んだ心を、
澄み切った色へと染めていく。

親子の絆、兄弟の確執、男女の情愛……
摺師・安次郎が様々な問題に関わっていく。
人の心の機微と粋な人情が織りなす
涙と笑いあり、傑作時代小説。珠玉の連作短篇全五篇。

ハルキ文庫